왼쪽 주머니에서 나온 이야기

카렐 차페크의 친필 사인.

Povídky z jedné kapsy, Povídky z druhé kapsy (1929)
by Karel Čapek
This Korean edition was published by Mobydickbook, an imprint of
Yuksabipyungsa, in 2014. Korean Translation Copyright © Mobydickbook, 2014.

왼쪽 주머니에서 나온 이야기

Tales from One Pocket

카렐 차페크 지음
정찬형 옮김

모비딕
Moby Dick

왼쪽 주머니에서 나온 이야기 차례

오른쪽 주머니에서 나온 이야기   차례

옮긴이 **정찬형**

연세대학교 학부 및 고려대학교 대학원에서 정치외교학을 전공했고, 미국 콜로라도 대학교 대학원에서 경영학 석사를 취득했다. 어린 시절부터 가슴 한켠에 품었던 글쓰기의 꿈에 오를 수 있는 든든한 동아줄이자, 메마르고 건조한 일상에 내리는 한줄기 시원한 소나기가 바로 번역 작업이라는 다분히 낭만적인 생각을 갖고 있다. 『미스터리를 쓰는 방법』(2013, 미국추리작가협회) 등을 비롯해 모비딕과 함께 번역 작업을 이어가고 있다.

일러두기

_ 이 책 본문에 삽입된 그림들은 모두 화가이자 작가였던 친형 요제프 차페크(1887~1945)가 그린 것이다.

_ 이 책의 원본은 1929년에 나온 *Povídky z jedné kapsy, Povídky z druhé kapsy*이고, *Tales from Two Pockets*(George Allen and Unwin Ltd., 1943 ; Catbird Press, 1994) 등을 사용해서 번역했다.

_ 각 소설의 수록 순서는 대체로 원서의 것을 그대로 따랐다. 다만 『오른쪽 주머니에서 나온 이야기』에서 맨 앞에 나오는 「발자국」은 원래 16번째, 『왼쪽 주머니에서 나온 이야기』에서 맨 앞에 나오는 「늙은 죄수의 이야기」는 원래 2번째에 있던 것들이다.

_ 원서에는 차페크가 말줄임표를 '─'와 '…'로 혼용했는데, 한국어판에서는 '…'로 통일했다.

F. Bidlo가 그린 카렐 차페크.

이 책이 출간된 1929년에 형 요제프 차페크가 그린 카렐의 모습.
옆의 개는 카렐의 애견 다센카.

늙은 죄수의 이야기

　도둑을 잡는 건 아무것도 아니다, 너무도 당연하기 때문이다. 그렇지만 도둑이 자기가 훔친 물건의 주인을 찾는 것은 이상한 일이다. 그런데 그런 일이 바로 내게 일어났다.

　나는 작가이고 이름은 얀데라다. 일전에 나는 작품을 한 편 썼다. 프린터로 출력된 원고를 읽어본 나는 어디선가 비슷한 내용을 본 것 같다는 언짢은 기분이 들었다. 이런 멍청한 얀데라, 너 대체 어디서 소재를 베낀 거야? 나는 스스로에게 물었다. 나는 사흘 동안 길 잃은 양처럼 거리를 배회하며 생각해봤지만, 누구로부터 이야기 소재를 차용했는지 알 수 없었다. 마침내 나는 오래된 친구를 만나 사정을 얘기했다.

　"이보게, 내 최근 작품이 남의 것을 베꼈다는 느낌이 든다네."

　"나는 한눈에 알아보았지." 친구가 말했다. "자넨 체호프 작품을 베낀 거야."

　그 말을 듣자 나는 마음이 가벼워졌다. 그 뒤에 비평가 친구를 만났을 때도 나는 똑같은 취지의 질문을 던졌다.

　"자네는 믿지 못하겠지만 때때로 작가는 표절을 하면서도 그걸 깨닫지 못하지. 예를 들어 내 최근 작품도 남의 것을 베꼈다네."

"알고 있네." 그 친구가 대답했다. "모파상에게서 훔친 거지."

그래서 나는 가까운 친구들을 모두 만나보았다. 그리고 알았다. 범죄의 길에 한번 발을 들여놓게 되면 언제 되돌아 나올지 모른다는 것을. 한번 상상해보라. 나는 그 작품을 고트프리트 켈러, 찰스 디킨스, 가브리엘레 단눈치오, 『천일야화』, 샤를르 루이 필립, 크누트 함순, 테오도르 슈토름, 토머스 하디, 레오니트 안드레예프, 마테오 반델로, 페터 로제거, 브와디스와프 레이몬트를 포함한 모든 작가들에게서 훔쳤다. 한 사람이 사악한 길로 얼마나 깊숙이 빠져들 수 있는지 보여주는 사례가 아닐 수 없다.

나는 늙은 죄수인 보베크다. 위의 얘기는 사실 아무것도 아니다. 살인자는 분명한데 그가 어떤 살인을 저질렀는지는 밝혀낼 수 없었던 사건을 나는 알고 있다. 혹시라도 내가 그 사람이라고 생각하지 않길 바란다. 나는 그저 그 살인자가 있었던 교도소에서 반년가량 감옥살이를 했을 뿐이다. 그곳은 팔레르모였다. 내가 그곳에 있게 된 것은 나폴리에서 배를 타고 가면서 다른 사람의 여행 가방에 손을 댔기 때문이었다. 내게 그 살인자 얘기를 해준 것은 수석 교도관이었다. 그즈음 나는 그 교도관에게 몇 가지 카드 게임을 가르치고 있었는데, 그 와중에 그에게 들은 것이다. 참고로 나는 그에게 순전히 운으로만 승부하는 단순한 카드 게임을 가르쳤다. 그가 매우 독실한 기독교인이었기 때문이다.

어쨌든 수석 교도관이 말한 바에 따르면, 어느 날 순찰을 돌던 두 명의 경찰(이탈리아에서는 언제나 경찰이 두 명씩 조를 짜서 순찰한다)이 비린내 나는 부둣가로 이어지는 비아부테라 거리를 전속력으로 달리고 있는 이 사내를 발견했다. 경찰은 그를 붙잡았다. 그런데, 맙소사, 그는 피가 뚝뚝 떨어지는 단도를 손에 들고 있었다. 당연히 경찰은 그를 경찰서로 압송했다. 경찰이 그 칼로 누구를 난도질했는지 추궁을 하자, 그는 울음을 터트렸다.

"나는 이 칼로 한 남자를 죽였습니다. 하지만 그 이상은 말할 수 없습니다. 더 이상 얘기하면 다른 사람들이 큰 곤경에 빠지게 됩니다."

경찰은 결국 더 이상 소득 없이 심문을 끝내야만 했다.

물론 경찰은 즉각 시체를 찾아 나섰다. 하지만 어떤 시체도 발견되지 않았다, 그러자 경찰은 그 무렵 사망신고가 이루어진 사람들에 대한 조사에 착수했지만, 그들은 모두 말라리아 따위로 죽은 사람들이었다. 경찰은 어쩔 수 없이 다시 그를 심문했다. 그는 자신이 카스트로지오바니 출신의 마르코 비아지오이고 솜씨 있는 가구 제조공이라고 말했다. 그러고는 자신이 어떤 기독교인을 칼로 스무 차례나 찔러 죽였다고 했다. 하지만 그는 죽은 사람이 누구인지는 말하지 않았다. 다른 사람들을 곤란하게 만들지 않기 위해서라고 했다. 그러고는 자신이 하늘의 벌을 받아 마땅하다며 바닥에 머리를 쿵쿵 찧었다. 수석 교도관은 그처럼 자신의 죄를 후회하는 사람을 결코 본 적이 없다고 말했다.

경찰들은 피의자가 말하는 것을 결코 그대로 받아들이지 않는 법이다. 그들은 마르코가 누구도 잔인하게 살해하지 않았으며 그가 새빨간 거짓말을 한다고 생각했다. 경찰은 단도를 대학에 보냈다. 하지만 칼에 묻어 있는 피는 사람의 것이며, 피살자는 심장을 찔린 것이라는 감식 결과가 나왔다. 어떻게 그런 결과가 나왔는지는 말할 수 없다. 나도 모르기 때문이다. 어쨌든 경찰은 난처하기 짝이 없었다. 살인자는 있지만 살인 사건은 없었다. 피살자가 누구인지도 밝히지 못한 채 살인자를 법정에 세우는 건 소용없는 일이다. 살인의 증거가 필요했다. 마르코는 계속 뭔가를 중얼거리며 기도를 했다. 그는 자신을 법정으로 넘겨 끔찍한 범죄의 대가를 치를 수 있게 해달라고 사정했다.

"이봐." 경찰이 씩씩거렸다. "처벌을 받고 싶으면 누구를 죽였는지 자백을 하라고. 적어도 증인이라도 말해야지, 이 망할 놈의 고집쟁이야."

"제가 증인입니다." 마르코가 고함쳤다. "맹세코 제가 사람을 죽였다고요!"

수석 교도관은 마르코가 진실로 훌륭하고 좋은 사람이었으며 그렇게 고결한 죄수는 처음이었다고 입에 침이 마르게 칭찬했다. 그는 글을 읽지는 못했지만 항상 성경을 손에서 놓지 않았다, 때로는 거꾸로 들기도 했지만, 그는 늘 성경을 보며 엉엉 울었다. 교도소 측은 마르코의 영적 생활을 지원하기 위해 그를 친절한 영혼을 가진 신부에게 보냈다. 물론 신부에게는 마르코가 누구를, 왜 죽였는지 은밀하게 알아보라고 귀띔도 해두었다. 마르코를 만나고 나온 신부는 눈물을 훔쳤다. 그는 마르코가 한때 죄를 범하긴 했지만 현재는 신의 은총을 받은 상태이며, 그의 영혼은 정의를 갈구하고 있다고 전했다. 눈물을 흘리며 많은 얘기를 하긴 했지만, 신부의 입에서 그들이 원하는 얘기는 나오지 않았다. 마르코는 계속 이렇게 말했다.

"나를 교수형에 처해서 끝장내주십시오. 그러면 나도 끔찍한 죄의 대가를 치를 것이고 정의도 서게 될 겁니다."

이런 상황이 반년 이상 지속됐다. 하지만 피살자의 정체는 여전히 오리무중이었다. 꼴이 말이 아니게 된 경찰서장이 머리를 짜냈다.

"마르코가 진정으로 교수형을 원한다면, 그를 아레넬로에서 발생한 살인 사건의 범인으로 만듭시다. 왜 마르코가 여기 들어온 지 사흘 뒤에 발생한 사건 말입니다. 누군가 노파의 온몸을 칼로 찔러 잔인하게 살해했죠. 피살자의 신원도 모르고 그 시체도 찾지 못한 살인 사건의 범인이 우리 교도소에 수감되어 있는 건 수치스러운 일입니다. 그런데 마침 살인임이 분명하지만 가해자를 모르는 근사한 살인 사건이 나타난 겁니다. 그러니 어떻게든 이 문제를 해결해봅시다. 마르코는 살인죄를 선고받길 원하니 이 사건이 안성맞춤입니다. 자신이 그 노파를 죽였다고 자백만 하면 그는 여러 가지 죄목으로 처벌받을 수 있습니다."

그래서 그들은 마르코에게 이 방안을 제의했다. 그리고 이대로만 자백하면 즉시 교수형에 처해져 안식을 얻을 수 있을 거라고 약속했다. 마르코는 잠시 동요하는 기색을 보이더니 곧 단호하게 말했다.

"싫습니다. 내 영혼은 살인죄만으로도 이미 만신창이가 되어, 도저히 사기나 거짓 증언 같은 또 다른 죄를 감당할 수 없습니다."

이 말을 할 때 그는 더 이상 죄수가 아니라 당당하고 정의로운 신사처럼 보였다. 무언가 다른 방법이 필요했다. 모든 사람들이 머리를 맞대고 이 빌어먹을 골칫덩이 마르코에게서 손을 뗄 방안을 찾느라 고심했다. 드디어 담당 교도관에게 명령이 떨어졌다.

"그가 도망칠 수 있게 뭔가를 해보게. 우리는 그를 법정에 세울 수 없네. 그건 스스로 얼굴에 먹칠하는 짓이지. 그렇다고 이미 살인을 저질렀다고 자백까지 한 그를 석방할 수도 없어. 그러니까 이 골칫덩이가 스스로 도망치게 만들어봐. 조심스럽게 추진하되 반드시 성사시켜야 하네."

그때부터 그들은 마르코에게 혼자서 교도소 밖으로 나가 고추나 실 따위를 사오도록 심부름을 시켰다. 그의 감방도 밤낮으로 활짝 열어놓았다. 마르코가 하루 종일 교회나 신성한 성지들로 쏘다녀도 아무도 제지하지 않았다. 그런데 믿을 수 없게도 마르코는 저녁만 되면 서둘러 교도소로 돌아왔다. 어디에 있건 저녁 8시 교도소 문이 닫히기 직전에 숨을 헐떡이며 달려왔던 것이다. 한번은 교도소 측에서 일부러 일찍 문을 닫아걸었다. 그러자 그는 고래고래 고함을 지르며 문을 세게 두드렸다. 교도소 측은 어쩔 수 없이 문을 열어 그가 자신의 감방으로 돌아가는 것을 지켜볼 수밖에 없었다.

참다못한 담당 교도관이 어느 날 저녁 마르코를 불렀다.

"이봐 성인군자, 이게 네가 여기서 보내는 마지막 밤이야. 도대체 누구를 죽였는지 자백하지 않기 때문에 우리는 너를 감옥에서 내칠 거야. 벌은 지옥에 가서 악마에게나 실컷 받아."

그날 밤 마르코는 자신의 감방 창살에 목을 매고 자살했다. 신부가 죄를 저지른 사람도 진심으로 회개해 스스로 목숨을 끊으면 구원을 받을 수 있다고 얘기한 것이다. 신부가 왜 그런 말을 했는지는 수수께끼다. 아마 돌아가는 사정을 몰랐을 것이라고 생각되지만 장담할 수는 없다. 하지만 한 가지 확실한 것은 마르코의 혼령이 그 감방에 머물고 있다는 것이다. 이런 말을 하는 까닭에는 이유가 있다. 어떤 죄수든 그 감방에

만 들어가면 양심의 가책을 받기 시작했다. 그래서 백이면 백 모두 자신의 죄를 뉘우치고 회개하며 종교를 찾았다. 물론 죄질에 따라 걸리는 시간은 달랐다. 단순한 경범죄 같은 경우는 하룻밤이면 족했다. 하지만 중죄를 저지른 사람은 이삼일 정도 걸렸고, 사형수들은 완전히 바뀌는데 3주는 소요되었다. 하지만 가장 오래 걸리는 사람들은 따로 있었다. 바로 금고털이범이나 횡령꾼처럼 엄청난 돈을 훔친 사람들이었다. 엄청난 돈은 다른 어떤 것보다도 사람의 마음을 무디고 딱딱하게 만든다. 최소한 양심을 마비시키는 건 확실하다. 특이한 것은 이러한 효과가 마르코의 기일이 되면 최고조에 달했다는 것이다. 교도소 측은 그 감방을 일종의 감화원으로 개조했다. 죄수들이 그 방에서 자신의 잘못을 회개하고 종교를 갖게 되기를 원했던 것이다. 하지만 모든 죄수를 그 감방에 집어넣을 수는 없었다. 그리고 언제나 구원받기를 원하지 않는 사람도 존재하는 법이다. 그래서 때때로 어떤 죄수들은 그 놀라운 기적의 방에 들어가지 않으려고 경찰에 뇌물을 주기도 했을 것이다. 범죄자들은 늘 이러저러한 이유로 경찰과 연줄이 닿아 있고, 경찰은 그것을 이용해먹는 법이니까. 진실로 정직은 흔하지 않다. 기적의 한가운데서조차도 … .

이것이 팔레르모 교도소의 수석 교도관이 나에게 들려준 이야기이다. 거기에 근무하는 그의 동료들도 틀림없는 사실이라고 맹세까지 했다. 거기에 한때 브리그라는 성을 가진 영국 선원이 난투극을 벌인 죄로 수감된 적이 있었는데, 그 감방에서 나오자마자 선교사가 되어 대만으로 떠났다는 것이다. 나는 뒤에 그가 진정한 순교자로서의 죽음을 맞이했다는 소식을 풍문으로 들었다. 그런데 나는 왜 교도관들이 마르크의 감방에 한 발도 들여놓지 않는지 이상했다. 아마 신의 은총을 받아 자신의 행동을 회개하게 될까 봐 두려운 것일지도 모른다.

앞서 말했듯이 나는 수석 교도관에게 다소 종교적인 카드 게임을 가르치고 있었다. 그는 게임에서 지면 믿을 수 없을 정도로 엄청나게 화를 냈다. 한번은 좋지 않은 카드가 한꺼번에 자신에게 몰리자, 그는 나를 마르코의 감방에 가두어버렸다.

"너에 대해 알아내고 말 테다."

그가 고함을 지르고는 가버렸다. 다음 날 아침 그가 나를 호출해서 물었다.

"어때 구원 좀 받았나?"

"전혀 모르겠습니다, 교도관 나리. 세상모르게 곯아떨어져서요."

"그럼 다시 그 방으로 돌아가!"

그가 소리쳤다. 결국 나는 3주일이나 그 방에 있었지만, 나에게는 어떤 변화도 찾아오지 않았다. 회개는 물론 그 어떤 것도 일어나지 않았다. 그러자 그 교도관은 어이없다는 듯 머리를 설레설레 흔들고는 말했다.

"당신 같은 체코인들은 이교도 아니면 이단자가 분명해. 그 방이 전혀 효과가 없다니 말이야."

그러더니 그는 지독한 욕설을 내게 퍼부었다. 그때부터 마르코의 방은 효험을 상실했다. 그 방에 들어간 누구도 종교를 갖거나 새사람으로 바뀌지 않았다. 뉘우치는 사람조차 없었다. 전혀 어떤 일도 일어나지 않았다. 한마디로 이제 그 방은 쓸모없는 것이 돼버렸다. 맙소사, 그들은 나 때문에 그렇게 됐다며 한바탕 야단을 떨어댔다. 나는 그런 말을 들을 때마다 어깨를 으쓱했다. 내가 할 수 있는 일이라고는 없었기 때문이다.

그들은 나를 다시 깜깜한 방에 사흘 동안 가두었다. 내가 그 감방을 완전히 망쳐놓았다는 것이다.

도둑맞은 선인장

내 이름은 쿠바트다. 나는 지금부터 지난여름 일어난 일에 대해 얘기하려고 한다. 내가 여름을 보낸 곳은 여름이면 볼 수 있는 아주 전형적인 지역이었다. 물도 없고, 숲도 없고, 물고기도 없었다. 정치적으로는 포퓰리즘이 득세했다. 주민 연합도 있었는데, 아주 활동적인 사람이 회장을 맡고 있었다. 그 밖에 액세서리 공장이 있고, 말 많은 우체국장 할멈이 근무하는 우체국도 하나 있었다. 한마디로 다른 여느 곳과 똑같은 곳이었다.

한 2주 정도 마음껏 게으름을 부리며 푹 쉬고 났을 때, 나는 그 때문에 마을 사람들 사이에서 나에 대한 여론이 좋지 않다는 것을 알았다. 우편물도 의심스러웠다. 내 우편물은 항상 봉투 뒷면 전체가 고무풀로 번들거릴 정도로 풀칠이 너무 잘 되어 있었다. 나는 속으로 생각했다. '틀림없이 누군가 뜯어본 거야. 빌어먹을, 저 마녀 같은 우체국장 할멈의 짓이야! 우체국에서 근무하는 사람들은 감쪽같이 편지를 뜯어보는 재주가 있거든. 다시는 이런 짓을 못하게 해야지.' 나는 결심했다. 나는 즉시 자리에 앉아 유려한 필체로 편지를 써 내려갔다.

이 지긋지긋한 악귀 같은 우체국장 할멈!

당신은 재수 없는 염탐꾼이야. 늘 남을 기웃거리지. 너절한 옷차림으로 여기저기 다니며 참견이나 해대고, 또 얼마나 악랄하고 잔인한지 몰라. 이 죽을 때가 다 된 쭈그렁 할망구야! …

친애하는 얀 쿠바트로부터

나는 체코어가 얼마나 풍부하고 정확한 표현이 많은 언어인지 새삼 느꼈다. 나는 단숨에 서른네 가지 표현을 휘갈겨 썼다. 모두 솔직 담백하면서도, 품위 있는 신사가 숙녀를 대할 때 개인적인 감정이나 무례함이 느껴지지 않게끔 하는 표현들이었다. 나는 휘파람을 불며 편지를 봉한 뒤 겉봉에 내 주소를 썼다. 그러고는 가까운 마을로 가서 우체통에 편지를 넣었다. 다음 날 눈뜨자마자 우체국으로 달려간 나는 접수창구 너머로 부드러운 미소가 떠올라 있는 얼굴을 들이밀었다.

"부인, 오늘 제 앞으로 온 우편물 있습니까?"

내가 우체국장 할멈에게 말했다.

"당장 고발해버릴 거야, 이 악당 놈."

우체국장 할멈이 나를 노려보았다. 평생 그렇게 무서운 표정은 처음이었다. 나는 그녀에게 위로를 건넸다.

"뭔가 기분 나쁜 편지를 읽은 게 아니길 바랍니다."

말을 마친 나는 서둘러 우체국을 빠져나왔다.

* * *

나는 홀벤 식물원의 수석 정원사인 홀란이다. 편지 도둑을 골려먹은 얘기는 아무것도 아니다. 그건 너무도 간단한 계략이니까. 나는 지금부터 선인장 도둑에게 덫을 놓은 얘기를 하려고 한다. 홀벤 씨는 엄청난 선인장 애호가다. 그가 수집한 선인장을 돈으로 환산하면 30만 코루나가 넘는다. 아주 특별한 종은 제외했는데도 그렇다. 농담이 결코 아니다. 이 노신사는 수집한 선인장을 일반인들에게 공개하는 데 특별한 애정을 갖고 있었다. 그는 내게 이렇게 말하곤 했다.

"홀란, 선인장 수집은 고상한 취미야. 사람들에게 널리 전파시켜야 해."

하지만 내 생각은 조금 달랐다. 만일 젊은 선인장 애호가가 값비싼 골든 그루손 선인장을 눈앞에서 본다면, 그게 자기 것이 아니므로 크게 상심할 것이기 때문이다. 하지만 노신사는 자신의 뜻을 굽히지 않았고 결국 선인장은 공개되었다.

그런데 올해 들어서 식물원의 몇몇 선인장들이 사라지고 있다는 걸 알게 되었다. 그것들은 홀벤 씨의 형제 같은 일반 사람들이 갖길 원하는 흔한 선인장이 아니라 아주 특별한 선인장들이었다. 맨 처음 없어진 것은 비슬리제니였다. 다음에는 그라에스네리가, 그다음에는 코스타리카에서 수입한 비티아가 사라졌다. 이어서 프리치가 보내준 새로운 품종의 선인장이 없어졌고, 지난 50년 동안 유럽에서는 볼 수 없었던 희귀 품종인 멜로캐터스 레오폴디도 사라졌다. 그리고 마지막으로 산도밍고에서 들어온 털기둥 선인장 핌브리아투스가 없어졌다. 유럽에 최초로 들여온 품종이었다. 도둑은 선인장에 조예가 깊은 전문가임이 틀림없었다.

홀벤 씨가 얼마나 노발대발했는지 여러분은 상상도 못할 것이다. 나는 그에게 말했다.

"식물원을 닫으십시오. 그러면 더 이상 이런 일은 없을 겁니다."

홀벤 씨는 펄쩍 뛰었다.

"그건 자네가 틀렸네. 이런 교양 있는 취미 생활은 모든 사람을 위한 것이야. 딴소리 말고 이 야비한 도둑놈을 반드시 잡아들이게. 그리고 경비원을 해고하고 새 사람을 채용하게. 경찰에도 이 사실을 알리고."

이건 보통 일이 아니었다. 3만 6천 개나 되는 선인장 화분마다 일일이 보초를 두는 것은 불가능했기 때문이다. 그래서 나는 궁여지책으로 전직 형사 두 명을 고용해 감시하게 했다. 하지만 소용없었다. 우리는 또다시 털기둥 선인장 핌브리아투스를 잃어버렸다. 화분 안에 남겨진 것은 가운데가 움푹 파인 모래뿐이었다. 나는 미칠 듯이 화가 나서 직접 선인장 도둑을 감시하기 시작했다.

진정한 선인장 애호가들은 이슬람교도와 같다는 점을 이해할 필요가 있다. 구레나룻 대신 짧고 빳빳한 털과 가시를 소중히 기른다. 바로 이 털과 가시 때문에 그들이 선인장에 그렇게 열광하는 것이다. 인근 지역에는 두 무리의 선인장 애호가들로 구성된 종파가 있었다. 나는 〈선인장 애호가 협회〉와 〈선인장 애호가 연합〉이 서로 어떻게 다른지는 정확히 모르지만, 한쪽은 선인장에 불멸의 영혼이 있다고 믿는 반면, 다른

쪽은 선인장에 자신을 바쳐야 한다고 생각하는 것 같았다. 이 두 종파는 날마다 서로 헐뜯고 싸워댔다. 그들 사이에는 늘 전운이 감돌았다. 아마 그들은 저승에 가서도 마찬가지일 것이다.

아무튼 나는 두 종파의 지도자를 찾아가 비밀을 지켜줄 것을 신신당부한 뒤 선인장 도둑 얘기를 들려주었다. 그러고는 상대 종파 중에 도둑이 있을 가능성에 대해 물어보았다. 그들은 훔쳐간 선인장이 희귀 품종임을 알자, 상대 종파의 회원 중에는 도둑이 없다고 단언했다. 그들이 모두 서툴고 어설프며 무식하기 때문에 털기둥 선인장 핌브리아투스는 물론, 비슬리제니나 그라에스네리가 뭔지 전혀 모른다는 것이다. 지도자들은 자기 종파의 회원 중에 범인이 있을 가능성도 일축했다. 모두 정직하고 고결한 사람들이기 때문에 어떤 것도 훔칠 수 없다는 것이다. 물론 예외는 있다고 했다. 누군가 종교적인 목적 때문에 선인장들을 훔칠수 있다는 것이다. 하지만 그런 경우라면 비슬리제니 같은 희귀 품종뿐만 아니라 다른 선인장도 모두 털렸을 것이라고 했다. 그러고는 자신들이 아는 한 그런 일은 전혀 없었다고 덧붙였다. 두 지도자는 자신들처럼 공인된 온건 종파 외에 불한당 같은 선인장 애호가 무리들이 있다는 얘기도 했다. 지도자들은 그들이야말로 최악이라고 말했다. 광신도들인데다가 온갖 이단과 폭력을 자행하기 때문에 자신들은 물론 다른 누구도 견디기 힘들 정도라는 것이다. 사실 나도 그들이라면 어떤 짓도 저지를 수 있을 거라는 소문을 들은 적이 있다.

두 지도자에게서 별다른 소득을 얻지 못한 나는 식물원에 있는 근사한 단풍나무에 올라가 곰곰이 생각에 잠겼다. 말이 나온 김에 하는 말인데,

심사숙고할 필요가 있을 때는 나무 꼭대기에 올라가는 것이 가장 좋다. 나무에 오르면 세상 모든 것들에서 벗어나는 기분을 느낄 수 있다. 거기에 앉아 몸을 앞뒤로 조금씩 흔들면서 생각에 잠겨보라. 보다 높은 곳에서 문제를 바라볼 수 있게 될 것이다. 나는 철학자들도 꾀꼬리처럼 나무 위에서 살아야 한다고 생각한다. 어쨌든 나는 그날 단풍나무 위에서 계획을 세웠다. 먼저 정원사 친구들을 찾아가서 썩어가는 선인장들이 없는지 물었다. 홀벤 씨의 실험용으로 필요하다고 이유를 둘러댔다. 그런 식으로 200여 개의 병든 선인장을 구해 식물원의 선인장들 사이에 놓아두었다. 그리고 이틀 동안 가만히 있다가, 사흘째 되는 날 신문에 성명을 발표했다.

세계적인 홀벤 식물원이 위협에 직면하다

선인장 분야에서 아무도 따라올 수 없는 홀벤 식물원이 지금까지 알려지지 않은 새로운 질병으로 심각한 위협에 직면하고 있습니다. 볼리비아에서 건너온 것으로 추정되는 이 병은 선인장에 치명적으로, 상당 기간의 잠복기를 거친 뒤 뿌리에서 썩는 증상이 나타나기 시작해 몸 전체로 퍼지고 있습니다. 전염성이 강한 이 병은 현재 정체가 밝혀지지 않은 작은 홀씨에 의해 급속하게 번지고 있습니다. 이에 홀벤 식물원은 일반인에 대한 공개를 중단하는 바입니다.

우리는 성명 발표 뒤 선인장 애호가들의 빗발치는 질문 공세를 피하고자 몸을 숨겼다. 그리고 열흘이 흐른 뒤 다시 신문에 공고문을 실었다.

홀벤 식물원은 살아날 수 있는가?

큐 왕립식물원의 마츠켄지 교수는 세계적인 홀벤 식물원에서 발생한 질병을 변종 열대성 곰팡이라고 밝히고, 질병에 감염된 선인장이 있으면 하바드 롯센 용액을 살포하라고 권고했습니다. 현재까지 홀벤 식물원의 선인장들에 이 치료법을 적용한 결과는 매우 성공적입니다. 하바드 롯센 용액은 다음 가게에서 구할 수 있습니다 .

이 게시문이 나감과 동시에 경찰들은 위장을 하고 용액을 파는 모든 가게 안에서 잠복근무를 시작했다. 나는 경찰서의 전화기 옆에 붙어 있었다. 두 시간쯤 지났을 때 경찰이 도둑을 잡았다고 전화를 했다. 그로부터 10분 뒤 나는 어떤 청년의 멱살을 잡고 흔들어댔다.

"도대체 왜 이러시는 겁니까?" 청년이 항의했다. "나는 유명한 하바드 롯센 용액을 사러 온 것뿐입니다."

"알아." 내가 호통을 쳤다. "하지만 새로운 질병 같은 건 없어. 네놈이 홀벤 식물원에서 선인장을 훔쳐간 도둑이지, 이 나쁜 놈!"

"새로운 병이 없다구요?" 청년이 놀라 소리를 질렀다. "하나님 감사합니다! 전 나머지 선인장들이 감염될까 걱정되어 지난 열흘간 한잠도 못 잤습니다!"

나는 그의 멱살을 잡아 차에 태우고는 경찰과 함께 그의 아파트로 갔다. 세상에, 나는 평생에 그런 소장품을 본 적이 없다. 비소카니 지역에 있는 한 평 남짓한 그의 다락방은 한구석에 작은 테이블과 의자, 담요가 있을 뿐 나머지 공간은 온통 선인장이었다. 게다가 그가 보유한 선인장들은 모두가 희귀하고 자태가 빼어났다. 한결같이 어디에서도 찾아보기 힘든 것들이었다.

"이것들 중에서 훔친 게 어떤 것이지?"

경찰이 물었다. 청년은 말없이 몸을 떨며 눈물을 삼켰다. 이를 지켜본 내가 경찰에게 말했다.

"생각만큼 그리 심각한 사건이 아닌 것 같습니다. 가서 상관에게 벌금 50코루나를 부과하겠다고 보고하십시오. 그러면 제가 그걸 납부하겠습니다."

경찰이 떠나자 나는 청년에게 훔친 선인장을 모두 내놓으라고 말했다. 청년은 곧 터질 것 같은 울음을 참으려고 두 눈을 꾹 감고 있었다.

"대신에 징역살이를 하면 안 되겠습니까?"

"어림없는 소리! 우리 식물원에서 훔쳐간 선인장을 모두 내놓게."

내가 소리를 버럭 지르자 그는 어쩔 수 없이 훔친 선인장들을 하나씩 찾아서 한쪽에 놓기 시작했다. 거의 80개쯤 되는 것 같았다. 우리가 이렇게 많은 선인장을 잃어버렸다니! 나는 꿈에도 생각지 못했다. 아마 여름 내내 훔쳐댄 모양이었다. 나는 혹시나 싶어서 으름장을 놓았다.

"뭐, 이게 전부라고?"

그 순간 그가 울음을 터트렸다. 그러고는 자그맣고 예쁜 흰색의 라이티 선인장을 집더니 나머지와 함께 놓았다. 그가 울먹대며 말했다.

"이게 답니다. 나머지는 당신 것이 아닙니다. 맹세합니다."

"그건 두고 보면 알겠지." 나는 호통을 쳤다. "당장은 자네가 어떤 방법

으로 이것들을 식물원에서 빼내왔는지 말해보게."

"그건 이렇게 한 겁니다. 나는 … 내 말은 그 옷들을 입고 …."

그가 두서없이 지껄였다. 그의 목젖이 꿈틀거리며 오르락내리락거렸다.

"어떤 옷 말인가?"

내가 버럭 소리쳤다. 그는 얼굴이 빨개져서 어쩔 줄 몰라 했다.

"그게 … 여자 옷입니다."

"여자 옷이라고?"

나는 놀라지 않을 수 없었다.

"왜 여자 옷을?"

"아무도 …" 그가 간신히 말을 뱉었다. "나이 든 여자에게는 관심을 기울이지 않기 때문입니다. 그리고 …" 그가 점점 의기양양해졌다. "아무도 나이 든 부인을 의심하지 않는 것은 당연합니다. 여자들은 다른 모든 것에는 열심이지만 수집에는 도통 관심이 없습니다. 우표나 딱정벌레, 고서 따위를 수집하는 여자를 본 적 있으신가요? 절대 없습니다, 그런 여자는. 여자들은 그런 종류의 세심함이나 열의가 없습니다. 여자들은 끔찍할 정도로 현실적입니다. 그게 우리 남자들과의 가장 큰 차이점입니다. 남자들만이 뭔가를 수집하는 데 관심이 있습니다. 내가 생각하기에 우주란 별들의 집합체입니다. 그 별들도 틀림없이 어떤 남자 신이 수집해놓은 겁니다. 그래서 저렇게 무수한 별들이 존재할 수 있는 겁니다. 아, 내게도 신처럼 그런 공간과 능력이 있다면 얼마나 좋을까! 제가 새로운 종류의 선인장을 생각해낸 것을 아십니까? 꿈에 나타나기도 합니다. 그건 금빛 머리털과 짙푸른 꽃잎을 가진 선인장인데, 저는 그걸 체팔로세레우스 라체크라고 부를 생각입니다. 아, 라체크는 제 이름입니다. 이렇게 제 이름을 알게 돼서 기쁘시겠군요. 혹은 마밀라리아 라체크나 아스트로피툼 라체크로 부를 수도 있습니다. 그 밖에도 무한한 가능성이 열려 있습니다. 단지 이것만 알면 ⋯ ."

"잠깐만." 나는 그의 말을 가로막았다. "훔친 선인장들을 어디에 숨겨서 나왔는가?"

"가슴입니다." 그가 얼굴을 붉히며 말했다. "가시 때문에 따끔했지만 마음만은 한없이 포근했습니다."

나는 이 친구에게서 선인장을 빼앗아 갈 용기가 나지 않았다.

"이보게, 홀벤 씨를 만나볼 수 있도록 해주겠네. 혼쭐날 테니 단단히 마음먹게."

그 두 사람은 사무실이 아닌 바깥의 온실에서 만났다. 그들은 3만 6천 개에 달하는 선인장 화분 주위를 거닐며 밤새도록 얘기를 나눴다. 나중에 홀벤 씨는 이날 만남의 소감을 이렇게 말했다.

"홀란, 이 친구는 내가 만난 사람 중에서 선인장의 가치를 제대로 아는 유일한 사람이야."

그 달이 다가기도 전에 홀벤 씨는 선인장 수집을 위해 라체크를 멕시코로 보냈다. 그 둘은 멕시코 어딘가에 체팔로세레우스가 있다는 것을 굳게 믿고 있었다. 홀벤 씨는 아쉬움의 눈물을 흘리며 라체크의 장도를 축복했다. 1년쯤 뒤 우리는 라체크가 순교자처럼 아름답게 죽었다는 이상한 소문을 들었다. 거기에 따르면 그는 체팔로세레우스로 보이는 선인장이 있는 인디언 부족을 찾아갔다. 그 선인장은 그곳에서 신과 같은 존재였다. 아마 그는 선인장에 절을 하지 않았거나 혹은 그걸 훔치다가 잡힌 모양이다. 인디언들이 그를 코끼리만큼이나 거대한 선인장에 묶었다. 러시아제 창검보다 길쭉한 가시에 온몸을 찔린 그는 결국 자신의 운명에 순응하며 조용히 마지막 숨을 거두었다. 그렇게 선인장 도둑은 생을 마감했다.

히르쉬의 실종

그 사건은 꽤 훌륭했지만 한 가지 큰 결점이 있었다. 프라하에서 일어나지 않은 것이다. 범죄도 지역을 고려해야 한다. 팔레르모 같은 곳에서 범죄가 일어난다고 누가 신경이나 쓰겠는가? 그건 아무짝에도 쓸모없다. 하지만 프라하에서 범죄를 멋지게 성공시키면 범인들은 으쓱해한다. 세상 모든 사람들이 자신에 대해 얘기할 것이라 생각하니 절로 흐뭇한 마음이 드는 것이다. 그리고 일급 범죄가 일어나는 곳은 어디나 경기가 좋은데, 이건 너무나 당연하다. 그건 돈벌이가 될 사업거리가 그만큼 그곳에 많다는 신호이기 때문이다. 사람들은 성공의 예감에 도취되어 그곳으로 몰려든다. 하지만 범죄자는 잡혀야만 한다.

들로우하 거리에서 일어난 사건이 기억난다. 히르쉬라는 사람이 연루된 사건이었다. 그는 그 거리에 있는 가죽 제품 가게의 사장이었다. 하지만 페르시아산 카펫같이 동양에서 건너온 물건들도 취급하고 있었다. 그는 젊은 날 콘스탄티노플에서 수년간 부정한 돈벌이로 짭짤한 재미를 보았다. 하지만 그는 그곳에서 간장병도 얻었다. 그가 뼈에 가죽만 남은 듯 깡마르고 얼굴이 먹물처럼 검은 것은 다 그 때문이다. 그 가게에는 아르메니아나 스미르나_{터키 서부의 항구 도시}에서 온 카펫 상인들이 드나들었다. 그가 그들과 뒷골목 언어로 대화하는 법을 알고 있었기 때문이다. 특히 아르메니아인들은 한 무리의 사기꾼들이었다. 유대인들조차도 그들과 거래를 할 때는 신경을 곤두세워야 한다. 하여튼 히르쉬의 가게는 일층에 가죽 제품 매장이 있고, 거기에서 구불구불한 계단을 따라 올라가면 그의 사무실이 있었다. 사무실 바로 뒤에는 그가 아내와 함께 사는 아파트가 붙어 있었다. 히르쉬 부인은 항상 집에 있었다. 그녀는 너무 살이 쪄서 잘 걷지도 못할 정도였다.

어느 날 정오가 다 될 무렵이었다. 가게 점원 중 한 명이 히르쉬를 찾아 사무실로 올라갔다. 브로노에 사는 베일이라는 사람에게 가죽을 외상으로 팔아도 되는지 물어보기 위해서였다. 하지만 히르쉬는 사무실에 없었다. 흔치 않은 일이었다. 하지만 점원은 부인을 보러 집에 잠깐 들렀나 보다 생각하고 자리로 돌아갔다. 잠시 뒤 계단을 내려온 가정부가 점심 준비가 다 됐다며 히르쉬를 찾았다.

"그게 무슨 소립니까? 집에 계시지 않나요?"

점원이 깜짝 놀라 물었다.

"어떻게 집에 계실 수 있겠어요? 히르쉬 부인이 하루 종일 집에 앉아 계셨지만 오늘 아침 이후로는 본 적이 없어요."

가정부가 대답했다.

"우리도 보지 못했습니다. 그렇지, 바츨라프?" 점원이 심부름하는 소년에게 확인을 하더니 계속 말했다. "오늘 아침 10시에 우편물을 갖다 드렸죠. 그랬더니 호되게 꾸지람을 하셨습니다. 송아지 가죽 문제로 렘베르거 씨에게 편지를 써야 하는데 방해가 된다고 말이죠. 그 이후로는 사무실 밖으로 얼씬도 하지 않으셨습니다."

"어떻게 이런 일이 … 히르쉬 씨는 지금 사무실에 없어요. 시내에 볼일이 생겨 나가신 게 아닐까요?"

"글쎄요, 하지만 그렇다고 해도 가게를 통해 나가신 건 아닙니다. 그랬다면 우리가 틀림없이 봤을 테니까요. 아마 아파트를 통해 나가셨을 겁니다."

"그건 말이 안 돼요." 가정부가 반박했다. "그랬다면 히르쉬 부인이 보셨을 테니까요."

"잠깐만요." 점원이 그녀의 말을 가로막았다. "내가 아침에 올라갔을 때 히르쉬 씨는 가운을 입고 슬리퍼를 신은 모습이었습니다. 가서 신발과 덧신, 장화, 그리고 외투가 있는지 살펴보십시오. 지금은 11월이고, 비가 계속 내리고 있거든요. 만약에 그가 다 차려입고 나갔으면 시내 어딘가에 간 게 분명합니다. 그렇지 않다면 여기 어딘가에 있는 겁니다."

가정부는 황급히 계단을 올라갔다. 하지만 그녀는 몇 분 지나지 않아 몹시 당황한 얼굴로 다시 내려왔다.

"위고 씨." 그녀가 점원에게 말했다. "신발이나 외투 모두 그대로 있어요. 부인이 말하기를 히르쉬 씨가 아파트를 통해 나갔을 리가 없다고 했어요. 그랬으면 자기가 보지 못했을 리가 없다고요."

"가게를 통해서도 나가지 않았습니다. 히르쉬 씨는 오늘 내내 가게에 모습을 비추지도 않았습니다. 우편물 때문에 잠깐 사무실에서 본 게 전부입니다. 바츨라프, 빨리 가서 찾아보자!"

그들은 사무실로 달려갔다. 사무실은 한쪽 구석에 카펫 두 장이 돌돌

말려 있고, 책상 위에 렘베르거에게 보내는 편지가 서명이 안 된 채로 놓여 있는 것을 제외하고는 모든 것이 평상시와 다를 바 없었다. 책상 위 가스램프가 주위를 밝히고 있었다.

"히르쉬 씨는 어디에도 가지 않은 게 분명합니다." 위고가 말했다. "만약 그랬다면 램프를 끄고 나갔을 겁니다. 그러니까 틀림없이 아파트 어딘가에 있을 겁니다."

그래서 그들은 아파트 구석구석을 찾아보았지만 소용없었다. 불안에 사로잡힌 히르쉬 부인이 안락의자에 쓰러질 듯 주저앉아 울음을 터트렸다. 여담이지만 위고는 나중에 이 광경을 마치 젤리로 만든 거대한 산이 출렁거리는 것처럼 느꼈다고 말했다.

"히르쉬 부인." 위고가 말했다. "울지 마십시오, 부인. 히르쉬 씨가 사라질 이유는 아무것도 없습니다. 지금 가죽 제품도 잘 팔리고 있고, 빚도 일절 없습니다. 사장님은 분명 여기 어딘가에 계십니다. 저녁까지 그를 찾지 못하면 그때 가서 경찰에 신고해도 늦지 않습니다. 하지만 그때까지는 안 됩니다. 잘 아시겠지만, 히르쉬 부인, 이런 일을 남이 알게 되면 사업상 좋을 게 없거든요."

어떻게 나이도 어린 유대인 청년이 혼란스러운 와중에도 그렇게 재빨리 정신을 수습하고 꼭 필요한 말만 했을까 싶다.

그들은 다시 한 번 아파트를 수색하고는 저녁까지 기다려보았다. 하지만 히르쉬의 흔적은 어디에도 없었다. 위고는 평소처럼 가게 문을 닫고는 경찰서로 가서 히르쉬가 실종됐다고 신고했다. 경찰본부에서는 즉시 형사들을 현장에 보냈다. 그들은 모든 곳을 샅샅이 훑었지만 티끌만

한 단서도 발견하지 못했다. 핏자국이 있을까 싶어 바닥을 꼼꼼히 살펴보기까지 했지만 그것도 소용없었다. 경찰은 당분간 사무실을 폐쇄하기로 결정했다. 그들은 그날 아침 무슨 일이 있었는지 히르쉬 부인과 직원들을 대상으로 심문을 실시했다. 하지만 아무도 특이한 점을 얘기한 사람은 없었다. 그런데 위고가 그날 아침 10시가 막 지났을 때 출장 판매원인 레베카가 히르쉬를 찾아와 10분 정도 얘기를 나눈 사실을 기억해냈다. 경찰들은 즉시 레베카를 찾아 나섰다. 잠시 뒤 그들은 비리스톨 카페에서 포커 게임을 하고 있던 레베카를 찾아냈다. 경찰을 본 레베카는 재빨리 판돈을 감추었다.

"레베카 씨, 오늘은 도박 단속을 나온 게 아닙니다. 히르쉬 씨 문제로 왔습니다. 그가 실종됐거든요. 그리고 당신은 그를 마지막으로 본 사람입니다."

그러나 곧 레베카도 아는 사실이 전혀 없다는 게 밝혀졌다. 그는 가죽 마구 때문에 상의할 일이 있어서 히르쉬를 방문했을 뿐이었다. 그는 히르쉬의 안색이 평소보다 훨씬 더 안 좋았던 것을 제외하고는 다른 이상한 점을 발견하지 못했다고 진술했다. 그는 히르쉬에게 너무 야위었다고 말했다고 했다.

"하지만 레베카 씨." 형사가 말했다. "히르쉬 씨가 아무리 비쩍 말라도 공기 중으로 증발해버릴 수는 없습니다. 뼈와 이빨 같은 것도 남기지 않고 말이죠. 그리고 서류 가방에 그를 넣어서 갖고 나올 수도 없습니다."

이때 형사는 사건에 전기를 가져오게 되는 단어를 자신도 모르게 입에 담았다. 기차역에는 여행객들이 여행 가방 따위를 일시적으로 맡겨놓는 휴대품 보관소가 있다. 히르쉬가 실종된 지 이틀쯤 지났을 무렵 휴대품 보관소에서 근무하는 한 직원이 의심스러워 보이는 트렁크를 발견했다.

"이유는 정확히 모르지만 … " 그녀가 수하물 운반 직원에게 말했다. "저 트렁크만 보면 괜히 몸이 오싹해져요."

그녀의 말을 들은 수하물 운반 직원이 문제의 트렁크에 코를 바짝 갖다대고 냄새를 맡아보더니 말했다.

"철도 경찰에 빨리 알리는 것이 좋겠습니다."

신고를 받은 철도 경찰이 경찰견을 데리고 나타났다. 코를 킁킁대며 트렁크 냄새를 맡던 경찰견이 으르렁거리며 짧고 굵은 털을 곤두세웠다. 누가 봐도 가방 안에 심상치 않은 것이 들어 있는 게 분명했다. 그들은 급히 강제로 트렁크를 열고 안을 살폈다. 히르쉬가 그 안에 있었다. 실내복과 슬리퍼 차림 그대로였다. 그 가여운 사내는 간장병을 앓고 있었기 때문에 벌써 지독한 냄새를 풍기고 있었다. 그리고 목에는 살 깊숙이 파고든 굵은 줄이 감겨 있었다. 누군가 그의 목을 졸라 살해한 것이다. 하지만 그가 어떻게 실내복과 슬리퍼 차림으로 사무실을 빠져나와 기차역 휴대품 보관소에 있는 그 가방 안에 있게 됐는지는 미스터리였다.

이 사건 담당은 메이즈리크 반장이었다. 반장은 매우 신중하게 시체를 조사했다. 곧 그는 시체의 얼굴과 손 여기저기에 울긋불긋한 작은 반점들이 있는 것을 발견했다. '이건 좀 이상한걸.' 반장이 속으로 생각했다. '이런 식으로 부패가 진행되지는 않을 텐데. 그의 피부색은 거의 갈색에 가까우니까 말이야.' 그가 손수건으로 반점들을 문지르기 시작했다. 그러자 반점들이 지워지는 게 아닌가.

"이것 좀 봐." 반장이 다른 형사에게 말했다. "이건 아닐린 염색약의 일종인 것 같군. 아무래도 그의 사무실에 다시 가봐야겠네."

반장은 사무실에 도착하자마자 염색약부터 찾았지만, 아무리 눈을 씻고 봐도 염색약이라곤 없었다. 그런데 갑자기 한순간 구석에 둘둘 말아놓은 카펫에 멈춘 그의 눈빛이 반짝였다. 그가 카펫 한 장을 폈다. 그러고는 손수건에 침을 묻혀 푸른색 무늬 부분에 대고 문질렀다. 즉시 푸른얼룩이 손수건에 묻어났다.

"이 카펫들, 형편없이 조잡하군."

메이즈리크가 말하더니 조사를 계속했다. 히르쉬의 책상 위에 있는 잉크스탠드에서 터키산 담배 두세 대가 나왔다.

"알아두라고." 반장이 다른 형사에게 말했다. "이런 페르시아산 카펫을 몰래 거래할 때는 항상 줄담배를 피워댄다는 사실을 말이야. 그건 동양에서는 오래된 관습 중 하나지."

말을 마친 그는 사람을 보내 위고를 불렀다.

"위고 씨." 그가 말했다. "레베카 씨가 다녀간 뒤에 또 다른 사람이 여기 왔었죠? 그렇지 않습니까?"

"그렇습니다." 위고가 대답했다. "하지만 히르쉬 씨는 우리가 카펫에 대해 얘기하는 것을 좋아하지 않았습니다. 우리에게는 가죽 제품에만 신경 쓰라고 말하고 카펫에는 얼씬도 못하게 했습니다. 카펫은 자신이 알아서 한다고 말이죠."

"당연히 그랬을 겁니다." 메이즈리크가 맞장구를 쳤다. "이 카펫들은 밀수품이기 때문입니다. 보세요, 이 카펫 어디에도 세관 도장이 찍혀 있지 않습니다. 만약 세관에서 이걸 안다면 하르쉬 씨는 큰 곤경에 빠질 겁니다. 감당할 수 없을 만큼 엄청난 세금을 물어야 하니까요. 자, 빨리 말씀해주세요. 여기 누가 왔죠?"

"저 그게 …" 위고가 입을 열었다. "10시 반쯤에 어떤 아르메니아인이 … 어쩌면 유대인이었을 수도 있는데 … 큰 차를 몰고 왔었습니다. 뚱뚱하고 얼굴색이 누런 사람이었는데, 터키어 같은 말로 히르쉬 씨가 있냐고 묻더군요. 그래서 위층 사무실로 그를 안내했습니다. 그의 부하처럼 보이는, 키가 크고 비쩍 마른 사내가 그의 뒤를 따랐습니다. 피부색이 숯덩이 같은 사내였는데, 둘둘 말린 카펫 다섯 장을 어깨에 걸치고 있었습니다. 바츨라프와 나는 그가 어떻게 그렇게 할 수 있는지 놀라움을 금할 수 없었습니다. 하여튼 두 사람은 사무실로 들어가 약 15분쯤 머물렀습니다. 그 사람들이 내내 히르쉬 씨에게 뭐라고 얘기했습니다. 지금 생각해보니 이상한 일인데, 그때는 별다르게 생각하지 않았습니다. 잠시 뒤 부하가 아래로 내려왔습니다. 그의 어깨에는 카펫이 네 장만 남아 있었습니다. 나는 속으로 생각했습니다. '나머지 한 장은 히르쉬 씨가 산 모양이군.' 아, 맞아요. 밖으로 걸어 나온 아르메니아인이 몸을 돌려 사무실 안에 있는 히르쉬 씨에게 뭔가 얘기하는 게 들렸습니다. 하지만 그게 무슨 말인지는 전혀 이해할 수 없었습니다. 비쩍 마른 사내가 카펫을 차에다 털썩 던지듯이 내려놓자마자 그들은 차를 몰고 사라졌습니다. 내가 이 얘기를 하지 않은 이유는 별다른 일이 아니었기 때문입니다. 그게 전부입니다. 우리는 이런 상인들과 항상 거래를 해왔으니까요. 모두 도둑놈들이죠."

"위고 씨." 메이즈리크가 말했다. "정말 이상한 점이 있다는 걸 눈치챘으면 좋았을 텐데요. 그 비썩 마른 사내가 어깨에 메고 있던 둘둘 말린 카펫 속에 히르쉬 씨의 시체가 들어 있었던 겁니다. 제기랄, 당신은 그가 뭔가 감당하기 어려울 만큼 무거운 짐을 메고 내려온다는 것을 알아챌 수 있었다고요!"

"맞아요." 위고의 안색이 창백해졌다. "그는 계속 허리를 펴지 못했습니다. 하지만 그럴 리가 없습니다. 그 뚱뚱한 아르메니아인이 계속 히르쉬 씨에게 뭔가를 얘기하면서 그의 뒤를 따라 내려왔거든요."

"그랬겠죠." 반장이 말을 받았다. "그는 빈 사무실에 대고 이야기를 한 것입니다. 그리고 그에 앞서 비썩 마른 사내가 히르쉬 씨의 목을 조를 때도 그는 계속 뭔가를 지껄였습니다. 위고 씨, 그 아르메니아인은 당신보다 더 영리합니다. 일을 마친 그들은 히르쉬 씨의 시체를 둘둘 만 카펫에 숨긴 채 호텔로 가져갔습니다. 하지만 그날은 비가 왔기 때문에 카펫에 사용된 싸구려 염색약이 히르쉬 씨에게 물든 겁니다. 이건 명명백백합니다. 의문의 여지가 없죠. 호텔에서 그들은 히르쉬 씨의 시체를 트렁크로 옮긴 뒤 그걸 역으로 보낸 겁니다. 사건의 전모는 이렇습니다, 위고 씨."

그 시각에 다른 형사들은 아르메니아인의 신원을 파악할 수 있는 단서를 확보했다. 트렁크에 베를린 호텔의 수하물 스티커가 붙어 있었던 것이다. 그 아르메니아인이 팁을 듬뿍 주는 사람이라는 증거였다. 세계 어디서나 호텔의 수하물 운반 직원들은 수하물의 주인이 돈을 잘 쓰는 사람이라는 표시로 그런 스티커를 붙인다. 그리고 보통 팁을 두둑하게 받은 수하물 운반 직원은 그 수하물의 주인을 기억하고 있는 법이다. 그의 이름은 마자니안이었다. 그 수하물 운반 직원은 그가 프라하를 거쳐 비엔나로 가는 중이었다는 사실까지 기억하고 있었다. 그는 부쿠레슈티^불가리아 북부의 항구 도시에서 체포되었다. 하지만 그는 감금되자마자 스스로 목을 매어 자살했다. 왜 그가 히르쉬를 죽였는지는 미궁에 빠졌다. 히르쉬가 콘스탄티노플^{터키 서부의 도시}에서 벌였던 사업 때문에 다툼이 있었던 것 같다고 추정만 할 뿐이었다.

이 이야기에서 눈여겨봐야 할 것은 상품의 품질이 사업에서 가장 중요하다는 사실이다. 만일 그 아르메니아인이 싸구려 염색약을 쓴 카펫 대신에 양질의 카펫을 밀수했다면, 히르쉬를 해치운 사실이 그렇게 일찍 발각되지는 않았을 테니까. 이것은 분명한 사실이다. 조잡한 물건을 팔면 조만간 그 대가를 치러야 하는 법이다.

여의주와 새

  사실 나는 페르시아산 카펫에 대해 좀 아는 편인데, 오늘날에는 페르시아산 카펫과 관련된 모든 것이 예전과는 다르다. 요즘 거기에 사는 작자들은 더 이상 옛날처럼 코치닐, 인디고, 사프란, 낙타 소변, 오배자 같은 훌륭한 천연 유기 염료들로 양모를 염색하려고 들지 않는다. 양모도 과거와는 달리 형편없다. 무늬는 또 어떻고 … 정말 눈물이 날 지경이다! 요즘 페르시아산 카펫의 가치는 형편없다. 단지 1870년 이전에 만들어진 오래된 카펫만이 비싼 값에 거래될 뿐이다. 하지만 그런 물건들은 오래된 가문에서 '가정 문제' ― 그들은 고상하게 이렇게 부르지만 사실은 빚 문제다 ― 때문에 가보를 처분할 때만 살 수 있다. 한번은 로즘베르크 성_{체코 프라하에 있는 성}에서 진짜 트란실바니아_{루마니아 중부 지방} 카펫을 우연히 본 적이 있다. 자그마한 기도용 양탄자로 17세기에 터키인들이 트란실바니아에 살 때 만든 것이었는데, 성을 방문하는 관광객들이 징을 박은 구두를 신은 채 그 위를 마구 걸어 다녔다. 그 카펫의 가치를 아는 사람이 아무도 없었다. 정말 가슴 아픈 광경이었다. 세상에서 가장 희귀한 카펫 중 하나가 바로 여기 프라하에 있는데 누구도 그걸 모르다니 말이다.

나는 프라하에 있는 모든 카펫 판매상들을 알고 있는데, 종종 그들이 어떤 제품을 갖고 있는지 살피러 다닌다. 여기에는 이유가 있다. 아나톨리아터키 내륙에 있는 고원지대나 페르시아 지역 상인들은 가끔 회교 사원 같은 데서 도난당한 오래된 카펫들을 입수하는 경우가 있다. 하지만 그들은 이 카펫들을 다른 직물들과 함께 묶어서 무게를 달아 팔아버린다. 안에 무엇이 들어 있는지는 상관하지 않는다. 그래서 나는 혼자 생각을 했다. '그들이 라디크소아시아 지방에 존재했던 고대국가나 베르가마터키 서부의 소도시 카펫을 그런 식으로 팔아버렸을 수도 있잖아!' 이게 내가 카펫 가게를 여기저기 기웃거리는 이유다. 그곳에서 나는 가만히 담배 파이프를 물고 앉아 상인들이 얼빠진 고객들에게 부크하라우즈베키스탄 제라프샨 강 하류의 도시나 타브리즈이란 서북부 아제르바이잔 주의 주도 카펫 따위를 파는 모습을 지켜본다. 그러다 가끔씩 이렇게 말하는 것이다.

"거기 그 밑에 있는 노란 것이 뭐지?"

그렇게 해서 하마단이란 서부의 도시 카펫을 건졌다. 나는 가끔 세베리노바 부인에게도 들른다. 그녀는 구 도심지의 한가운데 작은 가게를 갖고 있었는데, 운이 좋으면 근사한 카라만스터키 중남부의 도시 카펫이나 킬림스터키산 여름용 카펫를 거기서 발견할 수 있다. 그녀는 몸집이 통통하고 쉴 새 없이 재잘대는 몹시 쾌활한 여인이었는데, 쳐다보기 괴로울 정도로 엄청나게 뚱뚱한 푸들 한 마리를 키우고 있었다. 천식에라도 걸린 듯 귀에 거슬리는 소리로 짖어대는, 몹시 성질이 고약한 개였다. 나는 그런 개들을 정말 싫어한다. 여러분들은 진정으로 어려 보이는 푸들을 본 적이 있는가? 내가 보기에 푸들은 모두 나이에 상관없이 수사관이나 회계감사인, 또는 세금 징수원처럼 노회하다. 아마 타고난 속성이리라. 하지만 나는 세베리노바 부인과 좋은 관계를 유지하고 싶었다. 그래서 항상 그녀의 가게에 가면 한구석에 정사각형으로 접혀져 있는 큰 카펫 위에 앉아 가르랑거리며 코를 골고 있는 이 암놈 푸들 아미나의 등을 긁어주었다. 아미나는 그걸 무척 좋아했다.

"세베리노바 부인." 어느 날 내가 그녀에게 말했다. "장사가 잘 안되는 것 같군요. 아미나가 앉아 있는 이 카펫만 해도 벌써 3년째 여기 그대로 있지 않습니까."

"그것보다 훨씬 더 오래되었죠." 부인이 내 말을 수정했다. "그 카펫은 10년간 이 자리에 놓여 있었어요. 하지만 그건 내 카펫이 아니에요."

"아." 내가 알겠다는 듯이 감탄사를 뱉었다. "맞아요. 그건 아미나 것이죠."

"천만에요." 그녀가 웃음을 터트렸다. "그건 어떤 부인의 것이에요. 자기 집에 놓을 장소가 마땅치 않다고 여기에 맡겨놓은 거죠. 좀 거추장스럽기는 해요. 하지만 적어도 아미나가 그 위에서 잠을 잘 수는 있죠. 그렇지 않니, 아미나?"

내가 카펫의 끝을 살짝 집어 들고 살펴보려 하자, 아미나가 무섭게 으르렁거렸다.

"이 카펫은 상당히 오래된 것 같군요." 내가 말했다. "좀 봐도 되겠습니까?"

"물론이죠."

부인이 흔쾌히 승낙하고는 아미나를 무릎에 안았다.

그녀가 아미나를 얼러댔다.

"진정해, 아미나. 이 신사분은 그저 보기만 하는 거야. 다 보고 나면 너를 위해 다시 카펫을 접어주실 거야. 조용히 해, 으르렁거릴 필요 없다니까! 제발 그만해, 이 멍청한 개 같으니!"

나는 아랑곳하지 않고 카펫을 폈다. 그런데 맙소사, 나는 숨이 멎을 것만 같았다. 그건 아나톨리아산 카펫이었다. 여기저기 낡고 해지기는 했지만 분명히 사람들이 '새 무늬 카펫'이라고 부르는 그것이었다. 카펫에는 여의주와 새 무늬가 수놓아져 있었다. 사용이 엄격하게 금지된 신성한 무늬였다. 한마디로 극히 찾아보기 힘든 카펫으로, 넓이가 25㎡에 이르고 약간 청록색과 분홍색이 감도는 아름다운 흰색 카펫이었다. 나는 세베리노바 부인이 내 얼굴 표정을 볼 수 없도록 창문 쪽으로 몸을 돌리고는 그녀에게 말했다.

"세베리노바 부인, 이 카펫도 분명히 좋은 날이 있었을 텐데 지금은 이렇게 가게 한 귀퉁이에서 다 해져가고 있군요. 저기, 그 부인에게 내가 이걸 사겠다고 말씀해주십시오. 어차피 그녀에게는 이걸 보관할 공간도 없으니 말입니다."

"그게 말처럼 쉽지가 않습니다." 세베리노바 부인이 난색을 표했다. "이건 팔려고 내놓은 게 아니에요. 게다가 그 부인은 늘 메라노 이탈리아 북부의 온천 휴양지나 니스 프랑스 동남부에 위치한 유럽 제일의 휴양지 같은 곳에 온천욕을 하러 다니고 있는데, 나는 그녀가 언제쯤 집에 돌아올지조차 몰라요. 하지만 노력은 해보죠."

"네, 부탁드립니다."

나는 최대한 무관심하게 보이도록 애쓰면서 말했다. 그러고는 곧 자리를 떴다. 수집가들은 희귀한 물건을 헐값에 입수하는 것을 매우 명예롭게 여긴다. 나는 책을 수집하는 매우 부유한 저명인사를 한 명 알고 있다. 그는 필요하다면 낡은 중고 서적 한 권을 사는 데 수천 코루나를 지불해도 눈썹 하나 꿈쩍하지 않는 사람이다. 하지만 그런 그도 우연히 벼룩시장에서 요세프 크라소슬라프 크멜렌스키의 시집 초판을 발견하고 불과 몇 센트에 그걸 손에 넣게 되자 껑충껑충 뛰며 좋아했다. 그건 비유하자면 영양 사냥과 같은 일종의 스포츠라고 말할 수 있다. 어쨌든 나는 이 카펫을 기필코 싼값에 입수하리라 마음먹었다. 그런 뒤에는 박물관에 기증할 작정이었다. 사실 그런 물건에 어울리는 장소는 박물관밖에 없기 때문이다. 물론 박물관에 놓인 그 카펫 위에는 이런 라벨이 붙어 있어야 한다. 〈기증자 : 비타세크 박사〉, 이런 걸 보면 확실히 사람은 자신만의 환상을 갖고 사는 것 같다. 어쨌든 그 순간 내 머리는 이런 생각으로 맹렬히 회전하고 있었다.

그날 이후 나는 카펫을 다시 보러 달려가고 싶은 생각을 억누르느라 갖은 애를 썼다. 하루 종일 카펫 생각이 머리를 맴돌았다. 날마다 오늘 하루만 더 참자고 스스로를 다독였다. 여기에는 괴로움을 자초하고 싶은 심정도 한몫 거들었다. 사람들은 때때로 스스로를 괴롭히길 즐기는 가학적 속성을 갖고 있기 때문이다. 하지만 이렇게 2주쯤 지났을 무렵 갑자기 누군가 새 무늬 카펫을 알아봤을 수도 있다는 생각이 번뜩 떠올랐다. 나는 세베리노바 부인의 가게로 급히 달려갔다.

"어떻게 됐습니까?"

내가 문가에서 가쁜 숨을 몰아쉬며 세베리노바 부인에게 물었다.

"뭐가 어떻게 됐냐는 거죠?"

세베리노바 부인이 놀라 반문했다.

나는 애써 정신을 가다듬었다.

"그게 말입니다. 볼일이 있어서 이 근처를 지나다가 갑자기 그 흰색 카펫이 떠올랐습니다. 그 부인이 팔겠다고 하던가요?"

세베리노바 부인이 고개를 저었다.

"말도 못 꺼냈어요. 그녀는 지금 비아리츠프랑스 남서부 지방에 있는 휴양지에 있는데 언제 돌아올지는 아무도 몰라요."

나는 카펫이 그대로 있는지 살펴보는 것으로 만족해야 했다. 카펫 위에는 그사이에 더 뚱뚱하고 지저분해진 아미나가 누워서 내가 등을 긁어주기만을 기다리고 있었다.

며칠 뒤 나는 사업상 런던을 방문했는데, 운 좋게도 거기에서 더글라스 케이스 경을 만날 수 있었다. 그는 동양 카펫 분야에서 현존하는 세계 최고 권위자로 알려져 있다.

"넓이가 25㎡이고 여의주와 새 무늬가 수놓아져 있는 흰색 아나톨리안 카펫의 가치가 얼마나 되는지 아십니까?"

내가 그에게 물었다.

더글라스 경이 안경 너머로 나를 물끄러미 쳐다보더니 쏘아붙였다.

"없어."

"그게 무슨 소리입니까? 없다니요." 내가 당황해서 반문했다. "왜 가치가 없다는 겁니까?"

"그런 크기와 무늬를 가진 카펫은 존재하지 않기 때문이지." 더글라스 경이 소리를 질렀다. "내가 아는 한 여의주와 새 무늬가 있는 카펫 중 가장 큰 것이라고 해봤자 13㎡도 되지 않네."

나는 기쁨을 억누르느라 얼굴이 새빨개졌다.

"하지만 만약 그만큼 큰 것이 실제로 있으면 얼마나 가치가 나가겠습니까?"

"내가 없다고 이미 말하지 않았나!" 더글라스 경이 고함을 질렀다. "만약에 그런 카펫이 있다면 그건 세상에 하나밖에 없는 거야. 그런데 어떻게 가치를 매길 수 있겠나? 그냥 부르는 게 값이지. 하지만 그런 카펫이 존재할 리가 없네."

나는 인사를 하고 그와 헤어졌다. 돌아오는 길에 나는 속으로 다짐했다.

'무슨 일이 있어도 여의주와 새가 그려진 그 카펫을 손에 넣어야지. 그렇게 되면 박물관은 완전 횡재하는 거지!'

하지만 어려움이 한두 가지가 아니었다. 먼저 나는 그 카펫에 관심이 있다는 표시를 조금도 드러내서는 안 되었다. 수집가라면 그렇게 하지 않는 법이기 때문이다. 게다가 세베리노바 부인은 아미나가 뒹굴대는 그 낡아빠진 카펫을 파는 데 전혀 관심이 없었다. 그리고 무엇보다도 카펫 주인인 그 빌어먹을 여자는 메라노에서 오스텐드_{벨기에 동부에 있는 온천 휴양지}로, 다시 바덴_{독일 남서부 지방에 있는 온천 휴양지}에서 비쉬_{프랑스 중부 지방의 온천 휴양지}로 돌아다니고 있었다. 남은 평생 온천만 할 것처럼 여기저기 떠돌고 있었던 것이다. 그녀는 틀림없이 여기저기 몸이 아픈 데다 집에 의학 백

과사전을 갖고 있을 것이다.

그래서 나는 이삼 주마다 한 번씩 세베리노바 부인의 가게에 들러 한 구석에 새 무늬 카펫이 그대로 잘 있는지 살폈다. 나는 갈 때마다 밉살스러운 아미나가 기뻐 소리를 꽥꽥 지를 때까지 등을 긁어주었으며, 그곳에 간 진짜 의도를 눈치채지 못하도록 늘 다른 카펫을 샀다. 사실 나는 이미 주체하지 못할 정도로 많은 카펫을 갖고 있었다. 쉬라즈이란 남서부 지방의 도시, 쉬르반이란 북서부 지방의 도시, 모술이라크 북부 지방의 도시 등지에서 만들어진 카펫들을 산더미처럼 집에 보관하고 있었던 것이다. 그중에는 최상품인 데르벤트러시아 남서부 다르겐트 공화국에 있는 도시산 카펫이나 오래전 호라산이란 북동부 지역에 있는 주에서 만들어진 푸른 카펫처럼 좀처럼 보기 힘든 종류도 포함되어 있었다.

내가 꼬박 2년 동안 어떤 일을 겪었는지는 오직 수집가만이 이해할 것이다. 사랑의 고통이 크다고들 얘기하지만 그건 수집의 고뇌에 비하면 아무것도 아니다. 하지만 그렇다고 해서 자살 따위를 하는 수집가들은 없다. 그와는 반대로 대부분의 수집가들은 고령까지 장수하는 편이다. 그들의 고뇌는 건강한 열정이기 때문이다.

어느 날 세베리노바 부인에게서 갑자기 연락이 왔다. 새 무늬 카펫의 주인인 자넬리 부인이 집에 돌아왔다는 것이다.

"그녀에게 카펫을 사고 싶다는 사람이 있다고 얘기를 했어요." 세베리노바 부인이 내게 말했다. "여기에 이런 식으로 놓아두니까 점점 올이 보일 만큼 닳아 해지고 있다고 얘기도 했죠. 하지만 그녀는 그 카펫은 가보라서 팔고 싶지 않다고 얘기하더군요. 더 이상 어떻게 할 방법이 없었어요."

나는 두말하지 않고 직접 자넬리 부인을 만나러 갔다. 나는 막연히 그녀를 최신 유행을 선도하는 세련된 여인이라고 생각했다. 하지만 직접 만나본 그녀는 딸기코에다 가발을 쓴 추악한 노파였다. 그뿐이 아니었다. 입에서 왼쪽 귀까지 얼굴 한쪽이 계속해서 실룩거리는 안면 경련 증세까지 있었다.

"부인 소유의 그 흰색 카펫을 사고 싶습니다." 나는 춤추듯 실룩거리는 그녀의 입에서 눈을 떼지 못한 채 말을 꺼냈다. "물론 그건 올이 다 드러날 정도로 낡긴 했습니다만, 제 집의 현관 입구에 놓으면 어울릴 것 같습니다."

나는 그녀의 대답을 기다렸다. 그 순간 나는 내 입이 왼쪽으로 일그러져 실룩거리기 시작하는 것을 느꼈다. 그녀의 경련이 옮은 것인지 아니면 너무 신경이 곤두서서 그런 것인지는 알 수 없었지만, 일단 한번 시작되자 멈출 수가 없었다.

"어떻게 감히?" 그녀가 무서운 얼굴을 사납게 일그러뜨렸다. "여기서 당장 나가. 지금 당장!"

그녀가 귀청이 찢어져라 고함을 질렀다.

"그 카펫은 내가 할아버지에게 물려받아 가보로 간직해오던 거야. 나는 어떤 카펫도 팔지 않아. 나는 폰 자넬리란 말이야! 메리, 이 사람 밖으로 쫓아내!"

나는 쫓기듯이 계단을 허겁지겁 내려와야 했다. 나는 치밀어 오르는 분노와 애석함 때문에 눈물이 날 지경이었다. 하지만 내가 할 수 있는 것은 아무것도 없었다.

1년 뒤 나는 세베리노바 부인의 가게를 다시 찾았다. 그동안 아미나는 몰라보게 살찌고 털까지 빠져서 마치 돼지처럼 변해 있었다. 나는 자넬리 부인이 다시 집에 돌아왔다는 사실을 알았다. 나는 그 카펫에 눈이 멀어서 수집가로서는 죽는 날까지 부끄러워할 짓을 하고야 말았다. 나는 변호사 친구를 그녀에게 보냈다. 그의 이름은 빔발로 아주 교양 있는 데다가 턱수염을 기르고 있어서, 여자들은 그가 하는 말이면 팥으로 메주를 쑨다고 해도 믿을 정도였다. 나는 그에게 자넬리 부인한테 가서 후한 값에 그 새 무늬 카펫을 사겠다고 제의해보라고 말했다. 나는 그가 자넬리 부인을 만나는 동안 마치 청혼을 하고 대답을 기다리는 사람처럼 초조하게 밖에서 기다렸다. 3시간쯤 지났을 무렵 빔발이 비틀대며 집 밖으로 나왔다. 그의 이마에 땀이 송골송골 맺혀 있었다.

"이 사기꾼!" 나를 보자마자 그가 소리를 꽥 질렀다. "정말 네 목을 비틀어버리고 싶군. 도대체 내가 왜 너 때문에 그 여자와 마주 앉아 3시간 동안이나 자넬리 가문의 역사 따위를 들어야 하지?"

그가 복수라도 하듯 덧붙였다. "그리고 분명히 말하는데 너는 그 카펫을 절대 가질 수 없을 거야. 자넬리 가문 사람들은 자신들의 가보가 박물관에 전시되는 꼴을 보느니 차라리 죽음을 택할 거니까! 나쁜 놈, 나를 이렇게 속이다니!"

한바탕 쏟아부은 그가 뒤도 돌아보지 않고 사라졌다. 하지만 사람은 한번 어떤 생각에 사로잡히면 쉽사리 그 생각에서 벗어나지 못하는 법이다. 그리고 그 사람이 수집가라면 죽음으로도 그 집착을 말릴 수 없다. 그렇게 보면 수집은 여자애처럼 곱상한 남자 따위가 할 수 있는 일이 결코 아니다.

어쨌든 나는 이제 그 카펫을 훔치기로 결심했다. 나는 먼저 지형을 살폈다. 세베리노바 부인의 가게는 성으로 둘러싸인 구 도심지의 안쪽에 있었다. 저녁 9시가 되면 성의 외곽문이 닫히고 사람들의 통행이 금지된다. 나는 열쇠로 성문을 열겠다는 생각은 처음부터 하지 않았다. 그것은 내가 전혀 모르는 분야이기 때문이다. 대신 나는 성문이 닫히기 전에 몸을 숨길 수 있는 지하실 계단을 찾아냈다. 바로 옆에는 헛간으로 쓰는 건물이 있었다. 그 건물의 지붕으로 올라가면, 이어지는 지붕을 타고 성 바깥에 있는 술집 마당으로 내려갈 수 있었다. 술집에서 나오는 나를 의심할 사람은 없을 터였다. 이제 모든 문제는 해결되었다. 남은 건 어떻게 가게 유리를 뚫고서 안으로 들어가느냐 하는 것뿐이었다. 그래서 나는 유리 자르는 다이아몬드를 샀다. 그러고는 집 유리창을 이용해서 숙달될 때까지 유리 자르는 연습을 반복했다.

내가 이렇게 이야기한다고 해서 혹시라도 도둑질이 간단하다고 오해하지는 말기 바란다. 이건 전립선 수술이나 신장 제거 수술보다 훨씬 더 어려운 일이다. 첫째, 남의 눈에 들키지 않아야 하는데 이게 보통 어렵지가 않다. 둘째, 적당한 때가 올 때까지 끝도 없이 기다려야 하는 등 불편한 점이 한두 가지가 아니다. 셋째, 불확실성이 너무 크다. 어떤 물건들이 기다리고 있을지 사전에 알 수 없다. 다시 한 번 말하지만 정말로 힘들고, 들인 품에 비해 소득은 별로인 직업이다. 만약 내가 집에서 도둑과 맞닥뜨리게 된다면 그의 손을 잡고 부드러운 목소리로 이렇게 말

해주고 싶다. '이봐 친구, 왜 이런 고생을 사서 하는가? 좀 더 편하게 도둑질할 수 있는 방법은 없나?'

　나는 다른 사람들이 어떻게 도둑질하는지 모른다. 하지만 내 경험에 따르면 절대 권할 만한 일은 아니다. 문제의 그날, 나는 성문이 닫히기 전에 몰래 지하실 계단에 숨었다. 사실 이건 경찰 기록에 적혀 있는 이야기일 뿐이다. 실제로는 이랬다. 그날 나는 비를 맞으며 성문 앞에서 30분가량이나 서성거렸다. 누가 봤으면 틀림없이 이상하게 여겼을 것이다. 그러다가 마음을 굳히고는 성문 안으로 한 걸음을 옮겼다. 그 순간 나는 맥주를 받아오기 위해 술집에 가는 어떤 집 하녀와 맞닥뜨렸다. 주위에는 아무도 없었다. 나는 그녀를 안심시키기 위해 무슨 말인가를 했는데, 아마 그녀가 예쁘고 사랑스럽게 생겼다는 취지였던 것 같다. 하지만 그게 그녀를 더욱 겁에 질리게 만들었던지 그녀는 즉각 줄행랑을 쳤다. 나는 얼른 지하실 계단에 몸을 숨겼다. 계단 한쪽에는 어떤 작자가 놓아두었는지 담뱃재와 음식 쓰레기 등으로 가득한 쓰레기통이 있었다. 그런데 내가 몸을 움직이다가 잘못 건드리기라도 했는지 쓰레기통이 쿵 하는 소리와 함께 쓰러지더니 쓰레기들이 나에게 쏟아지는 게 아닌가. 나는 화가 치밀었지만 숨을 죽이며 오물 냄새를 견뎌야만 했다. 한편 나와 부딪혔던 하녀는 맥주를 사가지고 돌아오는 길에 성문 경비원에게 누군가 수상한 사람이 서성거리고 있다고 신고를 했다. 하지만 경비원은 훌륭하게도 몸소 수고를 할 생각이 전혀 없었다. 그는 그녀가 본 사람은 아마 술집을 못 찾아서 헤매고 있는 술꾼일 거라고 말하고는 하녀를 돌려보냈다. 15분쯤 뒤, 경비원이 크게 하품을 하고 헛기침을 몇 번 뱉더니 자리에서 일어나 성문을 잠그러 갔다. 사위는 쥐죽은 듯 고요했다. 들리는 것이라고는 어느 집 이층에선가 쓸쓸하게 숨죽여 흐느끼는 여인의 울음소리뿐이었다. 고향 생각에 잠 못 이루는 하녀임이 분명했다. 나는 몸이 점점 으슬으슬해졌다. 게다가 사방에서 시큼하고 퀴퀴한 냄새가 진동했다. 나는 손으로 주위를 더듬거려보았다. 손이 닿는 곳마다 끈적거렸다. 맙소사, 이제 이 주위에는 요로 감염증의 최고 권위자인 나, 비타세크 박사의 지문이 온통 널리게 되리라. 나는 이제 자정이 다 됐으리라 생각하고 시계를 봤지만, 겨우 10시가 갓 넘어 있었다. 나는 세베리노바 부인의 가게에 자정 무렵 들어갈 생각이었다. 하지만 11시가 되었을 무렵 나는 더 이상 참을 수 없는 지경이 되었다. 나는 도둑질을 개시했다. 여러분은 어둠 속에서 살금살금 몸을 움직일 때 얼마나 큰 소리가 나는지 믿을 수 없을 것이다. 하지만 다행스럽게도 사람들은 깊은 잠에 빠져 있었다. 아무에게도 들키지 않고 세베리노바 부인의 가게에 도달한 나는, 곧 끼익 끼익하는 끔찍한 소리와 함께 유리를 잘라내기 시작했다. 그때 가게 안에서 낮게 으르렁거리는 소리가 들려왔다. 세상에, 아미나가 거기에 있었던 것이다!

나는 아미나에게 나지막이 속삭였다.

"아미나, 이 꼴도 보기 싫은 놈. 조용히 하지 못해? 네 등을 긁어주려고 온 거야."

어둠 속에서 미리 그어놓은 선을 따라 정확히 다이아몬드를 놀린다는 것은 믿을 수 없을 정도로 힘들었다. 나는 다이아몬드를 앞뒤로 계속 긁어댔다. 그런데 어느 순간 내가 힘을 세게 주자 유리창이 꽝음과 함께

산산조각이 나버렸다. '이런 큰일 났군. 이제 모든 사람이 달려올 거야.'

나는 혼잣말을 하고는 어디 숨을 데가 없나 주위를 둘러보았다. 하지만 아무 일도 일어나지 않았다. 사방이 기이할 정도로 완강한 정적에 휩싸여 있었다. 나는 남아 있는 유리들을 안전하게 제거한 뒤 가게 안으로 들어갔다. 아미나는 가끔씩 으르렁거렸지만 그다지 열의는 없어 보였다. 그저 자기 일을 하고 있다는 것을 보여주기 위해 형식적으로 짖을 뿐이었다. 나는 곧장 이 지긋지긋한 놈에게 다가갔다.

"아미나." 나는 열에 들뜬 듯 속삭여대기 시작했다. "제발, 등이 어디에 있니? 아, 여기에 있군. 나의 소중한 강아지, 나의 친구 … 이 몹쓸 암캐, 너는 이걸 좋아하지, 그렇지 않아?"

아미나는 행복에 겨워서 몸을 비틀어댔다. 마치 거대한 마대 자루가 꿈틀대는 것 같았다. 이제 때가 무르익었다고 판단한 나는 친근한 목소리로 아미나에게 말했다.

"좋아, 아미나. 이제 이걸 놓아주렴."

나는 아미나의 밑에 깔려 있는 새 무늬 카펫을 끌어당기기 시작했다. 그 순간 아미나는 자신의 소중한 재산이 위험에 처해 있다고 생각한 것이 틀림없다. 녀석이 갑자기 울부짖기 시작했다. 그건 단순히 짖어대는 소리가 아니었다. 말 그대로 울부짖는 소리였다.

"제기랄, 아미나. 조용히 해, 이 빌어먹을 놈." 나는 재빨리 녀석을 혼냈다. "기다려. 내가 더 근사한 놈을 구해다 줄게!"

그러고는 흉물스럽게 번들거리는 케르만이란 동남부의 도시산 카펫을 벽에서 휙 잡아당겼다. 세베리노바 부인이 자신의 가게에서 최고라고 여기는 물건이었다.

"이거 보이지, 아미나." 내가 아미나의 귀에 대고 속삭였다. "앞으로 네가 밤마다 지낼 곳이야!"

아미나는 관심 어린 눈길로 나를 바라보았다. 하지만 내가 녀석의 카펫을 잡으려고 손을 뻗자, 그 즉시 다시 울부짖기 시작했다. 저 멀리 꼬빌리시 구역에 사는 사람들까지도 들을 수 있을 정도로 큰 소리였다. 나는 다시 한 번 이 괴물에게 황홀경을 선사하기 위해 온갖 정성을 다해 등을 긁어준 뒤 품에 안았다. 하지만 내가 그 여의주와 새 무늬 카펫에 다시 손을 대려 하자, 아미나는 그 즉시 발작을 일으키며 소란을 피워댔다.

"이런 빌어먹을 짐승." 나는 어쩔 줄 몰라 소리쳤다. "죽어버리고 말테다."

나는 스스로를 이해할 수가 없었다. 이 뚱뚱하고 끔찍하게 혐오스러운 짐승을 죽일 만큼 증오하면서도 막상 죽일 수가 없었던 것이다. 나는 아주 잘 드는 칼도 있고, 바지에는 벨트도 있었다. 따라서 얼마든지 녀석의 목을 베거나 졸라서 죽일 수 있었다. 하지만 도저히 그럴 용기가 나지 않았다. 나는 카펫 위에 자리 잡은 아미나의 옆에 앉아 말없이 녀석의 귓등을 긁어주었다.

"이런 비겁한 놈." 나는 스스로에게 속삭였다. "눈 깜짝할 사이에 모든 게 끝나는 거야. 너는 수많은 사람들을 수술해봤잖아. 또 그들이 두려움과 고통 속에 숨져가는 것도 지켜봤어. 그런데 왜 고작 개 한 마리를 죽이지 못하는 거야?"

나는 이를 악물고 용기를 불러일으키려 애써보았지만 소용이 없었다. 나는 허물어지듯 주저앉아 울음을 터트렸다. 그때는 이유를 몰랐지만 틀림없이 자신이 너무 부끄러워 그랬을 것이다. 그러자 아미나가 낑낑대며 내 얼굴을 핥았다.

"이 버릇없고 추악한 데다 아무짝에도 쓸모가 없는 짐승 같으니라고."

나는 투덜대며 녀석의 등을 긁어주고는 다시 유리창을 통해 밖으로 나왔다. 나는 전쟁에서 패배해 후퇴하는 병사처럼 참담한 심정이었다. 나는 당초 계획대로 헛간 지붕으로 뛰어올라가 지붕을 타고 술집 마당으로 뛰어내려서 성 밖으로 빠져나가려고 했다. 하지만 나는 지붕 위로 뛰어오를 수 없었다. 그게 아미나와 씨름하느라 마지막 한 톨의 힘까지 소진해버려서 그랬는지, 아니면 지붕이 예상보다 높아서 그랬는지는 아직까지도 모르겠다. 나는 어쩔 수 없이 지하실 계단으로 다시 기어들어 갔다. 나는 기진맥진해 반송장인 상태로 그곳에서 아침이 올 때까지 뜬 눈으로 밤을 새웠다. 지금 생각해보니 참으로 바보 같았다. 가게 안에 널리고 널린 카펫 중에서 하나를 골라 그 위에서 잠을 잘 수도 있었는데 말이다. 그때는 그런 생각이 전혀 나지 않았다. 아침이 되자 경비원이 성문을 여는 소리가 들렸다. 나는 잠시 동안 기다렸다가 밖으로 나와 곧장 성문으로 향했다. 성문 옆에 서 있던 경비원이 내가 걸어오는 것을 보고는 화들짝 놀랐다. 그는 얼마나 놀랐던지 몸이 얼어붙은 채 내가 성문을 통해 밖으로 나가는 것을 우두커니 지켜보기만 했다.

이틀 뒤에 나는 세베리노바 부인의 가게를 찾아갔다. 유리창에는 창살이 설치되어 있었다. 그리고 그 신성한 여의주와 새 무늬 카펫 위에는 언제나처럼 혐오스런 개 한 마리가 뒹굴고 있었다. 아미나는 나를 보자 마자 반갑다는 듯이 뭉툭한 소시지처럼 생긴 꼬리를 마구 흔들어댔다. 세베리노바 부인이 나를 향해 환하게 웃었다.

"선생님, 여기 우리 보물 아미나, 정말 사랑스럽고 귀엽죠? 얼마 전 도둑이 가게에 몰래 들어왔는데, 아미나가 그를 쫓아버린 사실을 아세요? 정말이지 이 세상 어떤 것하고도 아미나를 바꿀 수는 없답니다." 그녀가 자랑스럽게 말했다. "그런데 아미나는 당신을 좋아해요. 아미나는 정직한 사람을 알아보거든요. 그렇지 않니, 아미나?"

이제 이야기는 끝났다. 내가 이 세상에서 가장 희귀한 카펫 중 하나라고 믿고 있는 그 특별한 카펫은 지금 이 순간에도 같은 자리에 놓여 있다. 그리고 그 위에는 여전히 뚱뚱하고 지저분하며 고약한 냄새를 풍기는 아미나가 행복에 겨운 표정으로 누워 있다. 언젠가 아미나가 자신의 살에 짓눌려 질식해 죽더라도 전혀 놀라운 일은 아니다. 그리고 그때가 되면 나는 다시 그 카펫을 훔칠 작정이다. 그러나 그러려면 우선 쇠창살을 뚫고 들어가는 법을 배워야만 한다.

금고털이범과 방화범

"명심해. 도둑질을 하려면 자신이 무엇을 하려는 건지 제대로 알아야만 해."

발라반은 늘 이렇게 말하곤 했다. 그는 숄레앤코라는 회사에서 마지막 금고털이를 했다. 이 발라반이란 사람은 매우 박식하고 신중한 금고털이범이었다. 물론 이건 그가 나이 든 사람이기 때문이기도 했지만, 그렇다고 해서 모든 사람이 많은 경험의 이점을 누리는 것은 아니다. 사실 젊었을 때는 모험하기를 좋아한다. 그리고 알다시피 용기 하나만 있어도 많은 일들을 성공할 수 있다. 하지만 점점 모든 일을 심사숙고하기 시작하면 용기는 사라지고 신중함이 그 자리를 대신 메우게 된다. 신중함은 비단 정치뿐만 아니라 다른 모든 분야에서도 큰 보상을 가져온다.

발라반이 늘 하는 얘기 중 하나가 모든 일에는 지켜야 할 규칙이 있다는 것이다. 금고털이와 관련한 규칙 중 첫 번째는 반드시 혼자서 해야 한다는 것이다. 다른 누구에게도 의지할 수 있는 일이 아니기 때문이다. 두 번째 규칙은 한 장소에서 오래 일하면 안 된다는 것이다. 꼬리가 길면 잡히는 법이기 때문이다. 세 번째는 시대의 흐름에 뒤처지지 말고 늘 자기 분야의 새로운 경향에 정통해야 한다는 것이다. 하지만 발라반이 이 모든 규칙을 따른 것은 아니었다. 그는 전통적인 작업 방식을 고수했다. 모든 금고털이범들이 똑같은 방식으로 일할 경우 경찰들이 범인을 찾기가 어렵기 때문이었다. 그래서 발라반은 전기드릴도 있고 폭발물 다루는 법도 알았지만 항상 렌치만 갖고 다녔다. 그는 중무장을 한 최신식 금고를 상대하는 것은 부질없는 헛된 욕망일 뿐이라고 말하곤 했다. 그는 익숙한 구식 금고를 터는 것을 선호했다. 냄새나는 수표가 아니라 정직한 돈이 들어 있는 낡은 철제 금고들 말이다. 그는 모든 것을 숙고한 뒤 빈틈없이 해치웠다. 금고털이범으로서 정말 완벽했다. 게다가 그는 오래된 놋쇠 제품을 파는 가게와 부동산 사업을 운영하고 있었고, 경마에서도 적잖은 돈을 모았다. 한마디로 그는 성공한 사내였다. 그런데 발라반이 여기저기 다니면서 마지막으로 금고털이를 한 번만 더 하겠다고 떠들고 다녔다. 젊은 세대를 깜짝 놀라게 할 완벽한 작품을 선보이겠다는 것이다. 중요한 것은 큰돈을 버는 것이 아니라고 믿는 사람들이 있다. 발라반에게도 무엇보다 잡히지 않는 것이 중요했다.

발라반이 선택한 마지막 금고는 숄레앤코에 있는 것이었다. 그렇다. 부베네크에 공장을 갖고 있으며 사람들에게 널리 알려진 바로 그 회사다. 발라반의 금고털이 기술은 정말로 예술적이었다. 나는 이 말을 피스토라 형사에게서 들었다. 발라반은 벽을 기어오른 뒤 뜰 쪽으로 난 창문을 통해 안으로 들어갔다. 피스토라 형사는 발라반이 창문의 쇠살대를 얼마나 깔끔하게 제거했는지 정말 감탄스러울 정도라고 얘기했다. 그는 자그마한 흔적도 남기지 않았다. 이것만 봐도 그가 얼마나 아름답게 작업하는지 알 수 있다. 그가 금고 문을 여는 데는 드릴로 단 한 개의 구멍만 뚫으면 충분했다. 더 이상의 구멍이나 홈 같은 것은 눈을 씻고 찾아봐도 없었다. 심지어는 금고의 페인트칠도 꼭 필요한 부분을 제외하고는 손대지 않았다. 이 정도로 자신의 일에 애정을 갖고 있는 사람은 찾아보기 어렵다고 피스토라는 말했다. 사실 그 금고는 경찰 박물관에 보관되어 있다. 그만큼 걸작이었던 것이다. 6만 코루나쯤 되는 돈을 금고에서 꺼낸 뒤, 발라반은 가져온 빵과 베이컨을 먹고는 들어온 창을 통해 빠져나갔다. 발라반은 장군과 금고털이범이 가장 유념해야 하는 일은 후퇴라고 말하곤 했다. 무사히 숄레앤코에서 후퇴한 발라반은 훔친 돈은 사촌에게, 그리고 연장은 리즈너라는 사내에게 은닉했다. 집으로 돌아온 발라반은 옷과 신발을 세탁하고 샤워를 마친 뒤 평범한 시민처럼 잠자리에 들었다.

다음 날 아침 8시가 채 되지 않은 시각에 누군가가 발라반의 집 문을 두드리며 소리쳤다.

"문 열어, 발라반!"

발라반은 누가 도대체 아침부터 이 소란을 피우는지 의아했지만 별생각 없이 문을 열었다. 순간 피스토라 형사와 다른 두 명의 경찰관이 들이닥쳤다. 피스토라 형사는 작고 왜소한 체격에 늘 다람쥐처럼 생긴 이빨을 드러내며 싱긋 웃는 사내다. 그는 한때 장의사에서 일했지만 곧 직업을 바꿔야만 했다. 관 앞에 서서 우스꽝스럽게 싱긋 웃는 그를 보고 사람들이 웃음을 참지 못했기 때문이다. 나는 많은 사람들이 싱긋 웃는 까닭은 오직 하나뿐이라고 생각한다. 입을 어찌해야 할지 몰라 당황스러워서 그러는 것이다. 손을 어떻게 해야 할지 몰라 당황스러울 때 이상한 행동을 하는 것과 같다. 왕이나 대통령처럼 높은 사람과 이야기를 나눌 때 사람들이 우스꽝스럽고 과장된 웃음을 짓는 것도 마찬가지다. 기뻐서라기보다는 당황스럽기 때문에 그러는 것이다.

발라반은 당연하게도 피스토라와 두 명의 경찰관에게 불같이 화를 냈다.

"도대체 여기서 뭐 하는 겁니까? 내게 왜 이러는 겁니까?"

하지만 발라반은 자신의 입에서 나오는 혀짤배기소리에 속으로 당황하고 있었다.

"발라반 씨." 피스토라가 싱긋 웃으며 말했다. "우리는 그저 당신 이빨을 보려고 온 것뿐입니다."

말을 마친 피스토라는 곧장 발라반이 밤사이 틀니 — 발라반은 과거에 창문에서 뛰어내리다 이빨 대부분을 잃어버렸다 — 를 담궈놓는 물컵을 향해 걸어갔다.

"음, 과연…" 피스토라가 크게 만족스러워했다. "이 틀니도 쉽사리 흔들리는군요. 당신이 드릴 작업을 시작하면 이 틀니는 흔들립니다. 그래서 당신은 솔레앤코에서 금고를 털 때 틀니를 빼서 책상 위에 올려놓은 겁니다. 그런데 사실 책상 위에는 먼지가 뽀얗게 끼어 있었습니다. 발라반 씨, 당신은 책상 위 회계장부에 수북하게 쌓인 먼지를 보고 그걸 눈치챘어야 했습니다. 우리는 책상 위에서 이빨 자국을 발견하자마자 당신의 짓이라는 걸 알았습니다. 우리한테 화낼 필요는 없습니다. 당신은 먼저 그 먼지부터 치웠어야 했습니다."

"세상에." 발라반은 감탄을 금할 수 없었다. "하지만 아무리 원숭이라도 나무에서 떨어질 때가 있는 법입니다."

"당신은 두 번이나 실수를 저질렀습니다." 피스토라가 싱긋 웃었다. "우린 현장을 한 번 둘러보는 것만으로 당신이 유력한 용의자라는 걸 알았습니다. 왜 그런지 아십니까? 모든 금고털이범은 범행이 끝나면 잡히지 말라고 그 자리에다 오줌을 눕니다. 일종의 미신이죠. 하지만 당신은 무신론자에 사색가이기 때문에 미신 따위는 거들떠도 안 보죠. 필요한 것은 오직 두뇌와 논리뿐이라고 생각하죠. 그것은 큰 실수입니다. 네, 발라반 씨, 정말로 큰 실수죠. 도둑질을 하려면 자신이 무슨 짓을 하려는 건지 제대로 알아야 합니다."

어떤 사람들은 재주가 너무 뛰어나서 신뢰하지 않을 수가 없다. 나는 어딘가에서 그와 관련된 이야기를 읽은 적이 있다. 아마 많은 사람들이 처음으로 접하는 이야기일 것이다.

그건 오스트리아 어느 지방에서 일어난 일이다. 거기에 뛰어난 마구 제조공이 살고 있었다. 그는 세례명이 안톤이었는데, 성은 잘 생각나지 않는다. 다만 후버나 마이어처럼 독일에서 흔한 성들 중 하나였던 것은 분명하다.

하여튼 이 마구 제조공이 자신의 세례일을 자축하며 점심을 들고 있었다. 물론 그 지방에서는 세례일에도 푸짐하게 상을 차리지는 않는다. 심지어는 밤나무 열매를 먹는다는 얘기까지 있는 곳이었다. 어쨌든 마구 제조공은 가족들과 함께 식탁에 둘러앉아 음식을 먹고 있었다. 그런데 갑자기 누군가가 밖에서 창문을 두드리며 마구 소리를 지르는 것이 아닌가.

"세상에, 여보세요, 당신 머리 바로 위에서 지붕이 불타고 있어요!"

마구 제조공이 밖으로 뛰쳐나갔다. 화염에 휩싸인 서까래가 그의 눈에 들어왔다. 곧이어 아이들이 울음을 터트리기 시작했다. 그의 부인도 눈물을 흘리며 밖으로 뛰쳐나갔는데, 손에는 시계가 들려 있었다. 사실 나는 그동안 많은 화재 현장을 보았는데, 불이 나면 사람들이 당황한 나머지 시계나 커피 분쇄기, 또는 새장에 든 카나리아같이 아무 쓸모없는 물건들만 챙겨 나오는 경우가 의외로 많다. 그러고는 뒤늦게 집 안에 홀로 남겨진 할머니나 옷가지 같은 것들을 떠올리고 발을 동동 구르지만, 이미 때는 너무 늦어버린 뒤다. 그러는 동안 사람들이 잔뜩 모여들어 제각각 불을 끄기 위해 분주하게 움직인다. 그때서야 소방관들이 현장에 도착한다. 알다시피 그들은 출동하기 위해 옷을 갈아입어야 하기에 시간이 걸리는 것이다. 하지만 그사이에 불은 계속해서 옆 건물로 옮겨붙는다. 그리고 저녁 무렵이 되면 수십 채의 건물이 고스란히 잿더미가 되어버리는 것이다.

말이 나온 김에, 큰 화재를 보고 싶은 사람은 시골이나 작은 도시로 가야 한다. 대도시에서는 더 이상 큰 화재가 일어나지 않기 때문이다. 큰 도시에서는 불구경보다 소방관들의 화려한 기술을 구경하게 될 가능성이 더 높다. 경험을 해본 사람은 잘 알겠지만, 자신이 직접 불을 끄는 데 참여하면 굉장한 보람을 느끼게 된다. 물론 다른 사람들에게 불 끄는 방법을 가르쳐줄 수 있으면 더 큰 보람을 느낄 것이다. 시골이나 작은 도시에서는 이런 것들이 가능하다. 지글지글하는 소리와 뭔가 툭툭 부러지는 소리가 쉴 새 없이 들리는 와중에서 화재를 진압하는 것은 굉장한 일이다. 하지만 강에서 물을 끌어와야만 할 때는 사람들은 어쩔 수 없이 싫은 표정을 짓곤 한다.

사람들은 아주 이상한 구석이 있다. 그들은 재앙을 보면 그것이 끝나지 않았으면 하고 바란다. 커다란 화재나 홍수일수록 그런 경향이 더 심해진다. 정확한 이유는 알 수 없지만 아마 자신이 살아 있음을 강렬하게 느낄 수 있기 때문이리라. 아니면 이단적 종교에 심취한 광신도의 순수한 경탄일 수도 있다.

불이 난 다음 날 현장은 마치 죽음이 휩쓸고 간 것 같다. 불은 아름답지만, 불타고 남은 자리는 황폐함 그 자체다. 사랑과 똑같다. 그저 할 수 있는 일이라고는 무기력하게 잿더미를 바라보며, 다시는 일어날 수 없을 것만 같은 한없는 절망감을 맛보는 것밖에 없다. 그날 화재 원인 조사를 담당한 경찰관은 젊은 경사였다.

"경사님." 마구 제조공 안톤이 입을 열었다. "누군가 방화를 한 것이 틀림없습니다. 그렇지 않다면 왜 하필 내 세례일 점심시간에 불이 나겠습니까? 하지만 내게 앙심을 품고 있는 사람이 누구인지는 전혀 모르겠군요. 나는 지금껏 누구에게도 해가 되는 일을 한 적이 없습니다. 정치에도 관심이 없고요. 이렇게까지 나를 미워하는 사람이 있다는 게 믿어지지 않습니다."

머리 위에는 정오의 태양이 이글거리고 있었다. 경사는 화재 현장을 꼼꼼하게 둘러보았지만, 화재가 어떻게 시작되었는지 도저히 알 수 없었다.

"안톤 씨." 그가 갑자기 물었다. "저기 지붕 아래 반짝거리는 게 무엇입니까?"

"저긴 지붕창이 있었던 곳입니다. 아마 못 같은 게 남아 있는 모양입니다."

"못처럼 보이지는 않습니다." 경사가 말했다. "그보다는 거울처럼 보이는군요."

"저 위에 거울이 있어서 뭐하겠습니까? 저기에는 지푸라기밖에 없습니다."

"아닙니다. 거울입니다." 경사가 고집스럽게 말했다. "직접 보여드리겠습니다."

그는 사다리를 이용해 새까맣게 그을린 기둥을 타고 지붕 아래까지 올라갔다.

"안톤 씨." 잠시 뒤 사다리 위에서 그의 목소리가 들려왔다. "못도 아니고 거울도 아닙니다. 이건 기둥에 거는 시계에 사용되는 수정입니다. 왜 이게 여기에 있습니까?"

"나도 모릅니다." 마구 제조공이 말했다. "아마 아이들이 갖고 논 모양이죠."

그런데 수정을 한 손에 들고 이리저리 살펴보던 경사가 갑자기 고통에 찬 비명을 질렀다.

"앗 뜨거! 왜 이렇게 뜨겁지?"

그가 코를 만졌다.

"이런 제기랄." 그가 다시 비명을 질렀다. "안톤 씨, 빨리 종이 좀 갖다

주십시오."

마구 제조공은 자신의 공책을 찢어 경사에게 건넸다. 경사가 종이를 수정 밑에 갖다대었다.

"바로 이거군." 경사가 잠시 뒤 말했다. "안톤 씨, 알아낸 것 같습니다."

경사가 사다리에서 내려와 마구 제조공의 눈앞에 종이를 들이밀었다. 종이에는 불에 타들어간 작은 구멍이 하나 있었는데, 종이에서는 아직까지 연기가 피어오르고 있었다.

"안톤 씨." 경사가 설명을 시작했다. "이 수정이 렌즈 역할을 한 겁니다. 다시 말해 확대경 역할을 한 거죠. 이제 남은 일은 누가 저 기둥 위에 이걸 놓아두었는지 알아내는 것입니다. 안톤 씨, 반드시 그를 찾아 수갑을 채우겠습니다."

"정말 깜짝 놀랄 일이군요." 마구 제조공이 말했다. "이 집 어디에도 확대경 같은 것은 없습니다. 잠깐만요."

그가 갑자기 소리쳤다.

"잠깐만 기다려보십시오! 전에 수습공이 한 명 있었는데, 셉이라는 이름의 소년이었죠. 그 애는 항상 이상한 것을 가지고 놀았습니다. 그래서 내쫓아버렸죠. 늘 머릿속에 이상한 실험 같은 미친 짓을 할 생각만 가득했기 때문에 쓸모 있는 일이라고는 전혀 하지 않았습니다! 그 빌어먹을 놈이 범인일 수도 … 하지만, 그건 불가능합니다. 그 아이를 쫓아낸 것은 훨씬 전인 2월 초입니다. 그 뒤로 이 근처에 나타난 적이 없었을뿐더러 지금 어디 있는지 아무도 모릅니다."

"이 렌즈가 그 소년의 것이 맞는다면 해결된 거나 마찬가지입니다."

경사가 말했다. "안톤 씨, 시내에 전보를 쳐서 경관을 두 명 더 보내달라고 하십시오. 나는 여기서 아무도 수정에 손대지 못하도록 하겠습니다. 우리가 가장 먼저 해야 할 일은 그 소년을 찾는 일입니다."

물론 그들은 그 소년을 찾았다. 그는 완전히 다른 도시에 있는 트렁크 제조업자 밑에서 수습공으로 일하고 있었다. 경사가 가게 안으로 들어서자 그는 사시나무처럼 몸을 떨었다.

"셉!" 경사가 그에게 소리쳤다. "6월 30일에 어디 있었지?"

"여기 있었습니다." 소년이 대답했다. "2월 15일부터 죽 여기 있었습니다. 반나절도 자리를 비운 적이 없습니다. 맹세라도 할 수 있습니다."

"맞습니다." 트렁크 제조업자가 끼어들었다. "나도 맹세할 수 있습니다. 이 아이는 나와 같이 살기 때문에 늘 여기 있을 수밖에 없습니다."

"운도 없군." 경사는 낙담했다. "이 소년은 범인이 아닌 것 같군요."

"그런데 무슨 일로 이 아이를 찾아오신 겁니까?"

트렁크 제조업자가 물었다.

"이 아이는" 경사가 대답했다. "6월 30일에 마구 제조공인 안톤의 집에 불을 지른 혐의를 받고 있습니다. 그 불로 동네 절반이 타버렸습니다."

"6월 30일이라구요?" 트렁크 제조업자가 혼란스러워하며 물었다. "이 상하군요. 그날 이 아이가 내게 '오늘 6월 30일이죠? 그럼 성 안톤의 날이네요, 그렇죠? 이것 아세요? 오늘 어딘가에서 무슨 일이 벌어질 겁니다'라고 말했습니다."

그 순간 셉이 자리에서 벌떡 일어나 도망치려고 했다. 하지만 경사가 잽싸게 그의 멱살을 잡아 도주를 막았다. 경찰서로 이송되는 자리에서 소년은 자신의 범행을 자백했다. 소년은 안톤 씨가 실험을 한다는 이유로 자신을 개패듯 마구 때리는 바람에 화가 나서 복수를 하고 싶었다. 그래서 안톤 씨의 세례일인 6월 30일에 태양이 어디에 위치하는지를 정확히 계산한 뒤에, 거기에 맞춰 기둥에 불이 붙을 수 있도록 렌즈를 놓아둔 것이다. 그때가 2월이었다. 그는 자신이 없더라도 불이 나도록 모든 준비를 마친 다음에 마구 제조 수습공을 그만두었다.

경찰은 즉시 비엔나에 있는 천문학자에게 소년이 한 일에 대해 문의했다. 천문학자는 소년이 6월 30일 태양의 위치를 정확하게 계산한 것에 대해 놀라움을 금치 못했다. 그는 열다섯 살밖에 먹지 않은 소년이 각도를 재는 천체 기구도 없이 그런 계산을 한 것은 기적이나 다름없다고 얘기했다.

그 뒤 셉이 어떻게 되었는지는 모른다. 하지만 이 어린 악당이 커서 천문학자나 물리학자가 될 수도 있지 않았을까 하는 생각이 계속 머릿속에 맴돈다. 아니, 제2의 뉴턴 같은 위대한 과학자가 될 수도 있었을 것이다. 하지만 세상은 특출하고 비범한 재능을 꽃피우지 못하게 한다. 사람들은 다이아몬드나 진주를 찾을 때는 놀라운 인내심을 발휘한다. 하늘이 내려준 귀하고 놀라운 재능을 가진 사람도 그런 인내심을 갖고 찾아야 한다. 그러면 뛰어난 재능이 아깝게 사장되는 일은 없을 것이다. 이건 틀림없는 사실이다. 하지만 현실은 그렇지 못하다. 참으로 커다란 실수가 아닐 수 없다.

도난당한 살인 사건

나는 프라하의 비노흐라디 구역에 있는 크루쳄부르스키 거리에 살고 있다. 짧은 골목길이다. 거기에는 술집은 물론이고 세탁소나 식품점도 없다. 사람들은 대부분 10시만 되면 잠자리에 들지만, 일부는 밤늦게까지 라디오를 듣기도 한다. 그 거리에 사는 사람들은 대부분 법 없이도 살아갈 선량한 납세자들이다. 하급 사무원들과 몇몇 금붕어 광狂, 우표수집가 두 명, 치터오스트리아와 독일 등에서 사용되는 현악기 연주자 한 명, 채식주의자 한 명, 강신론자사람이 죽은 뒤에도 영혼은 계속 남아 활동한다고 믿는 사람 한 명, 그리고 접신론신비한 체험이나 특별한 계시에 의해 신의 본질에 다가갈 수 있다고 믿는 종교 및 철학 사상에 푹 빠진 출장 세일즈맨 한 명이 그곳에 살고 있다. 아, 그리고 이 사람들에게 광고에 나와 있는 것과 똑같이 깨끗하고 좋은 가구가 딸린 방을 세주고 아침까지 제공하는 집주인 아주머니들도 빼놓을 수 없다. 출장세일즈맨은 일주일에 한 번, 목요일마다 접신론 모임을 갖느라 자정까지 집에 들어오지 않는다. 또 화요일에는 두 명의 금붕어 광들이 밤늦게까지 귀가하지 않는다. 수족관 동호회 모임에서 회원들과 퉁방울눈 잉어를 포함한 다양한 물고기들에 대해 갑론을박하는 날이기 때문이다. 3년 전에는 어떤 주정뱅이가 우리 골목에서 헤매기도 했다. 눈치로 보아

이웃 골목에 있는 자기 집을 찾지 못하고 길을 잃은 것 같았다. 그때 이 골목에는 이름이 코발렌코인지 코피텐코인지 하는 러시아 사람이 살고 있었다. 그는 키가 작고 턱수염이 듬성듬성 난 사내로, 이 골목 7번지에 있는 얀스카 부인의 집에 하숙을 하고 있었다. 그는 늘 11시 15분에 집에 들어왔는데, 그가 무엇을 해서 먹고사는지는 아무도 몰랐다. 그는 집에서 빈둥거리다가 오후 5시가 되어서야 가방을 들고 가까운 정류장으로 가서 전차를 타고는 시내로 들어간다. 그리고 정확히 밤 11시 15분에 같은 정류장에서 내린 뒤 모퉁이를 돌아 골목길로 접어든다. 나중에 어떤 사람은 이 러시아 사람이 하루 종일 커피 집에 앉아 다른 러시아 사람과 다투는 것을 보았다고 말했다. 또 어떤 사람은 그가 러시아 사람이 아니라고 잘라 말했다. 이렇게 집에 일찍 들어오는 러시아인은 없다는 게 그 이유였다.

  지난 2월 어느 날 밤, 갑자기 골목길에 다섯 발의 총성이 울려 퍼졌다. 그때 나는 잠에 빠져 있었다. 어린 시절로 돌아가 마당에서 채찍 놀이하는 꿈을 꾸고 있었다. 찰싹하는 채찍 소리에 얼마나 기뻤는지 모른다. 그런데 그만 날카로운 총소리에 잠에서 깬 것이다. 나는 곧 누군가가 골목길에서 총을 난사했다는 걸 깨달았다. 얼른 창가로 달려가서 창문을 열었다. 7번지 앞 보도 위에 손에 가방을 든 남자가 얼굴을 땅에 댄 채 쓰러져 있었다. 그 순간 쿵쾅거리는 발소리가 들리더니 한 경찰관이 골목 어귀를 돌아 그 남자에게 달려갔다. 경찰관은 그를 들어 올리려고 했지만, 곧 "제기랄!" 하는 소리와 함께 남자를 다시 내려놓고 호루라기를 꺼내 불었다. 잠시 뒤 또 한 명의 경찰관이 골목 어귀에 모습을 드러내더니 처음 경찰관이 있는 쪽으로 달려갔다.

　나는 즉시 슬리퍼를 신고 코트를 걸친 뒤 아래층으로 허겁지겁 내려갔다. 채식주의자와 치터 연주자, 금붕어 광 중 한 명과 두 명의 집주인, 그리고 우표 수집가도 각각 자신의 집에서 달려 나왔다. 나머지 사람들은 창문으로 내다보고 있었다. 겁에 질려 있는 얼굴들이 마치 이렇게 말하는 것 같았다. '상관하지 마. 지금 저기로 나가면 골치 아픈 일에 휘말리게 될 거야.' 그러는 사이 두 명의 경찰관들은 사내를 똑바로 눕혔다.

　"이런, 이 사람은 코발렌코인지 코피텐코인지 하는 러시아인입니다. 얀스카 부인의 집에서 살죠." 내가 이빨을 덜덜 떨며 말했다. "그… 그가 죽… 죽었습니까?"

　"잘 모르겠습니다." 경찰관 중 한 명이 당혹스러운 얼굴로 말했다. "의사를 불러야겠습니다."

　"왜… 왜 그를 여기에 그대로 눕혀두는 겁니까?" 겁에 질린 얼굴을 한 치터 연주자가 더듬거리며 항의했다. "빨리 병원으로 옮… 옮겨야만 합니다!"

　그러는 사이에 모인 사람들은 12명 정도로 늘어났는데, 모두 추위와 공포로 몸을 떨고 있었다. 경찰은 총격을 당한 남자 옆에 무릎을 굽히고 앉아 사내의 목깃을 느슨하게 했다. 왜 그렇게 하는지 이유는 알 수 없었다. 바로 그때 택시 한 대가 골목 어귀에 멈춰 서더니 택시 기사가 차에서 내렸다. 그는 무슨 일인가 하고 기웃거리면서 우리 쪽으로 다가왔다. 아마 사내를 술 취한 사람쯤으로 생각하고 택시에 태워 집으로 데려갈 수 있지 않을까 기대하는 듯했다.

"무슨 일입니까? 여러분."

그가 싹싹하게 물었다.

"이 남자가 총에 맞 … 맞았습니다." 채식주의자가 더듬거리며 말했다. "그를 당신 택 … 택시에 태워 병원으로 옮 … 옮겨주십시오. 아직 살아 있을지도 모릅니다!"

"세상에." 택시 기사가 말했다. "난 이런 손님은 질색인데 … 이거 참. 잠시 기다리세요. 택시를 이쪽으로 대겠습니다."

기사는 못내 내키지 않는 걸음으로 왔던 길을 다시 돌아가 택시를 몰고 왔다.

"자, 그를 차에 실으세요."

그가 말했다. 두 명의 경찰관이 가까스로 러시아인을 들어 올려 택시에 실었다. 그는 몸집이 매우 작은 편이었지만, 축 처진 시신을 옮기는 것은 보통 일이 아니었다.

"이봐, 친구. 자네가 따라가게." 첫 번째 경찰관이 동료에게 말했다. "나는 증인들의 이름을 기록해두겠네. 기사 아저씨, 이 사람을 병원으로 데려가십시오. 서둘러주십시오."

"물론, 서둘러야겠지요." 택시 기사가 투덜댔다. "브레이크가 엉망이긴 하지만 말입니다."

그러고는 휙 하고 택시를 몰고 사라졌다.

첫 번째 경찰관이 주머니에서 노트를 꺼내 들고는 말했다.

"여러분의 이름을 얘기해주시기 바랍니다. 여러분이 증인이기 때문입니다."

그러고는 고통스러울 정도의 느린 속도로 우리의 이름을 하나씩 노트에 적어 나갔다. 마치 그의 손가락이 마비라도 된 듯했다. 하지만 불쌍한 우리는 그가 다 적을 때까지 그 자리에 꽁꽁 얼어붙은 채 서 있어야 했다. 내가 다시 방으로 돌아왔을 때 시간은 겨우 밤 11시 25분을 가리키고 있었다. 그러니까 이 모든 사건은 고작 10분 안에 일어난 일이었다.

사람들은 이 사건이 뭐가 대수냐고 생각할지도 모르겠다. 하지만 우리처럼 특히 작은 골목에 사는 사람에게는 이런 사건은 대단한 것이다. 옆골목 사람들은 아직까지도 이 사건의 후광을 톡톡히 누리고 있다. 만나는 사람마다 바로 옆에서 일이 벌어졌다고 떠들고 다니는 것이다. 조금 떨어진 거리에 사는 사람들은 완전히 무관심한 척했다. 하지만 그건 거기에서 사건이 일어나지 않은 걸 시기하고 부러워하기 때문이다. 훨씬 멀리 떨어진 곳에 사는 사람들은 우리 골목에서 일어난 일을 싹 무시하는 태도로 이렇게 말했다.

"누가 총을 난사했다나 뭐라나. 하지만 그게 사실인지 아닌지 어떻게 알아."

나에게는 그들의 말이 투덜거리는 소리로밖에 들리지 않았다.

다음 날 우리 골목 사람들은 눈을 뜨자마자 신문 가판대로 달려갔다. 살인 사건에 대해 새로운 정보가 없는지 궁금해서이기도 했지만, 우리 골목에서 일어난 일이 신문에 실린다는 생각에 기쁨을 금할 수 없어서였다. 사람들은 자신들이 직접 경험하거나 목격한 내용이 실린 기사를 가장 읽고 싶어 한다는 것은 잘 알려진 사실이다. 예를 들어 우에즈 거리에 말이 쓰러져서 10분 동안 교통이 마비되었다고 해보자. 거기에 관한 기사가 신문에 나지 않을 경우, 현장에 있었던 사람들은 화를 내며 탁자에다 신문을 내동댕이친다. 읽을 기삿거리가 하나도 없다고 욕을 하면서. 자신들이 일종의 주인 의식을 갖고 있는 사건을 신문이 대수롭지 않게 취급할 경우, 사람들은 거의 명예훼손을 당한 것 같은 모욕감을 느끼는 것이다. 신문이 지방 소식을 싣는 이유는 오직 하나다. 그러지 않을 경우 목격자들이 일제히 신문 구독을 중단이라도 하지 않을까 우려해서이다.

우리는 신문에 살인 사건에 대한 기사가 단 한 줄도 실리지 않은 것을 알고는 깜짝 놀랐다. 반면에 온갖 종류의 스캔들과 빌어먹을 정치에 관한 기사는 넘쳐나고 있었다. 심지어는 전차와 손수레가 충돌한 기사까지 실렸지만 어디에도 살인 사건에 관한 언급은 없었다. "신문들은 썩었어, 철저히 부패했다고!" 우리는 투덜댔다. 그때 우표 수집가가 얘기를 꺼냈다. 경찰이 수사 목적 때문에 신문사에 기사를 쓰지 말도록 요청했을 수도 있다는 것이다. 우리들은 그제야 만족스러워하며 수긍했다. 하지만 그만큼 호기심도 더 커져갔다. 이런 중요한 골목에 살고 있는 데다가, 조만간 비밀임이 분명한 사건의 목격자로 증언대에 서게 된다는 생각을 하자 우리는 자부심이 들었다. 하지만 다음 날에도 여전히 신문에는 아무것도 실리지 않았고, 경찰에서 조사차 들르는 사람도 전혀 없었다. 하지만 가장 이상스러운 것은 그 죽은 러시아인의 방을 조사하거나 적어도 봉인을 하기 위해 얀스카 부인의 집을 방문하는 사람조차 아무도 없었다는 사실이다. 그래서 우리는 경각심을 갖기 시작했다. 치터 연주자는 사건 배후에 있는 누군가 때문에 경찰이 유야무야 사건을 덮어버리려는 것일지도 모른다고 말했다. 셋째 날에도 신문이 살인 사건을 언급하지 않자, 더 이상 이대로 두어서는 안 된다는 항의의 목소리가 골목을 가득 메웠다. 골목 사람들은 러시아인도 우리들 중 하나이므로, 반드시 자신들의 손으로 사건을 밝혀내겠다고 목소리를 높였다. 그들은 자신의 골목이 철저하게 외면받았다는 사실에 수치심을 느끼고 분노했다. 우리 골목은 포장도 나쁘고 가로등도 형편없다며, 만일 국회의원이나 기자가 여기에 살았다면 이렇게까지 무시를 받았겠느냐고 씩씩거렸다. 하지만 문제는 이 골목에는 그들을 변호할 만한 사람이 없었다는 점이다. 불만이 점점 더 고조되면서 사람들은 나를 지목하기 시작했다. 나이도 좀 들었고 가장 이 골목에서 살지 않을 것처럼 보였기 때문에, 경찰이 이 사건을 얼마나 형편없이 다루고 있는지 따지는 데 제격이라는 것이다.

그래서 나는 바르토세크 반장을 만나러 경찰서로 갔다. 나는 그를 약간 아는 편인데, 그는 늘 침울한 사내였다. 사람들은 그것이 불행하게 끝난 애정 관계 때문이라고 했다. 경찰이 된 것도 그 때문이라고 말했다.

"반장님." 내가 말을 꺼냈다. "크루쳄부르스키 거리에서 일어난 살인 사건이 어떻게 처리되고 있는지 알고 싶어 찾아왔습니다. 사람들은 경찰이 이 사건을 덮으려고 한다고 생각하고 있습니다."

"어떤 사건 말이죠?" 반장이 반문했다. "거기는 우리 관할구역이 맞습니다만, 살인 사건이 있었다는 보고는 전혀 없었습니다."

"일전에 발생한 살인 사건 말입니다." 내가 설명을 시작했다. "코발렌코인지 코피텐코인지 하는 러시아인이 총격을 당했습니다. 그가 골목에서 총을 맞고 쓰러졌는데 두 명의 경찰관이 왔습니다. 한 명은 목격자인 우리들의 이름을 적고, 다른 한 명은 그 러시아인을 차에 싣고 병원으로 갔습니다."

"그럴 리가 없습니다." 반장이 말했다. "어떤 보고도 없었습니다. 무슨 착오가 있는 것이 틀림없습니다."

"하지만 반장님." 내가 점점 평정심을 잃고 목소리를 높였다. "그 장면을 목격한 사람들이 적어도 50명이 넘습니다. 모두 어떤 일이 있었는지 증언할 수 있는 사람들입니다. 선량하고 정직한 시민들이죠. 만일 반장님이 그 살인 사건에 대해 입을 다물라고 하면 우리는 이유도 모르면서 최선을 다해 침묵을 지키려고 노력할 겁니다. 하지만 누군가 총에 맞았는데 그냥 덮어두는 것은 너무 심합니다. 우리는 신문에 이 사실을 알릴 것입니다."

"잠깐만 기다립시오." 바르토세크가 말했다. 그의 표정이 너무 심각해서 나는 살짝 겁이 났다. "정확하게 무슨 일이 일어났는지 순서대로 말씀해주시겠습니까?"

그래서 나는 정확하게 무슨 일이 일어났는지 순서대로 그에게 말했다. 그러자 그의 내부에서 무언가가 부글부글 끓어오르는 듯 얼굴이 새빨개졌다.

"이봐, 친구. 자네가 따라가보게. 나는 증인들의 이름을 기록해두겠네"라고 한 경찰관이 동료에게 했던 말을 내가 반장에게 얘기할 때였다.

반장이 참았던 숨을 터트리며 분노했다.

"그들은 우리 경찰이 아닙니다. 맙소사! 도대체 왜 경찰에 전화를 하지 않았습니까? 제복 경찰들이 서로를 친구라고 부르지 않는다는 것은 상식 중에 상식이란 말입니다! 사복 경찰이라면 그럴 수도 있겠지만, 제복 경찰은 절대 그렇지 않습니다. 당신은 그 두 사람을 즉시 잡아넣어야 했습니다."

"왜 … 왜 그래야 합니까?"

나는 비참한 심정으로 더듬거렸다.

"그들이 러시아인을 쏜 범인이기 때문입니다." 반장이 고함을 쳤다. "그게 아니라도 어쨌든 범행에 가담한 자들입니다! 크루쳄부르스키 거리에서 얼마나 오래 사셨습니까?"

"9년간 살았습니다."

"그렇다면 11시 15분에 그 골목에서 가장 가까운 순찰 경관은 재래시장 쪽에 있다는 사실쯤은 알았어야 합니다. 그다음으로 가까운 경관은 슬레즈카 거리와 페론 거리 사이 골목 어귀에, 세 번째로 가까운 경관은 1388번 경찰에 할당된 담당 구역을 순찰합니다. 당신들이 본 경관들이 튀어나온 골목 어귀는 오전 10시 45분이나 밤 12시 23분에 순찰을 돌고 있습니다. 그 밖의 시간에는 거기에 경찰이 있을 수 없습니다! 모든 악당들이 그것을 알고 있습니다. 맙소사, 다른 모든 사람들은 알고 있는데 정작 거기에 사는 사람들만 모르고 있었군요. 당신은 아마 골목 어귀마다 경관이 있다고 생각했을 겁니다. 그렇지 않나요? 만약 우리 제복 경찰이 당신이 말한 시간에 그 골목에 나타났다면 그건 정말 끔찍한 일입니다. 무엇보다도 그 시간에 그 제복 경찰은 근무 당번표에 따라 재래시장에서 순찰 근무를 서고 있어야 하기 때문이며, 다음으로는 그가 사건을 보고하지 않았기 때문입니다. 이건 보통 심각한 문제가 아닙니다."

"반장님." 내가 말했다. "그러면 그 살인 사건은 어떻게 된 겁니까?"

이제 반장은 완전히 침착함을 되찾았다.

"그건 완전히 다른 문제입니다. 이건 뭔가 추악한 냄새가 나는 사건입니다. 누군가 머리 좋은 놈이 배후에 있습니다. 눈에 보이는 게 다가 아닙니다. 이 악당들은 모든 것을 치밀하게 준비했습니다. 그들은 먼저 그 러시아인이 몇 시에 귀가하는지를 알아냈고, 다음에는 우리 경찰들이 순찰하는 순서를 알아냈습니다. 그리고 마지막으로 그들은 범행 뒤 이틀이나 사흘 정도가 지나서야 경찰이 이 사건을 알도록 준비했습니다. 당연히 도망치거나 범행 흔적을 없앨 시간을 벌기 위해서 그런 겁니다. 이제 이해되십니까?"

"아직 정확히는 모르겠습니다."

"잘 들어보십시오." 반장이 인내심을 갖고 계속 설명했다. "그들은 두 명을 경관으로 변장시켜 골목 어귀에서 러시아인을 기다리게 했습니다. 아마도 그 둘 중 한 명이 러시아인을 총으로 쐈을 겁니다. 아니면 그들은 단순히 제3의 인물이 러시아인을 총으로 쏘는 순간을 기다리고 있었을 수도 있습니다. 물론 당신은 우리 경찰이 그렇게나 빨리 현장에 도착하는 것을 보고는 무척이나 기뻤을 테지요. 그런데 … " 반장이 갑자기 생각이 난 듯 물었다. "첫 번째 경찰관이 호루라기를 불었을 때 어떤 소리가 났습니까?"

"아주 약한 소리가 났습니다." 내가 말했다. "나는 그가 목이 아픈 모양이라고 생각했습니다."

"아." 반장이 만족스러워했다. "틀림없이 경찰에 살인 사건을 신고하지 못하게 하고, 이 나라를 빠져나갈 시간을 벌려고 그런 겁니다. 아시겠습니까? 그리고 장담건대 그 택시 기사도 한패일 겁니다. 택시 번호판을 보셨나요?"

"번호판은 보지 못했습니다."

내가 의기소침하게 말했다.

"신경 쓸 필요 없습니다. 어차피 가짜일 가능성이 높습니다. 하여튼 그런 방법으로 러시아인의 시신을 처리한 겁니다. 사실 그 사람은 러시아인이 아닙니다. 프로타소프라는 마케도니아 사람이죠. 여러 가지로 감사합니다만, 이 일에 대해 당분간 함구해주신다면 고맙겠습니다. 물론 수사를 위해서입니다. 이 일은 정치와 얽혀 있습니다. 하지만 이 사건의 배후에 머리 좋은 인간이 있는 게 분명합니다. 일반적으로 정치적 암살 사건은 굉장히 서툴게 처리되거든요. 정말 정치란 정직한 범죄보다도 못합니다. 도둑질이자 추악한 싸움에 지나지 않습니다."

반장이 혐오스럽다는 듯 말했다.

그 뒤로 경찰에 의해 몇 가지 조사가 더 이루어졌다. 하지만 살인의 동기는 밝혀지지 않았다. 살인자가 누구인지는 알아냈지만 이미 해외로 도피한 뒤였다. 이제 우리 골목은 살인 사건을 완전히 잃어버린 셈이 되었다. 마치 자신의 역사책에서 가장 화려한 페이지가 송두리째 찢겨나간 기분이었다.

만약 부유한 포흐 가나 야생 지역인 브르소비체에 사는 사람이 우리 골목을 지나게 된다면 이렇게 중얼거릴 것이다.

"정말 답답하고 좁은 골목이군."

그리고 우리 골목에서 일어난 미스터리한 범죄에 대해 우리가 아무리 자랑스럽게 떠들어대더라도 누구도 믿지 않을 것이다. 하지만 사실은 다른 골목 사람들은 아직도 우리의 살인 사건을 시샘하고 있다.

영아 납치 사건

바르토세크 반장에 대해 얘기하다 보면, 사람들에게 알려지지 않은 어떤 사건이 떠오른다. 어린 아기가 연루된 사건이었다. 어느 날 한 젊은 부인이 경찰서로 바르토세크 반장을 찾아왔다. 그녀는 부동산 중개업자인 란다의 부인이었는데, 너무 심하게 울어서 숨을 헐떡이고 있었다. 가슴 찢어질 듯 흐느끼느라 코도 약간 부어오르고 얼굴 여기저기에 화장이 얼룩진 그녀의 모습을 보고 있으려니 반장은 연민을 금할 수 없었다. 그는 비록 아직까지 변변히 연애도 못 해본 노총각이긴 했지만, 자신이 경찰로서 알고 있는 지식을 총동원해 그녀를 진정시키려고 애썼다.

"제발, 부인." 그가 말했다. "그만하십시오. 이제 바깥양반이 당신을 괴롭히지 않을 겁니다. 집에 가서 한잠 푹 자고 나면 모든 게 괜찮아질 겁니다. 만약 남편이 소란을 피울 것이 걱정되면, 여기 있는 호크만 경관이 따라가서 따끔하게 경고를 해줄 수도 있습니다. 하지만 부인, 가급적 남편분에게 질투의 빌미를 제공하지 않는 것이 좋습니다. 이런 일은 그렇게 … 제 말은, 보통 가정사에는 경찰이 그렇게 대처한다는 겁니다."

82

하지만 여인은 가만히 고개를 흔들고는 계속 흐느껴 울었다. 반장은 곤혹스러웠다. 그는 다른 전략을 써보기로 했다.

"그가 당신을 버리고 떠났군요. 그렇죠? 더럽고 못된 놈 같으니라고. 하지만 그는 돌아올 겁니다. 그런 작자 때문에 이러실 필요는 전혀 없습니다."

"반장님." 젊은 부인이 흐느끼며 말했다. "뭔가 잘못 알고 계시는군요. 누군가 길거리에서 내 아이를 낚아채 가버렸다고요!"

"말도 안 됩니다." 반장이 불신에 찬 목소리로 말했다. "누가 무슨 이유로 그런 짓을 한다는 겁니까? 아마 아이가 제 발로 사라진 걸 겁니다."

"그 애가 제 발로 사라졌다고요? 어떻게요?" 아이 엄마가 신음을 토했다. "그 애는 이제 겨우 세 달밖에 안 됐다고요!"

"아." 바르토세크가 나직이 신음을 내뱉었다. 그는 사실 언제쯤 아이들이 걸음마를 시작하는지조차도 알지 못했다.

"그렇다면 그들이 어떻게 당신에게서 아기를 납치해 갈 수 있었던 겁니까?"

그녀는 주저했다. 하지만 바르토세크가 반드시 그녀의 아기를 찾아주겠다고 맹세를 하며 이 가여운 여인에게 희망을 불어넣자, 천천히 얘기를 풀어놓기 시작했다. 그녀의 얘기는 이랬다. 사건 당일 남편인 란다 씨가 사무실로 출근하고 나자, 란도바 부인은 루젠카에게 수를 놓은 작고 예쁜 턱받이를 하나 만들어줘야겠다고 마음먹었다. 그녀는 직물 가게로 가서 자수 실을 골랐다. 아기가 누워 있는 유모차는 가게 밖에 놓아둔 채였다. 그런데 그녀가 일을 마치고 밖으로 다시 나왔을 때, 아기가 온데간데없이 사라진 것이었다. 물론 유모차도 마찬가지였다. 이상이 바르토세크가 반 시간 넘게 애쓴 끝에 란도바 부인에게서 들은 얘기였다.

"자, 란도바 부인." 반장이 결론을 내리듯 말했다. "그렇다면 상황은 그렇게 나쁜 것 같지 않습니다. 보십시오. 누가 그렇게 어린 아기를 훔치려고 하겠습니까? 지금 아기는 아마 어디 엉뚱한 곳에 있을 겁니다. 전에 비슷한 사건을 다룬 적이 있습니다. 그렇게 어린 아기는 어디에도 쓸데가 없기 때문에 값어치가 별로 나가지 않습니다. 하지만 유모차는 가격이 좀 나갑니다. 그리고 담요 … 아, 유모차 안에 담요가 있었죠, 그렇지 않나요? 담요도 제법 값이 나가지요. 오히려 그런 것들이 훔칠 만한 것들입니다. 그러니까 누군가 유모차와 담요를 훔치려고 이런 짓을 한 겁니다. 그리고 틀림없이 범인은 여인입니다. 만일 남자가 유모차와 함께 있으면 사람들의 이목을 끌게 되니까요. 결론적으로 이 여인은 어디엔가 아기를 버렸을 겁니다."

반장이 부인에게 다시 부드럽게 말했다.

"말씀드린 대로 아기는 쓸모가 없기 때문입니다. 오늘이 가기 전에 반드시 아기를 당신 앞에 데려오겠습니다. 어딘가에서 나타날 겁니다."

"하지만 루젠카는 배가 너무 고플 거예요." 그녀는 안타까움에 울부짖었다. "이미 젖 먹을 시간이 지났거든요!"

"찾으면 마실 것을 아기에게 꼭 먹이겠습니다." 반장이 약속했다. "이제 집에 돌아가 계십시오."

그는 사복형사에게 전화를 걸어 이 가여운 여인을 집에 데려다주도록 했다. 그날 오후 반장이 이 젊은 여인의 집을 직접 찾아갔다.

"란도바 부인." 그가 수사 경과를 보고했다. "유모차가 발견되었습니다. 하지만 유감스럽게도 아기는 여전히 실종 상태입니다. 유모차는 어떤 집 복도에 있었는데, 안에 아기는 없었습니다. 관리인에 따르면 어떤 여자가 와서는 잠시만 아기에게 젖을 먹일 수 있게 해달라고 부탁했답니다. 그 뒤에 아기만 데리고 사라진 겁니다, 제기랄."

그가 고개를 설레설레 흔들더니 계속 말했다.

"이제 범인이 원하는 것은 오직 갓난아이라는 사실이 드러났습니다. 내 생각에 범인은 아기를 너무 애지중지하기 때문에 해가 되는 행동은 조금도 하지 않을 것 같습니다. 그러니까 그만 걱정하셔도 됩니다. 이상입니다."

"하지만 난 루젠카를 다시 품에 안고 싶어요."

란도바 부인이 절망에 차 울부짖었다.

"그렇다면 부인, 우리에게 아기 사진을 주시든지 아니면 용모 설명을 해주셔야만 합니다."

반장이 근엄하게 말했다.

"하지만 반장님." 젊은 부인이 흐느꼈다. "돌이 지나지 않은 아기는 사진을 찍으면 안 된다는 걸 잘 아시잖아요. 그건 아기 몸에 해롭다고 알려져 있어요. 성장을 저해하기 때문에…."

"흠." 반장이 말했다. "그럼 최소한 그 아기가 어떻게 생겼는지라도 알려주세요."

그러자 젊은 엄마는 아기의 모습을 줄줄 읊어대기 시작했다.

"사람들은 한결같이 우리 루젠카가 머리카락은 예쁘고 코는 귀여운데다가 눈이 아름답다고 얘기해요. 몸무게는 4.5kg 정도 나가죠. 자그마한 엉덩이가 얼마나 예쁜지 몰라요. 토실토실한 다리에는 작은 주름들이 있고…."

"어떤 종류의 주름입니까?"

"보면 키스를 하고 싶게 만드는 주름이죠." 그녀는 눈물을 흘렸다. "그 애의 작고 귀여운 손가락을 보셔야 하는데 … 저를 보고 미소 짓던 모습도…."

"제발, 부인." 바르토세크 반장이 폭발했다. "그런 설명 가지고는 아기를 알아볼 수 없습니다. 어떤 특징 같은 게 없습니까?"

"그 애가 쓰고 있는 모자에는 핑크 리본이 달려 있어요." 젊은 부인이 울먹이며 말했다. "여자아이들은 모두 핑크 리본을 좋아하잖아요! 제발, 반장님, 루젠카를 찾아주세요!"

"이는 어떻습니까?"

"이라니요? 그애는 아직 세 달도 되지 않았다고요! 그 애가 저를 보고 웃는 모습을 당신이 봐야 하는데!" 란도바 부인이 그 자리에 허물어지듯 주저앉았다. "반장님, 그 애를 꼭 찾아주겠다고 약속해주세요."

"자, 자, 우리가 열심히 찾아보겠습니다." 반장이 크게 당황하며 그녀를 달랬다. "자, 어서 일어나십시오! 문제는 그 사람이 왜 아기를 훔쳐갔느냐 하는 것입니다. 도대체 어린 아기들이 어디가 좋은 걸까요?"

란도바 부인이 눈을 동그랗게 뜨고 그를 바라보았다.

"세상에 그보다 더 아름다운 것은 없죠. 반장님은 부성애 같은 것을 느겨보신 적이 없나요?"

자신의 약점을 드러내고 싶지 않았던 바르토세크는 얼른 주제를 바꿨다.

"내 생각에 어린 아기를 훔쳐갈 사람은 한 부류밖에 없습니다. 바로 자신의 아기를 잃어버려서 다른 아기가 필요한 엄마입니다. 이건 술집에서 누가 당신의 모자를 훔쳐 갔을 때 당신도 다른 사람의 모자를 집어들고 술집을 뜨는 것과 마찬가지입니다. 그래서 우린 이렇게 할 계획입니다. 먼저 최근 프라하 지역에서 세 달배기 아기를 잃어버린 집을 알아보는 겁니다. 그러고는 그 집에 사람을 보내 당신 아기가 있나 살펴보는 겁니다. 아시겠습니까? 당신 설명만 가지고는 도저히 아기를 알아볼 수 없기 때문에 이 방법밖에 없습니다."

"하지만 나는 우리 애를 알아볼 수 있어요."

그녀가 흐느꼈다. 반장이 어깨를 으쓱했다.

"이게 계획이긴 합니다만 …" 그가 곰곰이 생각에 잠긴 채 말을 이어나갔다. "사실 저는 그 여자가 금전적 목적 때문에 아기를 훔쳤을 것이라는 데 더 무게를 두고 있습니다. 사랑 때문에 무언가를 훔치는 것은 극히 드물기 때문입니다. 이런, 그렇게 울지 마십시오! 우리는 최선을 다하고 있습니다."

경찰서로 돌아온 바르토세크 반장이 부하들을 한자리에 모아놓고 말했다.

"자네들 중에 세 달된 아기가 있는 사람 있나? 있으면 가서 그 아기를 이리로 데려오게."

그래서 한 경찰관의 부인이 막내딸을 경찰서로 데려왔다. 바르토세크가 아기를 감싼 강보를 풀어보고는 말했다.

"오줌을 쌌네요. 얼굴에 머리카락도 있고 주름도 있군요. 이건 코군요, 그렇지 않나요? 아직 이는 나지 않았군요. 그런데, 부인, 이런 것들로 아기들이 구분됩니까?"

질문을 받은 경찰관의 부인이 딸을 가슴에 꼭 안았다.

"이 애는 틀림없이 우리 딸인 마니츠카입니다." 그녀가 자랑스럽게 말했다. "반장님, 아기가 아빠를 쏙 빼닮지 않았나요?"

반장이 호크만 경관을 쳐다보았다. 그는 두툼한 손을 아기 얼굴 앞에 흔들어대면서 '우르르 까꿍' 아기를 얼러대고 있었다. 아직 형체도 분명하지 않은 작고 주름 잡힌 아기의 코를 내려다보며 바보스럽게 웃고 있는 그의 모습이 왠지 낯설게 느껴졌다.

"잘 모르겠습니다." 반장이 중얼거렸다. "코가 약간 다른 것 같습니다. 하지만 아마 아직 자라고 있어서 그렇겠지요. 잠시만, 자네들, 이제 나는 공원으로 가서 갓난아이들이 어떻게 생겼는지 관찰을 좀 하고 오겠네. 우리가 소매치기나 강도들은 잘 찾아내지만, 담요에 싸인 아기들이라면 얘기가 다르지. 그런 쪽에는 아주 젬병이야."

한 시간쯤 뒤 바르토세크가 낙담한 채 돌아왔다.

"이보게, 호크만, 이건 악몽이야. 모든 아기들은 다 똑같이 생겼어! 이래 가지고 어떻게 아기의 용모를 설명하지? '세 달 된 여자 아기를 찾습니다, 머리카락이 나 있고 작긴 하지만 코와 눈도 있습니다, 엉덩이에는 주름이 있고 몸무게는 4.5kg이 나갑니다 …' 이게 통할 거라고 생각하

나?"

"반장님." 호크만 경관이 진지하게 말했다. "저는 아기들의 몸무게를 그다지 신뢰하지 않습니다. 아기들은 어떤 때는 몸무게가 많이 나가다가도 다음 번에는 덜 나가거든요. 기저귀에 얼마나 퍼질러대느냐에 따라 매일 달라지는 겁니다."

"제기랄." 반장이 신음을 내뱉었다. "내가 그런 걸 어떻게 알겠나? 말도 못하는 아기한테 들을 수도 없는 노릇이고." 그의 안색이 갑자기 밝아졌다. "아, 이러면 어떻겠나? 이 사건을 다른 곳에다 넘기는 거야. 영아보호재단 같은 데 말이지!"

"이 사건은 이미 절도로 접수되었습니다."

호크만 경관이 거부했다.

"그렇군." 반장이 혼잣말을 했다. "맙소사, 도난당한 물건이 시계 따위라면 문제될 게 없어. 어떻게 해결해야 하는지 알고 있으니까. 하지만 잃어버린 아기를 어떻게 찾을지는 전혀 모르겠어!"

바로 그때 문이 열리더니 한 경찰관이 울고 있는 란도바 부인을 데리고 들어왔다.

"반장님." 그가 말을 꺼냈다. "이 여인이 지나가는 어떤 부인의 품에 안겨 있는 아기의 팔을 잡아채려고 했습니다. 그 때문에 길거리에 큰 소동이 일어나서 제가 데리고 들어왔습니다."

"맙소사, 란도바 부인." 반장이 식식거렸다. "왜 그랬습니까?"

"그 애는 루젠카였어요."

란도바 부인이 울먹였다.

"그 애는 루젠카하고는 전혀 상관없습니다." 그녀를 데리고 온 경찰관이 말했다. "그 여인은 로우발로바 부인인데 부데츠스키 거리에 살고 있습니다. 그리고 그 애는 이제 세 달된 그녀의 아들이구요."

"이것 보십시오, 란도바 부인." 반장이 버럭 소리를 질렀다. "한 번만 더 경찰 일에 혼란을 초래하면 우리는 아기를 찾는 일에서 손 떼겠습니다. 아시겠습니까? … 잠깐만." 갑자기 뭔가를 떠올린 반장이 물었다. "당신 아기는 어떤 이름에 반응을 보입니까?"

"우리는 그 애를 루젠카라고 부르죠." 란도바 부인이 흐느꼈다. "그리고 주머니 공주, 천사, 예쁜이, 귀염둥이, 익살꾸러기, 꼬마 벌레, 사랑스러운 아기 새, 소중한 … ."

"아기가 그 모든 이름에 반응을 보인다는 겁니까?"

반장이 놀라서 물었다.

"우리 애는 그것들을 모두 알고 있었습니다." 란도바 부인이 눈물로 자신의 말을 믿어달라고 호소했다. "그리고 '우르르 까꿍!' 할 때 그 애의 웃는 모습은 정말 … ."

"그런건 별로 도움이 되지 않을 것 같습니다." 바르토세크 반장이 그녀의 말을 가로막았다. "란도바 부인, 이런 말씀을 드러서 유감입니다만, 우리는 지금 절망적인 상황에 놓여 있습니다. 아기가 죽었다고 사망신고를 한 집에서 루젠카가 발견되지 않았기 때문입니다. 우리가 할 수 있는 일은 모두 했습니다만, 아무 소득이 없었습니다."

란도바 부인은 미동도 하지 않고 똑바로 서서 정면을 바라보았다.

"반장님." 갑자기 그녀의 목소리가 활기를 띠었다. "루젠카를 찾는 데

현상금 1만 코루나를 걸겠어요! 이렇게 내거는 거예요. '내 아이의 행방을 알아내는 사람은 누구나 1만 코루나를 현상금으로 받을 것임'이라고."

"나라면 그렇게 하지 않을 겁니다."

반장이 회의적으로 말했다.

"나는 어떤 것도 개의치 않아요." 그녀가 울부짖었다. "루젠카를 위해서라면 세상 전부를 다 주어도 아깝지 않다고요."

"정 그렇게 원하신다면" 바르토세크가 마지못한 표정으로 투덜거렸다. "현상금이 걸렸다는 사실을 알리겠습니다. 단 조건이 있습니다. 앞으로 당신은 우리 일에 끼어들지 않아야 합니다!"

란도바 부인이 방을 나가자마자 바르토세크가 한숨을 내쉬며 말했다.

"갈수록 태산이군. 기다려봐, 앞으로 무슨 일이 벌어질지 뻔해."

바르토세크의 예상은 적중했다. 다음 날 수많은 사복형사들이 저마다 세 달 된 여자 아기를 데리고 나타났다. 심지어 피스토라 형사는 이를 온통 드러내고 웃는 얼굴을 문틈에 들이밀고는, 찾는 게 남자 아기가 맞냐고 묻기까지 했다.

"현상금을 걸면 이렇게 되지." 바르토세크가 비웃었다. "이제 곧 여기는 미아 보호소처럼 될 거야. 빌어먹을 사건 같으니라구! 넨장맞을 사건이야. 어떻게 그 아기를 찾아야 할지 정말 난감하군."

바르토세크는 화가 나서 혼잣말로 쏘아붙이고는 집으로 향했다. 그가 집에 도착했을 때, 평소에 아무렇게나 함부로 말하는 청소부 아줌마가 웬일인지 웃는 얼굴로 맞았다.

"반장님." 그녀가 내게 인사말을 했다. "이리 와서 바리나 한번 보세요!"

바리나는 그녀가 어떤 판사에게서 받은 순종 암컷 복서코가 납작하며 털이 부드럽고 몸집이 큰 개의 이름인데, 나중에 독일산 셰퍼드와 눈이 맞았다. 말 나온 김에 하는 말인데, 종자가 그렇게 다양함에도 불구하고 개들이 서로를 알아보는 건 정말 신기한 일이다. 바르토세크는 어떻게 보르조이몸집이 커다란 귀족풍의 우아한 개가 닥스훈트몸집이 아주 작은 사냥개를 같은 개로 알아보는지 지금도 이해할 수 없었다. 사람처럼 기껏해야 언어나 종교 정도만 다르다면 서로를 알아보는 게 어렵지 않겠지만 말이다. 하여튼 바리나는 이 독일산 셰퍼드 사이에서 새끼 아홉 마리를 낳았는데, 바르토세크를 보자 한자리에 웅크리고 앉아 있던 어미와 새끼들이 모두 꼬리를 미친 듯이 흔들어대며 반갑다고 짖어댔다.

"바리나를 보세요." 청소부 아줌마가 요란스럽게 말했다. "자기가 낳은 새끼들을 얼마나 자랑스러워하는지 아시겠어요? 정말 새끼들을 자랑스러워하고 있어요. 어느 엄마들하고 똑같아요!"

바르토세크는 생각에 잠겼다. 잠시 뒤 그가 그녀에게 물었다.

"그게 사실입니까? 엄마라면 그런 겁니까?"

"물론이죠." 청소부 아줌마가 의기양양하게 말했다. "왜 아니겠어요? 못 믿겠으면 직접 실험해보세요. 아기 엄마 아무한테나 가서 그녀의 아기를 한번 칭찬해보세요!"

"그것 흥미롭군요." 바르토세크가 혼잣말을 했다. "알겠습니다. 그렇게 해보죠."

다음 날 프라하에 사는 모든 엄마들에게 더할 나위 없이 기분 좋은 일이 벌어졌다. 아기를 유모차에 태우거나 팔에 안고 외출하는 엄마들에게 경찰이 다가가서는 바보 같은 표정으로 아기를 얼르대며 "정말 사랑스러운 아기군요. 몇 개월 됐나요?" 하고 물었던 것이다. 한마디로 경찰이 모든 엄마들에게 기쁨과 자부심을 느끼게 해준 하루였다.

그날 아침 11시쯤 한 사복형사가 바르토세크 반장을 찾아왔다. 그는 창백한 얼굴에 몸을 쉴 새 없이 떨고 있는 여인과 함께였다.

"이 여인이 수상합니다. 반장님." 그가 바르토세크에게 굽실대며 말했다. "그녀가 유모차를 끌고 가기에 제가 다가가서 '아기가 참 예쁘군요. 몇 개월이나 됐습니까?' 하고 물었습니다. 그러자 그녀는 소름끼치는 시선으로 저를 쏘아 보더니 아기를 얼른 유모차 안으로 숨겼습니다. 그래서 그녀에게 '저와 같이 갑시다. 문제 일으킬 생각은 하지 마십시오'라고 말하고 데려왔습니다."

"얼른 가서 란도바 부인을 데려오게." 반장이 말했다. "그리고 당신, 도대체 왜 이 아기를 훔쳤는지 말해보시오"

그녀는 처음에 부인했지만 곧 순순히 모든 사실을 털어놓았다. 그녀는 갓난아이가 있는 미혼모였다. 그러던 어느 날 아기가 배탈이라도 났는지 이틀 내내 울어댔다. 사흘째 되던 날 밤, 아기를 간호하느라 지친 그녀는 자신도 모르는 사이에 침대 옆에 앉은 채로 잠이 들었다. 다음 날 아침, 잠에서 깬 그녀는 아기가 안색이 파랗게 질린 채 죽어 있는 것을 발견했다. 어떻게 이런 일이 가능한지 믿을 수 없었지만, 비타세크 박사는 그런 경우도 있다고 말했다. 갓난아기가 감기로 코에 염증이 생긴 상태로 오래 가면 호흡곤란으로 질식사할 수도 있다는 것이다. 하여튼 아침에 아기가 죽은 것을 알게 된 그녀는 아기 아빠인 신부에게 알리려고 밖으로 나왔다. 그런데 가는 길에 란도바 부인의 유모차를 보게 된 것이다. 그러자 '만약 다른 아기가 있다면 그에게서 계속 생활비를 받을 수 있을 거야' 하는 생각이 그녀의 머리에 떠올랐다. 그녀가 여자 몸으로 혼자 아기를 키우며 느꼈던 생활의 곤란이란, 겪어보지 않은 사람은 모르는 것이다. 어쨌든 이것이 그녀가 유모차에 있는 루젠카를 훔친 이유다. 그녀는 도중에 어떤 사람의 집 복도에 유모차를 버리고 루젠카만 집으로 데려왔다. 물론 자신의 죽은 딸인 즈데니츠카를 대신하기 위해서였다. 하지만 그녀는 머리가 좀 이상하거나 성격이 괴상한 것이 틀림없었다. 자신의 죽은 딸을 계속 냉장고에 넣어두었기 때문이다. 그녀는 나중에 죽은 딸을 땅에 묻거나 최소한 밖에다 숨기려고 했지만 그럴 용기가 없었다고 말했다.

그러는 사이에 란도바 부인이 도착했다.

"자, 부인, 여기 당신 아기입니다."

바르토세크가 그녀에게 말했다. 란도바 부인의 눈에서 눈물이 솟구쳤다.

"하지만 이 애는 루젠카가 아니에요. 우리 루젠카는 다른 모자를 썼다고요!"

그녀는 숨이 멎을 것 같았다.

"그럴 리가 없습니다. 모자를 벗겨보십시오."

바르토세크가 고함을 질렀다. 그러고는 직접 자신의 책상 위에 놓여 있던 아기의 다리를 잡고는 몸을 살폈다.

"여기를 보세요. 다리 뒤편에 주름이 있습니다!"

반장이 말했다. 하지만 이미 란도바 부인은 바닥에 무릎을 꿇고 앉아 자그마한 아기의 손과 발에 키스를 하고 있었다.

"그래, 너는 나의 루젠카가 틀림없어." 그녀가 눈물을 흘리면서 목메어 부르짖었다. "사랑스러운 아기 새, 익살꾸러기, 엉덩이 천사, 너는 나의 소중한 ….."

"제발, 부인." 바르토세크가 발끈하며 말했다. "그만 좀 하십시오. 그렇지 않으면 하늘에 맹세코 제가 장가를 가버리겠습니다. 그리고 그 1만 코루나 말인데요, 그건 그 미혼모에게나 주십시오. 아시겠습니까?"

"반장님." 란도바 부인이 엄숙하게 말했다. "부디 이 아기를 손에 안고 축복을 내려주십시오."

"내가요?" 바르토세크가 투덜거렸다. "나는 아기를 안는 방법도 모른단 말입니다. 아, 알겠습니다. 해보겠습니다. 이런, 아기가 울기 시작합니다! 어서 아기를 받으세요. 그리고 여기서 나가십시오. 당장!"

영아 납치 사건은 이렇게 막을 내렸다.

어린 백작 아가씨

좀처럼 믿기 힘든 행동을 하는 여인들이 가끔씩 있다. 지금부터 하는 이야기는 1919년인가 1920년에 있었던 일이다. 우리들이 살고 있는 축복의 땅, 중부 유럽 지방이 전쟁의 화마에 휩싸여 신음하던 때였다. 날마다 여기저기서 새로운 싸움이 벌어졌고, 도처에 스파이들이 들끓고 있었다. 실로 상상하기 어려운 일들이 벌어지던 시절이었다. 그때 나는 밀수와 위조지폐 사건을 담당하고 있었는데, 가끔 군대에서도 내게 정보를 요청해오곤 했다. 그 어리석은 백작 아가씨가 일을 저지른 것도 이 무렵이었다. 지금부터 그녀를 미할요바라고 부르기로 하자.

그게 언제였는지 정확한 날짜는 기억나지 않지만, 어느 날 군대에 익명의 편지가 날아들었다. 누군가가 취리히 우체국에 유치우편_{수신인이 찾으러 올 때까지 우체국에서 편지를 보관하는 제도}을 통해 W. 마나세스라는 사람 앞으로 보내는 편지를 잘 감시하라는 내용이었다. 군대는 실제로 편지를 중간에서 가로챘다. 그건 우리가 쓰는 암호문, 그중에서도 11번 암호문으로 작성되어 있었다. 편지는 28 보병 사단의 한 연대가 프라하에 주둔해 있고, 밀로비체에는 소총 사격장이 있으며, 우리 군대는 총검이 장착된 소총으로 무장하고 있다는 취지의 군사정보를 담고 있었다. 한마디로 말해서 허접한 정보였다. 하지만 알다시피 군대는 이런 일에 매우 엄격한 법이다. 예를 들어 우리 보병들이 오벌랜드사에서 만든 각반을 신는다는 사실을 외국에 누설한다면 당장 스파이 짓을 한 죄로 군사 법정에 세워져서 최소한 1년 형을 선고받을 것이다. 하지만 이런 것은 그저 군대가 누리는 여러 가지 특권들 중 하나일 뿐이다.

하여튼 군대는 나에게 암호문으로 작성된 익명의 편지 두 통을 보여주었다. 나는 필적학자는 아니지만 한눈에 보아도 두 편지는 동일인이 작성한 것임을 알 수 있었다. 비록 익명의 편지는 연필로 쓰였지만 — 익명의 편지는 대부분 연필로 작성된다 — 이 두 편지를 쓴 사람은 같은 인물임이 분명했다.

"무시해버리십시오." 내가 군인들에게 말했다. "이런 데다 시간을 쏟는 건 낭비입니다. 이 스파이는 엉성한 아마추어입니다. 여기 적힌 군사 비밀이라고 해봤자 신문을 읽는 사람이라면 모두 아는 것들뿐입니다."

한 달쯤 뒤에 방첩부대 장교 한 명이 나를 찾아왔다. 날씬하고 잘생긴 친구였다.

"폴가 씨." 그가 말했다. "정말 이상한 일이 일어났습니다. 얼마 전 저는 아름답고 까만 머리칼을 가진 백작 아가씨하고 춤을 췄습니다. 그녀는 체코어는 못했지만 춤은 정말이지 훌륭했습니다. 그리고 오늘 그녀에게서 매우 감상적인 편지를 한 통 받았습니다. 보통 사람들은 생각도 못할 일이죠."

"기뻐할 일이군, 젊은이." 내가 말했다. "자네는 여자 운이 좋은 것 같군."

"하지만 폴가 씨." 그가 절망에 찬 목소리로 말했다. "이 편지는 취리히 우체국 앞으로 부쳐진 그 첩보 보고서와 동일한 필체와 잉크이고, 동일한 편지지에 작성되었습니다! 정말 어찌해야 할지 모르겠습니다. 생각해보십시오. 여자를 고발해야 하는 남자의 심정이 어떠할지 말입니다. 그녀는… 그녀는… " 그가 잠시 말을 잇지 못하더니 불쑥 말을 뱉었다. "그녀는 정말 우아한 숙녀입니다."

"그랬군, 젊은이." 내가 그에게 말했다. "그런 걸 기사도 정신이라고 하지. 하지만 결국 자네는 그녀를 체포하겠지. 문제의 심각성을 고려하면 아마도 그녀는 사형을 선고받을 걸세. 그리고 자네가 열두 명의 병사에게 직접 사형 명령을 내리는 거야. 준비, 발사! 이렇게 되면 인생은 정말로 낭만적이겠지. 하지만 불행히도 한 가지 결정적인 장애물이 있네. 취리히에는 W.마나세스라는 남자가 없다는 사실이지. 지금까지 그의 앞으로 부쳐진 열네 통의 암호문 편지가 취리히 우체국의 유치우편 창구에 그대로 쌓여 있다네. 그러니 잊어버리게, 젊은 친구. 가서 그 아름답고 까만 머리칼을 가진 백작 아가씨와 춤을 추면서 젊음을 맘껏 즐기게나."

  하지만 장교는 결국 상관에게 보고를 했고, 여섯 명의 군인을 태운 차가 그녀를 체포하기 위해 병영을 빠져나갔다. 미할요바 백작 아가씨의 집에 도착한 군인들은 그녀를 체포한 뒤 집을 샅샅이 수색했다. 그 결과 편지에 사용된 암호문과 외국 첩보 요원들에게서 받은 편지들이 잇달아 발견되었다. 나중에 그들이 전한 바에 따르면 편지 내용은 반역죄에 해당하기에 충분한 것들이었다. 미할요바 백작 아가씨는 어떤 질문에도 대답하기를 거부했다. 한편 열여섯 살 먹은 철없는 그녀의 여동생은 속이 다 보이는 줄도 모르고 무릎에 턱을 괴고 앉아 연신 담배를 피워대며 군인들과 시시덕거리고 덜 떨어진 사람처럼 깔깔거렸다.

그들이 미할요바 백작 아가씨를 연행해왔다는 얘기를 듣고 나는 곧장 본부로 달려갔다.

"맙소사." 내가 그들에게 말했다. "그 어리석은 아가씨를 어서 풀어주십시오. 그렇게 하지 않으면 골치 아픈 일만 생길 것입니다."

하지만 그들은 내 말을 듣지 않았다.

"폴가 씨, 그 아가씨는 자신이 외국 스파이 세력을 위해 일해왔다고 자백했습니다. 이건 심각한 문제입니다."

"미할요바 백작 아가씨가 거짓말을 하는 겁니다."

나는 소리를 질렀다.

"폴가 씨." 대령이 엄한 목소리로 말했다. "지금 당신이 얘기하고 있는 사람이 여인이라는 사실을 명심하십시오. 미할요바 백작 아가씨 말은 사실입니다. 당신도 여자들이 어떻게 미인계를 쓰는지 잘 알지 않습니까?"

"이런 젠장." 나는 욕을 퍼부어댔다. "당신의 그 무모한 용기 덕택에 그녀는 사형선고를 받게 될 거요. 그 따위 헛된 정의감 나부랭이는 개한테나 줘버리시오! 그녀 스스로 꾸민 반역 활동 때문에 당신이 지금 쓸데없는 재판에 휩쓸려 들어가고 있다는 걸 모르겠소? 모든 건 다 그녀의 자작극이오. 그녀의 말은 단 한마디도 믿지 마시오!"

하지만 군인들은 자신들이 얼마나 후회할 짓을 하고 있는지도 모른 채 그저 어깨만 으쓱했다.

당연하게도 모든 신문들이 일제히 이 사건을 크게 다루었다. 외국의 신문들도 예외는 아니었다. 뿐만 아니라 크게 분노한 귀족들의 청원서 제출과 각국 외교사절들의 항의가 줄을 이었다. 멀리 영국에 이르기까지 여론이 분노로 들끓었다. 하지만 정의감에 사로잡힌 자들은 조금도 위축되지 않았다. 결국 미할요바 백작 아가씨는 군사 법정에 세워졌다. 나는 마지막으로 군대를 방문했다. 이때쯤 나는 사건과 관련된 모든 정보를 이미 파악하고 있었기 때문에 다시 한 번 군인들을 설득하기 위해서였다.

"그녀를 내게 넘겨주시오. 내가 알아서 처리하겠소."

하지만 소용없었다. 그들은 내 말에 전혀 귀를 기울이지 않았다. 결국 애석하게도 재판은 예정대로 열렸다. 하지만 재판은 정말로 매혹적이었다. 재판 내내 나는 방청석에 앉아 마치 한 편의 오페라를 보는 듯한 감동에 젖어 있었다. 그새 얼굴이 아랍 유목민처럼 새까맣게 타들어가고 몸은 갈대처럼 여윈 이 어리석은 백작 아가씨는 당당하게 자신의 유죄를 인정했다.

"저는 이 나라의 적국을 위해 일한 것을 자랑스럽게 생각합니다."

재판관들은 그녀의 매혹적인 자태와 자신의 의무 사이에서 갈등하는 듯 보였지만 어쩔 수가 없었다. 그녀의 반역 행위를 증명하는 편지 같은 부인할 수 없는 증거들이 널려 있었던 것이다. 결국 법정은 모든 예외적인 정상참작 사유들을 다 동원한 뒤에도 그녀에게 1년 징역형을 선고하지 않을 수 없었다. 다시 얘기하지만 나는 이렇게 사람의 마음을 사로잡는 재판을 이전에는 본 적이 없었다. 재판의 말미에 백작 아가씨는 자리에서 일어나 특유의 청아한 목소리로 이렇게 선언했다.

"존경하는 재판장님, 저는 이 말씀을 드리는 것이 제 의무라고 생각합니다. 그동안 체포와 심문 과정에서 모든 체코 군인들은 진정한 신사답게 저를 대해주었습니다."

나는 거의 큰 소리로 울음을 터트릴 뻔했다.

진실을 아는 사람으로서 나는 그것을 이야기하지 않을 수 없다. 나는 사람들이 거짓말을 하는 이유가 악의나 어리석음 때문이 아니라 어떤 필요나 어쩔 수 없는 절박함 때문이라고 생각한다. 미할요바 백작 아가씨는 비엔나 어느 곳에서 전도양양한 군인인 웨스트만 소령을 우연히 만나 사랑에 빠졌다. 물론 여러분들은 웨스트만 소령이 누구인지 눈치챘을 것이다. 그는 영웅심에 사로잡힌 군인으로, 그가 전쟁 중에 받은 훈장만 해도 마리아 테레사 훈장오스트리아 황실에서 수여하는 훈장, 레오폴드 훈장벨기에 왕실에서 수여하는 훈장, 철십자 훈장프러시아 왕실에서 수여하는 훈장 등 일일이 이름을 열거할 수 없을 만큼 많다. 그가 받은 훈장에서도 알 수 있듯이, 그는 수많은 불법적인 왕정복고 쿠데타와 공작 음모의 배후 조종자였다. 이 직업적 영웅주의자와 사랑에 빠진 어리석은 백작 아가씨는 그의 사랑을 얻기 위해 자신을 스파이인양 꾸며서 희생한 것이다. 영광스러운 대의를 위해 자신을 바치는 순교자처럼 말이다. 오직 여인만이 이런 일을 할 수 있다.

나는 그녀가 수감 중인 교도소를 찾아가서 면회를 신청했다.

"백작 아가씨." 내가 면회실로 나온 그녀에게 말했다. "잘 생각하십시

오. 감옥에 1년이나 갇혀 있는 것은 지루하기 그지없는 일입니다. 당신의 소위 그 스파이 짓의 실체만 털어놓으면 틀림없이 다시 재판을 받을 수 있습니다."

"저는 이미 모든 것을 털어놨습니다." 백작 아가씨가 싸늘하게 말했다. "더 이상 얘기할 게 없습니다."

"제발!" 내 목소리가 높아졌다. "어리석게 굴지 마십시오. 당신이 사랑한 웨스트만 소령은 이미 15년 전에 결혼해서 아이도 셋이나 있는 유부남이란 말입니다."

백작 아가씨의 얼굴이 잿빛같이 창백해졌다. 나는 한 여인의 얼굴이 그렇게 짧은 순간에 추악하게 변해버릴 수 있다는 것을 그때 처음으로 알았다.

"그게 나랑 무슨 상관이죠?"

그녀가 악다문 이 사이로 간신히 말을 뱉었다.

"그뿐이 아닙니다. 당신이 관심을 가질 만한 일이 또 있습니다. 웨스트만의 본명은 바츨라프 말레크입니다. 프로스테요브 출신으로 원래 제빵사였죠. 아시겠습니까? 여기 그의 옛날 사진이 있습니다. 알아 볼 수 있을 겁니다. 제발, 백작 아가씨, 왜 이런 사기꾼 따위 때문에 감옥살이를 하려고 합니까?"

하지만 그녀는 목석처럼 한 치의 미동도 없이 앉아 있을 뿐이었다. 갑자기 그녀가 일평생 간직한 꿈이 한순간에 무너져 순식간에 나이가 들어버린 여인처럼 보였다. 나는 그녀에 대해 안타까움을 금할 수 없었지만 한편으로는 부끄러운 마음도 들었다.

"백작 아가씨." 나는 마음이 급해졌다. "그러면 내가 변호사를 보낼 테니 그에게라도 말을 해주십시오."

그 순간 아직도 약간 창백하긴 하지만 어느새 꿋꿋한 얼굴을 회복한 백작 아가씨가 자리에서 벌떡 일어났다.

"아뇨, 필요 없습니다. 더는 할 얘기가 없습니다."

그녀는 나지막한 목소리로 단호하게 말하고 자리를 떴다. 하지만 면회실 문을 열고 밖으로 나온 백작 아가씨는 그 자리에 무너져 내리듯이 주저앉았다. 그동안 그녀가 얼마나 손가락을 힘주어 쥐고 있었던지, 놀라서 달려온 간수들은 한참을 씨름한 뒤에야 그것들을 펼 수 있었다.

나는 입술을 깨물었다. 이제 모든 것이 드러나고 진실이 밝혀졌다. 하지만 도대체 무엇이 진실일까? 이 모든 폭로, 환멸, 쓰디쓴 사실, 실망, 그리고 고통스러운 경험. 이것들은 기껏해야 진실의 한 단면에 지나지 않는다. 참다운 진실이란 이보다 더 위대하다. 그것은 사랑과 긍지, 열정과 야망은 위대하고도 어리석은 것이고, 모든 희생자는 영웅이며, 사랑에 빠진 인간은 아름답고도 놀라운 존재라는 것이다. 이것이 진실의 또 다른 측면이자 더욱 위대한 부분이다. 하지만 시인만이 이것을 꿰뚫어보고 얘기할 수 있다.

나는 호랄레크 경관이다. 폴가 경관이 하는 얘기를 다 듣고 난 뒤, 나는 맞는 말이라고 속으로 생각했다. 진실은 어떻게 얘기하느냐에 따라 달라지기 때문이다. 나는 작년에 횡령범을 한 명 붙잡은 적이 있었다. 나는 곧바로 그를 지문 채취실로 데려갔는데, 잠시 감시가 소홀한 틈을 타서 그놈이 2층 창문을 통해 거리로 뛰어내렸다. 지문 채취 담당자는 나이가 많이 든 사람이었는데, 그가 창문으로 도주하자 급한 마음에 자신의 나이를 망각하고 그를 쫓아 창문으로 뛰어내렸다가 다리가 부러졌다. 우리는 동료가 다친 사실에 크게 분노했다. 다시 잡혀온 그를 좀 거칠게 다룬 것은 다 그 때문이었다. 나중에 그의 재판에 우리가 증인으로 불려 나갔을 때 그 친구의 변호사가 우리에게 이렇게 말했다.

"나는 여러분을 불편하게 만드는 질문을 하고 싶지 않습니다. 내키지 않으면 대답을 하지 않아도 좋습니다."

그 변호사는 혀에 기름이라도 바른 듯 매끈하게 말을 잘했다.

"제 의뢰인이 도망치려다 붙잡혔을 때 그를 구타하셨죠, 그렇지 않습니까?"

"그런 사실은 전혀 없습니다." 내가 답변했다. "우리는 단지 그가 뛰어내리다 다쳤는지 살펴보았을 뿐입니다. 다친 데가 없다는 것을 알고 난 뒤 그를 꾸짖은 게 다입니다."

"정말로 심하게 꾸짖은 모양입니다." 변호사가 만면에 더할 수 없이 상냥한 미소를 지으며 말했다. "의사의 보고서에 따르면, 내 의뢰인은 갈비뼈가 세 개나 부러지고 등을 중심으로 온몸에 피멍이 들어 있었는데, 그게 다 그 꾸짖음의 결과이니 말입니다."

나는 어깨를 으쓱하며 말했다.

"아마도 그가 그 꾸짖음을 매우 아프게 받아들였나 봅니다."

진실은 다양한 얼굴을 가지고 있다. 따라서 진실에 관해 이야기 할 때는 말을 잘 가려서 해야만 한다.

오케스트라 지휘자의 이야기

가끔은 피멍이 들거나 그와 유사한 타박상을 입는 것이 골절보다 더 안 좋을 때가 있다. 뼈와 가까운 부위에 타박상을 입을 때가 바로 그렇다. 나는 그걸 몸소 체험해보았기 때문에 잘 안다. 나는 은퇴한 축구 선수인데, 그동안 갈비뼈 한 개, 목뼈, 그리고 엄지손가락을 분질러먹었다. 말이 나온 김에 하는 말인데, 요즘 선수들은 옛날처럼 몸을 사리지 않고 경기하지 않는다. 지난해에 우리 노익장 선수들과 젊은 선수들 간의 친선경기가 있었다. 우리는 신세대 선수들에게 본때를 보여주기 위해 정말이지 열심히 경기에 임했다. 나는 15년이나 20년 전처럼 풀백으로 뛰었는데, 경기 도중 배로 공을 가로막다가 달려나온 우리 편 골키퍼의 발에 꼬리뼈를 걷어차였다. 나는 엄청난 고통 때문에 땅바닥에 쓰러져 식은땀을 흘렸고, 선수들이 내 주위로 몰려드느라 한바탕 소동이 일었다. 하지만 신기하게도 잠시 뒤 마치 아무 일도 없었던 것처럼 고통이 사라졌다. 그날 밤에도 고통은 전혀 없었다. 그러나 아침이 되자 사정은 돌변했다. 너무나 심한 고통 때문에 몸을 꼼짝도 할 수 없었다. 농담이 아니라 팔을 들어 올리는 것은 물론, 재채기조차 마음대로 할 수 없을 지경이었다. 인간의 신체 각 부분이 얼마나 유기적으로 연결되어 있는지 새삼 깨달았다. 나는 등을 바닥에 대고 죽은 듯이 누워 있을 수밖에 없었다. 옆으로 누울 수 없는 것은 물론, 발가락 하나조차도 까딱할 수 없었다. 할 수 있는 일이라곤 그저 누워서 끙끙대며 신음하는 것밖에 없었다.

나는 그렇게 비참한 상태로 다음 날 밤까지 꼬박 누워 있었다. 단 1초도 눈을 붙일 수 없었다. 몸을 꼼짝도 못하는 상태에서는 시간이 놀라울 정도로 느리게 흐른다. 죽어서 땅에 묻힌 자들이 얼마나 힘들까 하는 생각이 절로 들었다. 나는 시간을 보내기 위해 온갖 짓을 다했다. 머릿속으로 별의별 간단하면서도 복잡한 셈을 하는 것은 물론, 기도하며 시간을 보내기도 했으며, 심지어는 몇몇 시를 머리에 떠올려 암송까지 했다. 하지만 밤은 끝이 보이지 않았다. 그런데 어느 순간 밖에서 누군가가 엄청난 속도로 거리를 달려가는 소리가 들렸다. 새벽 2시쯤 되었을 무렵이었다. 그러고는 한 무리의 사람들이 뒤쫓는 소리가 들리더니, 곧이어 대여섯 명쯤 되는 사람들이 외치는 소리가 밤거리에 울렸다.

"거기 서! 잡히면 갈가리 찢어 죽일 테다."

"이 썩을 놈의 악당."

"후레자식."

이런 말들이었다. 결국 그들은 도망가던 사람을 내 방 창문 바로 밑에서 잡았다. 곧이어 난투극이 벌어질 때처럼 어지러운 소리가 나기 시작했다. 거칠게 욕을 하는 소리, 퍽퍽 하고 발로 사람을 차는 소리, 몽둥이로 머리를 내려칠 때 나는 쿵 하는 둔탁한 소리, 헐떡이는 숨소리들이 마구 뒤섞여 창문을 넘어 들어왔다. 하지만 신기하게도 비명 소리는 한

마디도 들리지 않았다. 나는 이건 전혀 공정하지 않다고 생각했다. 고작 한 명에 대여섯 명이 달라붙어 샌드백을 치듯 두들겨 패는 건 말이 안 되는 일이다. 나는 밖으로 나가서 그건 스포츠 정신에 어긋나는 일이라고 그들에게 말해주고 싶었다. 하지만 침대에서 억지로 몸을 일으키려던 나는 끔찍한 고통에 다시 주저앉고 말았다. 이런 제기랄, 이렇게 꼼짝도 못하다니! 무력감이 밀물처럼 온몸을 덮쳤다. 나는 짐승마냥 이를 갈며 분노의 눈물을 흘렸다. 그때 갑자기 내 안에서 무언가를 막고 있던 둑이 터져나가는 듯한 기분이 들더니, 알 수 없는 기운이 나를 자리에서 벌떡 일으켜 세웠다. 나는 지팡이를 짚고는 계단을 조심스레 내려갔다. 거리는 한 치 앞도 분간할 수 없을 정도로 깜깜했다. 조심스럽게 집 밖으로 발을 내딛는 순간 나는 한 사내와 충돌했다. 믿을 수 없게도 난 그를 지팡이로 사정없이 내려쳤다. 그러자 나머지 사람들이 사방으로 줄행랑을 쳤다. 평생 사람을 그렇게 심하게 두들겨 팬 것은 처음이었다. 뿐만 아니라 얼마나 몰입했던지 때리는 내내 통증 때문에 눈물을 흘렸던 것도 나중에 알았을 정도였다. 쭉 뻗어버린 사내를 뒤로 하고 다시 침대로 돌아가는 데는 꼬박 1시간이 걸렸다, 하지만 다음 날 아침 나는 다시 일어나 걸을 수 있게 되었다. 그야말로 기적이 일어난 것이다.

마지막으로 한 가지 궁금한 점이 있다. 그건 그날 밤 내가 두들겨 팬 사람이 과연 그들 중 누구였을까 하는 것이다. 일방적으로 두들겨 패던 사내들 중 하나였을까, 아니면 그들에게 두들겨 맞던 사람이었을까? 모를 일이다. 하지만 한 가지 분명한 것은 최소한 그것은 정당한 일대일 대결이었다는 사실이다.

무기력은 정말 끔찍한 것이다. 지휘자이자 작곡가인 나는 영국의 리버풀에서 그런 경험을 했다. 그때 나는 리버풀 관현악단에서 객원 지휘자 생활을 하고 있었다. 사실 나는 영어를 한마디도 하지 못한다. 하지만 우리 음악가들은 말을 하지 않아도 서로 의사소통을 할 수 있다. 손에 지휘봉이 들려져 있을 때는 특히 그렇다. 지휘봉을 가볍게 두들기거나, 입을 크게 벌리거나, 눈을 동그랗게 뜨거나, 팔을 흔들면 새로운 대화를 시작할 수 있다. 아무리 미묘한 감정이라도 이런 식이면 다 표현할 수 있다. 예를 들어 내가 팔을 이렇게 하면 삶의 질곡과 비애로부터의 해방과 비상을 의미한다는 것을 모든 사람이 다 아는 식이다. 어쨌든 내가 리버풀 역에 도착하자 사람들이 마중을 나와 있었다. 그들은 내가 휴식이 필요하다고 생각하고 곧장 호텔로 안내했다. 하지만 나는 샤워만 간단히 마친 뒤 시내를 구경하러 호텔을 나섰다. 그러고는 이곳저곳을 기웃거리다가 어느 순간 길을 잃고 말았다.

나는 새로운 도시에 가면 항상 강을 먼저 찾아간다. 그곳에 가면 내가 도시의 관현악이라고 부르는 음악을 들을 수 있기 때문이다. 강의 한편에서는 북과 팀파니, 금관악기와 목관악기들이 거리의 와자지껄한 소리를 들려준다. 하지만 강의 다른 한편에서는 바이올린과 하프 같은 현악기들이 연주하는 여리고 애잔한 선율이 흘러나온다. 이런 식으로 그도시가 내는 온갖 소리를 한 번에 모두 들을 수 있는 것이다.

리버풀에도 강이 있었다. 이름은 잘 기억나지 않지만 황톳물에 매우 지저분한 강이었다. 그 강에서는 굉음과 천둥소리, 고함치고 울부짖는

Liverpool

소리, 달가닥거리고 우르릉거리는 소리, 경적 소리 같은 것들이 들려왔다. 증기선, 예인선, 우편선, 창고, 조선소, 기중기가 어우러져 나는 소리였다. 사실 나는 배라면 환장할 정도로 좋아한다. 배가 볼록 튀어나온 검은 예인선이건, 빨간색을 칠한 화물선이건, 혹은 대서양의 흰 정기선이건 종류를 가리지 않고 좋아한다. 나는 넋을 잃고 배를 쳐다보았다. 문득 바다가 근처 어딘가에 있을 것이라는 생각이 들었다. 바다가 보고 싶어진 나는 강둑을 따라 걸어 내려가기 시작했다. 2시간 가까이 걸었지만 그동안 지나친 것이라곤 창고들과 부두밖에 없었다. 간혹 성당만큼이나 높이 솟은 배나 비스듬히 기운 굴뚝들이 시야에 들어오기도 했다. 그리고 코를 찌르는 생선 비린내와 땀 냄새, 어지러이 쌓여 있는 천들과 럼주, 밀과 석탄, 철들 … 사람들이 아는지는 모르겠지만 엄청나게 쌓여있는 철에서는 특유의 쇠 냄새가 풍겨난다.

나는 흥에 취해서 이리저리 발걸음을 옮겼다. 주위에 어둠이 짙게 내려앉을 무렵 내 눈앞에 어떤 모래 제방이 나타났다. 제방 위에는 등대가 있었고, 밤하늘을 가로지르는 등대의 옅은 불빛이 저 멀리 건너편을 비추고 있었다. 드디어 대양을 찾은 것 같았다. 나는 누가 갖다놓았는지 모를 널빤지 더미 위에 앉아 바다의 속삭임을 들으면서 홀로 세상에 내던져진 느낌을 만끽했다. 그때 인기척이 들리더니 두 사람이 내 쪽으로 다가왔다. 남자와 여자였는데, 그들은 미처 나를 보지 못했다. 그들은 등을 내게 돌리고 앉아 낮은 목소리로 대화를 나누기 시작했다. 만약 내가 조금이라도 영어를 알았다면 헛기침을 해서라도 내가 있다는 사실을 그들에게 알렸을 것이다. 하지만 나는 '호텔'이나 '실링' 같은 단어 외에는 단 한마디도 영어를 몰랐기 때문에 가만히 그 자리에 있었다.

처음 그들의 대화는 스타카토로 시작됐다. 그러고는 남자가 무언가를 느리고 조용하게 설명하기 시작했다. 마치 말이 새나갈 것을 꺼리는 듯했다. 그런데 어느 순간 그가 말을 마구 쏟아내기 시작했다. 여자는 겁에 질린 표정이었지만 무언가를 그에게 항변하는 듯했다. 그러자 그는 매우 거칠게 그녀의 손을 세게 움켜쥐고 이빨 사이로 말을 씹어뱉듯이 그녀를 윽박지르기 시작했다. 그건 틀림없이 연인 사이의 대화가 아니었다. 음악가는 그것을 알 수 있다. 연인에 대한 설득은 억양이 다르며 이처럼 격하지도 않다. 보통 연인들 간의 대화는 깊은 첼로 음이다. 하지만 지금 이 남녀 간의 대화는 아주 빠르게 연주되는 고음의 더블 베이스이다. 그리고 계속 같은 음이 연주되는 것으로 보아 그 사내는 동일한 얘기를 반복하는 모양이었다. 나는 서서히 경각심이 생겼다. 사내가 제안하는 내용은 사악한 것임이 틀림없었다.

여자가 나지막이 흐느끼기 시작했다. 그녀는 몇 번이고 소리를 높여가면서 그에게 뭔가를 항변했다. 그를 제지하기 위해 애쓰는 것처럼 보였다. 여자의 목소리는 약간 클라리넷을 닮아 있었다. 하지만 목관의 울림으로 보건대 아주 앳된 여자는 아니었다. 어떤 협박을 하거나 명령이라도 내리는 듯 남자의 목소리가 점점 거칠어졌다. 그녀는 겁에 질려 숨도 제대로 못 쉬면서도 남자에게 필사적으로 애원하고 있었다. 그녀의 얼굴에는 우리 몸에 얼음같이 찬 물건을 갖다댈 때 자기도 모르게 짓게 되는, 턱 하고 숨이 막히는 표정이 떠올라 있었다. 그녀의 이빨이 딱딱하고 맞부딪치는 소리가 났다. 그러자 남자의 목소리가 아주 그윽하고 순수한 베이스 음으로 바뀌었다. 사랑을 속삭이는 듯한 목소리였다. 여자의 울음소리가 점점 잦아들기 시작했다. 여자의 저항이 끝나가는 것 같았다. 그 뒤에도 남자의 감미로운 목소리가 계속 이어지더니, 그녀의 울음소리는 더욱 잦아들었다. 어떤 저항의 기색도 이제는 찾아볼 수 없었다. 하지만 공포의 기색만은 어쩔 수 없었다. 그 남자 때문이 아니라 떨리고 무서운 일이 곧 일어날 것이라는 예감이 만들어낸 공포였다. 남자가 다시 한 번 나지막한 톤으로 부드럽게 협박을 해가며 그녀를 달랬다. 여자의 울음소리가 무기력한 한숨으로 바뀌었다. 마지막으로 남자가 여자의 귓가에 무언가를 차갑게 속삭였다. 그녀가 힘없이 고개를 끄덕이자 남자는 더 이상 아무 말이 없었다. 곧 두 사람은 자리에서 일어나 각자 다른 방향으로 걸음을 옮겼다.

나는 육감을 믿지 않지만 음악은 믿는다. 그날 밤 내가 들은 두 사람의 목소리로 나는 확신할 수 있었다. 베이스가 클라리넷에게 어떤 끔찍한 행위에 가담하도록 설득하고 있었다는 것을. 클라리넷은 완전히 자포자기해서 집에 돌아온 뒤 베이스가 그녀에게 시킨 일을 해치울 것이다. 나는 들어서 그것을 안다. 듣는 것은 항상 이해하는 것보다 더 낫다. 나는 모종의 범죄 준비가 이루어지고 있다는 것뿐 아니라, 그것이 어떤 종류의 범죄인지도 알 수 있었다. 두 사람의 목소리에 담긴 두려움이 그것을 알려주었던 것이다. 사람이 말할 때의 음색과 억양, 템포와 간격 같은 것들을 들어보면 무엇이든지 알 수 있다. 음악은 무엇보다 정확하기 때문이다. 언어보다도 정확하다. 클라리넷은 너무 단순하기 때문에 혼자서는 어떤 일도 수행할 수 없다. 그녀는 열쇠를 건네주거나 문을 열어주는 따위의 단순한 보조 역할만 할 것이다. 거칠고 낮은 목소리의 베이스가 일을 처리하는 동안, 클라리넷은 겁에 질려 숨도 제대로 못 쉬면서 그 옆에 서 있을 것이다.

나는 시내로 달려갔다. 무언가 끔찍한 일이 벌어질 것이 분명했기 때문에 어떻게든 그걸 막아야 했다. 이미 늦었을 수도 있다고 생각하자 등골이 서늘해졌다. 한참을 달려간 나는 시내 어느 길모퉁이에 경찰이 서 있는 것을 보았다. 온 몸이 땀으로 흠뻑 젖고 숨도 턱밑까지 차올랐지만 나는 허겁지겁 그에게로 달려갔다.

"경관님." 나는 가쁜 숨을 몰아쉬며 말했다. "이제 곧 이 도시에서 살인이 일어날 겁니다."

경찰은 어깨를 으쓱하더니 무언가 알아듣지 못할 말을 했다. 제기랄, 나는 그제야 내가 하는 말을 그가 한마디도 알아들을 수 없다는 걸 깨달았다.

"살인 사건이라구요!" 나는 그가 귀머거리라도 되는 양 큰소리로 외쳤다. "모르겠습니까? 누군가 혼자 사는 여자를 죽이려 하고 있다니까요! 하녀나 가정부가 범인을 도와줄 겁니다. 제발 … " 이제 내 목소리는 절규에 가까웠다. "어떻게 좀 해보라고요!"

경찰이 다시 어깨를 으쓱하며 무슨 말인가 했지만, 역시 알아들을 수 없었다.

"경관님." 나는 분노와 공포로 몸이 벌벌 떨리는 가운데서도 어떻게든 설명을 해보려고 필사적으로 애를 썼다. "어떤 몹쓸 놈이 자신의 연인을 끌어들여 일을 벌이려 하고 있습니다. 제 말을 믿어주십시오. 이 끔찍한 일이 일어나지 않도록 어떻게든 막아야 합니다. 빨리 그녀를 찾아야 합니다!"

그 순간 나는 그녀가 어떻게 생겼는지조차 모른다는 사실을 깨달았다. 물론 설령 그것을 안다손 치더라도 경찰에게 설명할 수는 없었겠지만 말이다.

"맙소사." 나는 소리를 질렀다. "이 일을 방치하는 건 인간으로서 할 짓이 아닙니다!"

그 영국 경찰은 나를 유심히 바라보더니 진정시키려고 했다. 나는 두 손으로 머리를 와락 움켜쥐었다. 나는 절망으로 제정신이 아니었다.

"이런 바보, 내가 직접 찾아낼 거야!"

내가 경관에게 악을 썼다. 나는 그게 미친 짓이라는 것을 잘 안다. 하지만 사람의 목숨이 걸려 있는데 아무것도 안 하고 있을 수는 없는 노릇이었다. 나는 그날 밤 혹시라도 누군가의 집에 몰래 침입하는 사람을 발견할 수 있지 않을까 해서 리버풀 전역을 뛰어다녔다. 리버풀은 정말 이상한 도시였다. 밤이 되자 쥐 죽은 듯이 조용하기만 했다. 아침 무렵 지친 나는 길가 연석 위에 주저앉아 흐느끼고 있었다. 그때 한 경찰이 나를 보고는 뭐라고 알아들을 수 없는 말을 하더니 나를 호텔로 데려다주었다.

그날 아침 리허설을 어떻게 마쳤는지 잘 모르겠다. 정신없이 리허설을 마친 내가 지휘봉을 바닥에 던지고 밖으로 달려 나왔을 때, 신문을 파는 소년이 석간신문의 머리기사를 외치고 있었다. 나는 신문 한 부를 샀다. 1면에 큰 글씨로 "Murder"라고 적혀 있었고, 그 아래에 백발 여인의 사진이 실려 있었다. 이 "Murder"라는 단어야말로 내가 그렇게도 말하고 싶어 했던 살인 사건이라는 뜻의 영어임이 분명했다.

간다라 남작의 죽음

리버풀 경찰이 하는 일은 살인자들을 잡는 것이다. 그것은 매우 전문적인 일인데, 리버풀 경찰은 그 일을 매끈하게 처리하는 편이다. 사건이 생기면 그들은 먼저 거리를 활보하고 있는 악명 높은 우범자들을 한꺼번에 잡아들인다. 그러고는 한 명씩 알리바이를 조사한다. 그러다 보면 알리바이를 못 대는 악당이 꼭 나오기 마련인데, 그가 십중팔구 범인이다.

경찰은 미지의 인물을 상대하기 싫어한다. 그들은 반드시 잘 알려졌거나 악명 높은 거물급 범죄자만 잡아들인다. 경찰은 그들의 이름과 지문, 그리고 중요한 통계들을 잘 알고 있기 때문에 사건이 생길 때마다 그들에게 의존하는 것이다. 마치 우리가 머리를 깎거나 담배를 사러 단골 가게에 가듯이 경찰도 범죄가 생길 때마다 친구처럼 그들을 찾아가는 것이다. 따라서 만일 우리 같은 아마추어나 풋내기가 범죄를 저지른다면 경찰은 사건을 해결하기가 훨씬 까다로워진다.

나는 경찰에 근무하는 친척이 한 명 있는데, 이름은 피트르고 처의 이모부다. 일전에 그는 내게 절도는 전문 절도범들이 저지르지만, 살인은 가족 중 누군가가 저지르는 것이라고 말한 적이 있다. 그는 이 점에 대해 매우 확고한 신념을 갖고 있었다. 예를 들어 낯선 사람을 살해하는 경우는 매우 희박하다고 그는 주장했다. 살인이 일어났다면 피살자가 아는 사람이 범인일 가능성이 크다는 것이다. 특히 집 안에서 살인이 일어난 경우라면 범인은 피살자가 손바닥 보듯이 잘 아는 사람이라고 말했다. 그래서 살인 사건이 배정될 경우 피트르 이모부가 가장 먼저 하는 일은 가장 손쉽게 살인을 할 수 있는 사람이 누구인가를 찾는 것이다. 그러고는 그를 집중적으로 조사한다. 언제인가 피트르 이모부는 내게 이렇게 말했다.

"이봐 멘시크, 나는 상상력이나 창의력이라고는 없는 사람이야. 아마 경찰 내에서 머리가 가장 멍청하다고 볼 수도 있지. 하지만 중요한 건 살인범도 나처럼 머리가 둔하고 단세포적인 사람이라는 거지. 내 생각은 기껏해야 일상적이고 때로는 어리석기조차 하지만, 살인범의 동기나 계획, 그리고 행동도 마찬가지야. 그래서 내가 범인을 잡을 수 있는 거지."

간다라 남작 살해 사건에 대해 들어본 적이 있는지 모르겠다. 그는 외국인이었는데 칠흑같이 검은 머리카락에 사악할 정도로 잘생긴 외모를 가진 사내였다. 그는 그라보프카 지역에 있는 근사한 주택가에 살았다. 아마 여러분은 그곳 사람들이 어떻게 사는지에 대해서는 별로 듣고 싶어 하지 않을 것이다. 하여튼 어느 날 아침 그라보프카 주택가 하늘 위로 두 발의 총성이 울리더니, 뒤이어 요란한 경보음이 들렸다. 자기 집 정원에서 총을 맞고 쓰러져 있던 남작을 나중에 사람들이 발견했다. 지갑이 사라졌지만 그것을 제외하고는 단서가 될 만한 것은 일절 없었다.

일급 미스터리 사건이 발생한 것이다. 경찰은 당시 맡은 사건이 별로 없었던 피트르 이모부에게 이 사건을 배정했다.

"경위, 이 사건이 자네에게 어울리지 않는다는 건 이해하네." 경찰서장이 피트르 이모부에게 말했다. "하지만 자네가 아직은 연금을 받을 날만 기다리는 뒷방 퇴물이 아니라는 것을 반드시 보여주게."

그래서 피트르 이모부는 내심 불만스럽기는 했지만, 그렇게 하겠다고 경찰서장에게 약속하고는 범행 장소로 향했다. 하지만 당연하게도 아무것도 발견하지 못한 그는 애꿎은 형사들에게 욕만 퍼붓고는 다시 경찰서로 돌아왔다. 자리에 앉아 그는 파이프에 불을 댕겼다. 그때 자욱한 연기 속에 앉아 있는 피트르 이모부를 본 사람이라면 누구라도 그가 사건 때문에 깊은 생각에 잠겨 있다고 여겼을 것이다. 하지만 그건 천만의 말씀이다. 그는 결코 사색 따위에 잠겨 있지 않았다. 그는 생각 자체에 반대하는 사람이기 때문이다. 그는 언제나 살인범은 생각 따위를 하지 않는다고 말하곤 했다. 때로는 살인범의 머리에도 어떤 생각이 떠오를 때가 있지만 그건 그저 우연일 뿐이라는 게 그의 주장이었다.

경찰서에 있는 모든 사람들이 다들 입방아를 찧었다. 이건 피트르 이모부가 해결할 수 있는 종류의 사건이 아니라는 것이었다. 그들은 이런 매력적인 사건을 그가 맡게 하다니 부끄러운 일이라고 고개를 설레설레 저었다. 피트르에게는 조카를 살해한 아저씨나 자신의 하녀 뒤꽁무니를 졸졸 쫓아다니던 사내를 살해한 노파 사건이 제격이라고 그들은 생각했다. 마침내 그의 동료인 메이즈리크가 피트르 이모부 쪽으로 성큼성큼 걸어가서는 마치 우연인 것처럼 그의 옆에 앉았다.

"잘돼가고 있나요? 경위님. 뭐 새로운 것이 나왔나요, 간다라 사건?"

그가 피트르 이모부에게 말했다.

"조카나 뭐 그런 사람이 저지른 게 분명해."

피트르 이모부가 대답했다.

"경위님." 메이즈리크가 도와주고자 하는 마음에서 말했다. "이번 사건은 다른 것 같습니다. 간다라 남작이 국제적인 스파이라는 사실을 유념하셔야만 합니다. 어떤 이상한 일이 벌어졌는지 누가 알겠습니까? 지갑이 없어졌다는 게 좀 혼란스러운데요. 만약 내가 경위님이라면…."

피트르 이모부가 고개를 저었다.

"메이즈리크, 우리는 각자 자기만의 수사 방법이 있네. 지금 가장 먼저 할 일은 간다라의 유산을 상속받을 자가 누구인지 알아보는 거네."

"한 가지 더 있습니다." 메이즈리크가 고집스럽게 말했다. "남작은 날이면 날마다 도박을 하는 상습 도박꾼입니다. 경위님은 아마 그쪽 사람들과 섞이고 싶은 생각이 조금도 없으실 겁니다. 그쪽 분야에 대해서 잘 모르시기도 하고 말입니다. 경위님이 아는 도박이라고는 멘시크와 하는 도미노 게임밖에 없으니까요. 원하시면 제가 최근에 간다라와 도박을 한 사람들이 누군지 알아보겠습니다. 이 사건은 노름빚 때문에 생긴 것일 수도 있습니다."

피트로 이모부가 눈살을 찌푸렸다.

"메이즈리크, 그런 사실은 내게 아무 의미도 없네. 나는 지금껏 그쪽 분야는 한 번도 다뤄본 적이 없네. 그리고 이 나이에 새로 시작하고 싶지도 않네. 그러니 노름빚에 대해서는 잊어버리게. 만약 이게 가족에 의

한 살인이 아니라면 살인강도라는 건데, 그렇다고 해도 그 집안과 관련된 누군가에 의해 저질러진 것이네. 이런 사건은 대부분 그런 것일세. 아마 요리사에게 조카가 있다든지 그럴 거야."

"아니면 간다라의 운전기사일 수도 있구요."

메이즈리크가 빈정거리듯이 말했다.

피트르 이모부가 다시 고개를 저었다.

"내가 맡은 사건들에서는 운전기사가 그런 짓을 한 적은 없네. 살인강도죄를 범한 운전기사는 단 한 명도 없었지. 술을 진탕 마시고 기름을 훔치거나 한 운전기사는 있지만 살인을 저지른 경우는 아직 한 번도 보지 못했어. 나는 내가 알고 있는 방법으로 수사하겠네. 자네도 나만큼 나이를 먹으면…."

메이즈리크의 인내심이 한계에 도달했다.

"경위님!" 그가 소리를 질렀다. "또 다른 가능성도 있습니다. 간다라 남작은 유부녀와 내연의 관계를 맺고 있었습니다. 프라하에서 가장 아름다운 여인이죠. 따라서 치정에 의한 살인일 수도 있습니다."

"종종 일어나는 일이지." 피트르 이모부가 동의를 표했다. "나도 그런 살인 사건을 다섯 번 정도 다루어봤네. 그런데 그 여자의 남편은 어떤 사람인가?"

"재벌입니다." 메이즈리크가 대답했다. "아주 큰 기업을 운영하죠."

그 말을 들은 피트르 이모부는 치정 살인의 가능성을 마음속에서 지웠다.

"그렇다면 이쪽을 파고들어봐야 아무 소득이 없을 걸세. 내가 맡았던 사건 중에서 재벌이 총으로 살인을 저지른 경우는 없었네. 그런 사람들은 사기가 전문이지. 치정에 의한 범죄는 다른 종류의 사람들이 저지르는 거야. 자네가 틀렸네, 친구."

"경위님." 메이즈리크가 끈질기게 설득을 했다. "간다라 남작이 어떻게 돈을 버는지 아십니까? 공갈 협박입니다. 이 남자는 부유층들을 꼼짝도 못하게 만들 수 있는 엄청난 사실들을 많이 알고 있습니다. 이건 고려해볼 만한 사실입니다. 그를 눈엣가시처럼 생각해서 제거하고 싶어 하는 사람이 매우 많다는 의미니까요."

"물론이네." 피트르 이모부가 맞장구를 쳤다. "예전에 내가 맡은 사건 중에도 그런 건이 있었지. 하지만 우리는 입증하지 못했네. 결과적으로 대실패로 끝나서 경찰에 치욕만 안겨주었지. 다시는 그런 사건 때문에 혼쭐나고 싶지 않네. 절대로 그런 일은 없을 걸세. 평범한 살인강도 사건이 내게는 딱이네. 나는 세상을 놀라게 하는 사건이나 스캔들 같은 건 좋아하지 않네. 나도 자네 나이 때는 언젠가 엄청난 범죄를 파헤치고야 말겠다는 생각을 했었어. 야망 같은 거지. 하지만 그런 건 세월 따라 흘러가버리네. 나중에 자네도 대부분의 사건은 평범한 것이라는 사실을 깨닫게 될 걸세."

"간다라 남작 건은 절대 평범한 사건이 아닙니다." 메이즈리크가 항변했다. "저는 그를 압니다. 신사의 탈을 쓰고 있지만 음흉한 불한당이며, 제가 본 사람 중에서 가장 멋들어진 외모를 가진 사기꾼이죠. 행적이 미스터리에 싸여 있고 사기도박을 즐기는 악당입니다. 남작이라는 것도 가짜죠. 이런 남자가 평범하게 살해당했을 리 없습니다. 여기에는 분명히 뭔가가 있습니다. 미스터리한 내막 말입니다."

"만약 그렇다면 이 사건이 내게 맡겨졌을 리가 없네." 피트르 이모부가 넌더리를 내며 투덜거렸다. "내게는 미스터리를 풀 만한 머리가 없네. 나는 담배가게 주인 살인 사건같이 단순하고 평범한 살인 사건이 좋네. 이보게, 난 이제 와서 새로운 방법을 배우진 않을 걸세. 위에서 내게 사건을 맡겼으니 내 방식대로 해보겠네. 그리고 내가 보는 한 이건 일반적인 살인강도 사건이야. 만약 자네에게 사건이 배정되었다면 이 사건은 세상을 놀라게 만들 사건이거나 격정적인 사랑 때문에 발생한 사건, 혹은 정치적인 추문이겠지. 자네는 특히 사랑이 얽혀 있는 사건을 푸는 데 재주가 있지. 메이즈리크, 자네는 지금껏 그런 쪽으로 아주 놀랄 만한 솜씨를 보여왔네. 이 사건이 자네에게 배정되지 않아서 유감이네."

"들어보세요." 메이즈리크가 다급하게 외쳤다. "이렇게 하면 경위님도 반대하지 않으실 겁니다. 경위님 일을 조금도 방해하지 않고 독자적으로 수사를 하겠습니다. 중요한 건 제가 간다라에 대해 매우 잘 아는 정보원들을 아주 많이 알고 있다는 사실입니다. 그들이 제공하는 정보는 경위님이 마음대로 하셔도 좋습니다." 메이즈리크가 재빨리 덧붙였다. "이 사건이 경위님 소관이라는 것은 전혀 변함없을 겁니다. 어떠십니까?"

피트르 이모부는 짜증을 내며 코웃음을 쳤다.

"친절한 말은 고맙지만 그렇게 해서 효과가 있을 것 같지 않네. 자네는 나하고는 완전히 다른 식으로 사건을 다루지. 뒤죽박죽 섞지 않는 것이 최선일세. 내가 자네가 아는 그 정보원이나 도박꾼들, 화려한 아가씨들

124

이나 거물들을 데리고 무얼 할 수 있겠나? 그런 것들은 나한테는 소용이 없네, 젊은 친구. 내가 담당하는 한 이 사건은 늘 그렇듯이 그저 그렇고 그런 평범한 사건일 뿐일세 … 사람들은 할 줄 아는 걸 하는 법이야."

그때 문을 두드리는 소리가 들리더니 형사 한 명이 들어왔다.

"경위님." 그가 피트르 이모부에게 보고를 했다. "간다라 남작의 집 경비원에게 스무 살 먹은 조카가 있다는 것이 밝혀졌습니다. 그는 실직자로 현재 브르소비체 1451번지에 사는데, 가끔 경비원의 집에 와서 묵는답니다. 그리고 하녀에게는 남자 친구가 있었습니다. 하지만 그는 군인으로 현재 작전 수행 중이라고 합니다."

"수고했네." 피트르 이모부가 말했다. "어서 가서 경비원의 조카가 살고 있는 집을 샅샅이 수색하게. 그리고 그를 찾아서 이리로 데려오게."

두 시간 뒤 피트르 이모부의 손에는 사라졌던 간다라의 지갑이 들려 있었다. 경찰이 그 조카의 침대 밑에서 지갑을 발견한 것이다. 그날 밤 술집에서 경찰서로 연행된 경비원의 조카는 다음 날 아침 지갑을 훔칠 목적으로 간다라를 총으로 쏴 죽였다고 범행 사실 일체를 자백했다. 지갑에는 5만 코루나가 넘는 돈이 들어 있었다.

"사실은 말이야, 멘시크." 피트르 이모부가 한참 뒤에 내게 말했다. "이번 사건은 크레멘코바 거리에서 일어난 노파 살인 사건과 똑같아. 그것도 경비원의 조카가 살인범이었지. 제기랄, 그런데 잠시나마 이 사건을 메이즈리크에게 맡겼으면 어떨까 하고 생각하다니 정말 어이가 없군. 그가 이런 사건을 어떻게 처리할 수 있겠어! 이게 모두 상상력 부족 때문이야, 그게 문제라니까!"

결혼 사기꾼

 사실 우리 경찰들은 색다르고 특이한 사건은 별로 좋아하지 않는다.
신출내기 범죄자도 마찬가지이다. 하지만 노련한 범죄자라면 얘기가
다르다. 우선 우리는 사건 발생 즉시 그가 범인이라는 것을 알 수 있다.
또한 어딜 가면 그를 찾을 수 있는지도 알고 있다. 게다가 그는 소란을
피우지도 않고 범행 사실도 부인하지 않는다. 그래 봤자 자신에게 좋을
게 없다는 걸 잘 알기 때문이다. 이렇게 경험이 풍부한 범죄자를 상대하
는 것은 기분 좋은 일이다. 나이 들고 숙련된 범죄자는 감옥에서도 가장
인기가 많고 신뢰받는다. 신출내기거나 어쩌다가 한 번씩 범죄를 저지
른 사람들은 불평불만이 많고 무엇에도 만족하는 법이 없다. 하지만 고
참 범죄자들은 감옥이 자기들 직업에 당연히 수반되는 위험 요인이라
는 것을 잘 알고 있다. 그래서 그것 때문에 자신이나 다른 사람들을 괴
롭히지 않기 마련이다. 어쩌다 보니 이야기가 샛길로 빠졌는데 이쯤 해
두고 본론으로 들어가겠다.
 약 5년 전의 일이다. 한 정체불명의 결혼 사기꾼이 보헤미안 지역을 발
칵 뒤집어 놓고 있다는 정보가 사방에서 입수되었다. 정보에 따르면 그
사기꾼은 건장한 체격에 머리는 벗겨지고 금니가 다섯 개 있는 나이 든

사내였다. 그는 수많은 이름을 사용했다. 알려진 것만 해도 뮐러, 프로샤즈카, 시메크, 세베크, 신데르카, 빌레크, 호로마드카, 피보다, 베르그르, 베이체크, 스토체스가 있었고, 그 밖에도 얼마나 많은 이름을 사용했는지 아무도 몰랐다. 이런 제기랄, 나는 저절로 욕이 나왔다. 우리가 알고 있는 결혼 사기꾼 중에는 이런 용모에 부합되는 인물이 없었던 것이다. 이 업종에 새로 뛰어든 신출내기임이 분명했다.

서장이 내게 말했다.

"홀루브, 지금부터 기차 근무야. 기차를 타고 다니면서 승객 중에 금니 다섯 개가 있는 사람을 찾아보게."

괜찮은 생각이었다. 나는 즉시 기차를 타고 사람들의 이빨을 쳐다보기 시작했다. 2주 동안 나는 금니가 다섯 개인 승객을 세 명 체포했다. 하지만 재수가 없으려니까 그중에 장학사와 국회의원이 있는 게 아닌가. 나는 그들한테뿐만 아니라 내 상사로부터도 다시 언급하고 싶지 않을 정도로 호되게 꾸지람을 들었다. 나는 머리 꼭대기까지 화가 나서 반드시 내 손으로 이 악당 놈을 잡겠다고 굳게 마음먹었다. 사실 이런 사건은 내 전문 분야가 아니지만, 내 마음은 복수심으로 활활 불타올랐다.

나는 이 금니 사기꾼의 결혼 약속에 속아 넘어가 돈을 빼앗긴 과부와 그녀의 아이들을 직접 만나보았다. 그 가여운 과부와 아이들이 훌쩍거리면서 얼마나 빠르게 얘기하는지 직접 본 나도 믿지 못할 정도였다. 그들의 얘기는 한결같았다. 그 남자는 믿음이 가게 생긴 데다가 달변에 금니를 한 신사였고, 가정생활을 잘 꾸려나가겠다는 열의가 대단했다는 것이다. 하지만 그들 중 누구도 남자의 신원을 알아볼 생각을 하지 않았다. 이렇게 단순하게 사람을 쉽게 믿는다는 것에 어이가 없었다.

카메니체 지방에 사는 열한 번째 피해자는 내게 눈물을 흘리며 그 남자에 대해 말해주었다. 그녀의 말에 따르면 그는 그녀를 보러 세 번 왔는데, 늘 아침 10시 반쯤에 기차로 도착했다. 마지막으로 왔을 때의 일이다. 그녀를 꾀어 돈을 받아 챙긴 뒤 떠날 채비를 하던 남자가 그녀의 집 번지수를 보고는 깜짝 놀랐다.

"아니, 저것 좀 보세요. 마렌카 양. 우리의 결혼은 신의 계시임이 분명합니다. 당신 집도 618번지이고, 내가 당신을 보러 올 때면 항상 타는 기차의 출발 시각도 아침 6시 18분입니다. 정말 좋은 징조이지 않습니까?"

나는 그녀에게서 이 말을 듣자마자 열차 시간표를 품에서 꺼내어 아침 6시 18분에 출발하면 10시 반쯤에 카메니체에 도착할 수 있는 역을 살펴보았다. 나는 빠른 속도로 모든 노선들을 훑어보았다. 조건에 들어맞는 역이 하나 있었다. 비스트리체 – 노보베스 역이었다. 역시 철도 담당 형사의 생명은 얼마나 기차에 대해 잘 아느냐에 달려 있다.

말할 필요도 없이 다음 날 나는 비스트리체 – 노보베스 역으로 달려갔다. 그러고는 이 역을 이용하는 승객 중에서 입안 여기저기에 금니를 해넣은, 체격이 건장한 남자가 없는지 물어보았다.

"있습니다." 역장이 말했다. "라치나 씨라고 하는 방문 판매원인데 여기서 멀지 않은 곳에 살고 있습니다. 어딘가에 갔다가 어젯밤에 돌아왔습니다."

나는 그의 집을 물어 찾아갔다. 초인종을 누르자 단아하게 생긴 여인이 나왔다.

"여기 라치나 씨가 살고 있습니까?"

내가 그녀에게 물었다.

"제 남편입니다만…"그녀가 대답했다. "지금 점심 먹고 낮잠을 자는 중입니다."

나는 상관없다고 그녀에게 말하고는 안으로 들어갔다. 한 남자가 소파 위에서 와이셔츠 차림으로 누워 있다가 나와 눈이 마주쳤다.

"아니 이게 누구십니까. 홀루브 형사님이 아니십니까? 여보, 어서 이 분께 의자를 내드려요."

나는 들끓던 화가 가라앉으면서 맥이 탁 풀렸다. 남자는 오래된 경품 사기꾼인 플리츠타였는데, 수많은 복권 사기를 저지른 인물이었다. 그로 인해 적어도 열 번은 철창 신세를 지기도 했다.

"오랜만이군, 플리츠타." 내가 말했다. "이제 복권 사기는 안 치는 모양이군, 그렇지 않나?"

"물론입니다." 플리츠타가 소파에서 몸을 일으키며 대답했다. "그런 일을 하려면 여기저기 다녀야 하는데 저한테는 무리입니다. 저는 더 이상 젊은이가 아닙니다. 제 나이 이제 쉰둘이거든요. 저 같은 사람은 한 곳에 머물러 있어야 합니다. 이곳저곳 떠도는 것은 맞지 않죠."

"그래서 결혼 사기를 시작했나? 이 늙은 사기꾼 같으니."

플리츠타는 가만히 한숨을 내쉬었다.

"형사님. 먹고살려면 뭐라도 해야 되니까요. 사실 마지막으로 감옥에 있을 때 콩밥 때문에 이빨이 썩어서 그걸 고쳐야 했습니다. 그런데 금니를 하고 나니까 얼마나 좋은 점이 많은지 아마 믿기 어려우실 겁니다.

사람들의 신뢰도 쌓이고, 소화 기능이 좋아져서 살도 보기 좋게 붙기 시작했습니다. 그래서 제가 가진 것을 살려서 이 일을 시작한 겁니다."

"돈은 어디에 있나?" 내가 그에게 물었다. "당신은 열한 건이나 결혼 사기를 쳐서 21만 6천 코루나를 챙겼어. 그 돈 다 어떻게 했나?"

"그 돈은 모두 와이프 겁니다." 플리츠타가 대답했다. "일은 일이고 돈은 돈이지 않습니까? 저는 그저 제가 필요한 돈만 씁니다. 각종 청구 대금을 납부하는 데 필요한 650코루나와 금시계와 금니를 하는 데 필요한 돈 정도죠. 여보, 난 여기 형사님과 함께 프라하에 가야 되오. 형사님, 아직 금니 외상 대금이 300코루나 남아 있습니다. 그건 여기에 놓고 가겠습니다."

"그리고 양복 대금도 150코루나 있어요."

그의 아내가 남편을 일깨워주었다.

"그것도 남겨두겠습니다." 플리츠타가 대답했다. "홀루브 형사님, 저는 뭐든지 정확해야 한다고 믿는 사람입니다. 그래서 모든 것을 꼼꼼하게 정리해서 따져봅니다. 그렇게만 하면 빚도 얼마인지 정확히 알아서 갚을 수 있습니다. 사실 빚을 지고는 당당하게 사람의 눈을 쳐다볼 수 없는 법 아닙니까? 제가 이 일을 하는 이유 중 하나도 그 때문입니다. 여보, 내 코트를 한번 가볍게 솔질해주겠소? 내가 프라하에 가서 당신의 체면을 깎지 않게 말이오. 자, 홀루브 형사님. 이제 다 준비된 것 같군요. 출발하시죠."

플리츠타는 5개월의 징역형을 선고받았다. 놀랍게도 그에게 사기를 당한 대부분의 여성들은 자신들이 자발적으로 그에게 돈을 주었고 이미 그가 한 짓을 용서했다고 배심원들에게 증언했다. 단지 나이 든 여자 한 명만이 지난 일을 잊지 못했다. 그에게 5천 코루나밖에 사기당하지 않은 아주 부유한 미망인이었다.

6개월 뒤 나는 다시 두 건의 결혼 사기 사건이 발생했다는 소식을 들었다. 플리츠타 짓이로군, 나는 혼자 중얼거렸다. 그렇지만 나는 더 이상 이 문제에 관여하고 싶은 생각이 없었다. 그때 나는 파르두비체 기차역으로 향하고 있었다. 그 역에서 일하는 수하물 운반 직원 중 한 명이 손님의 물건을 훔쳤다는 신고가 접수되었던 것이다. 게다가 나는 그전에 파르두비체에서 한 시간 남짓 걸리는 곳에 있는 오두막에서 여름휴가를 보내고 있는 가족에게 들러야 했다. 소시지며 훈제 고기 따위가 담긴 작은 꾸러미를 가족에게 전해주기 위해서였다. 모두 시골 마을에서는 구하기 어려운 것들이었다.

파르두비체역으로 향하는 기차에 올라탄 나는 습관적으로 통로를 따라 걸어가며 승객들을 살폈다. 하지만 결코 그곳에서 플리츠카를 다시 만나리라고는 꿈에도 생각하지 못했다. 그는 한 나이 든 여자 옆에 앉아서 이 세상이 얼마나 썩었는가에 대해 열변을 토하고 있었다.

"잘 있었나, 플리츠타." 내가 비아냥거리듯 그에게 말했다. "또 누군가에게 결혼을 약속하고 있나?"

플리츠타가 얼굴을 붉히더니 옆에 앉은 여인에게 나와 사업상 할 얘기가 있어서 잠시 실례하겠다고 말했다.

"홀루브 형사님, 어떻게 모르는 사람 앞에서 그럴 수가 있습니까?" 통로로 나온 플리츠타가 내게 책망하듯이 말했다. "그저 윙크만 하면 알아서 나왔을 텐데요. 그건 그렇고 무슨 일입니까?

"그동안 결혼 사기 사건이 두세 건 발생했기 때문에 자네를 조사해야해." 내가 그에게 말했다. "하지만 나는 지금 다른 일을 처리할 게 있기 때문에 파르두비체에 도착하자마자 자네를 연방 경찰에게 넘기려고 하네."

"잠깐만요, 홀루브 형사님. 그렇게는 하지 말아주십시오. 저는 형사님이 익숙합니다. 형사님도 저를 잘 알구요. 차라리 형사님을 따라가겠습니다. 홀루브 형사님, 옛정을 생각해서라도 그렇게 해주십시오."

"그건 안 될 말이네." 나는 그의 말을 일축했다. "나는 지금 가족을 만나러 가야 하네. 파르두비체에서 족히 한 시간은 걸리는 곳이지. 그동안 자네를 어떻게 하라는 건가?"

"그냥 따라가게 해주십시오. 홀루브 형사님." 플리츠타가 호소했다. "최소한 가시는 동안 형사님이 무료하지 않도록 도와드릴 수는 있을 겁니다."

결국 나는 거듭되는 애원에 마음이 약해져 그와의 동행을 허락하고 말았다. 파르두비체역에서 연결 편으로 갈아타자 플리츠타가 내게 말했다.

"제가 그 작은 가방을 들어드리겠습니다. 그리고 저, 홀루브 형사님, 다른 사람 앞에서 제게 너무 경찰관처럼 굴지는 말아주십시오. 제가 형사님보다 나이가 많으니 사람들이 이상하게 생각할 겁니다."

그래서 나는 아내와 처제에게 그를 내 옛 친구로 소개했다. 처제는 스물다섯 살로 한창 나이의 꽃같이 아름다운 처녀다. 플리츠타는 줄곧 신사답고 정중한 태도로 이야기를 했고, 우리 아이들에게는 캔디까지 나눠주었다. 다 함께 커피를 마신 뒤 그는 처제와 아이들에게 함께 산책을 하자고 제안을 했다. 그가 내게 윙크를 했다. 마치 아내와 단둘이 호젓한 시간을 보내고 싶어 하는 내 심정을 이해한다고 말하는 듯했다. 그는 그런 신사다운 구석이 있었다. 한 시간 뒤 그들이 돌아왔을 때 아이들은 플리츠타의 팔에 매달려 떨어지지 않으려고 했고, 처제의 고운 얼굴은 복사꽃처럼 물들어 있었다. 심지어 우리가 떠날 때 처제는 그의 손을 한참 동안이나 부여잡고 놓질 못했다.

"이것 봐, 플리츠타." 둘만 남았을 때 내가 그에게 말했다. "도대체 마니츠카에게 어떤 생각을 불어넣은 거야?"

"항상 그렇게 되어버립니다. 홀루브 형사님." 플리츠타가 침울한 어조로 말했다. "저도 어쩔 수가 없습니다. 다 이놈의 입이 하는 짓입니다. 이놈의 입 때문에 항상 문제가 발생하죠. 이건 사실입니다. 저는 절대 여자들에게 수작을 걸지 않습니다. 제 나이에 그건 통하지도 않고요. 그런데 그게 그들에게 더 매력적으로 보이는 것 같습니다. 그리고 때때로 저는 여자들이 저 자신보다는 돈 때문에 저를 좋아한다는 생각이 들곤 합니다. 그들은 저를 재산가로 생각하거든요."

우리가 다시 파르두비체역으로 돌아왔을 때 내가 그에게 말했다.

"플리츠타, 이제부터 나는 절도 사건을 조사해야 되기 때문에 그만 연방 경찰에 자네를 넘기겠네."

"홀루브 형사님." 플리츠타가 다시 애원하기 시작했다. "형사님이 조사를 하는 동안 여기 레스토랑에 앉아서 기다리면 되지 않습니까? 커피

나 한잔 시켜놓고 책을 읽고 있겠습니다. 여기 이게 제가 가진 돈 전부입니다. 1만 4천 코루나와 잔돈 약간입니다. 이 돈 없이는 어디 도망가지도 못합니다. 제가 각종 청구 대금을 안 갚고는 못 산다는 걸 잘 아시잖아요."

결국 나는 그를 레스토랑에 앉아 있게 하고 일을 하러 갔다. 한 시간 뒤 레스토랑 옆을 지나치면서 창문으로 안을 들여다보았다. 그는 내가 떠날 때와 똑같은 자세로 앉아서 코에 걸친 금테 안경 너머로 신문을 읽고 있었다. 그로부터 30분쯤 흘렀을까. 일을 마친 나는 그를 데리러 레스토랑으로 돌아왔다. 플리츠타는 눈이 번쩍 떠질 만큼 풍만한 몸매의 금발 미녀와 나란히 앉아 있었다. 그는 그녀의 커피에 들어간 우유가 불량 제품이라고 웨이터를 점잖게 꾸짖고 있었다. 그는 나를 보자 그녀에게 잠시 갔다 오겠다고 말을 하고는 내게로 건너왔다.

"홀루브 형사님." 그가 말했다. "저를 체포하기 전에 일주일만 시간을 주실 수 없습니까? 제가 여기서 꼭 해야 될 일이 생겨서요."

"왜, 매우 부자인 여자인가?"

플리츠타가 어깨를 으쓱했다.

"공장을 갖고 있는 여자인데, 지금 자신에게 조언을 해줄 경험 있는 사람을 찾고 있습니다. 조만간 새 기계를 사야 하기 때문입니다."

"그래, 그거 재미있군." 내가 말했다. "자, 가세. 내가 그녀에게 자네를 소개시켜 주겠네."

나는 그녀가 앉아 있는 자리로 갔다.

"오랜만이야, 로이지츠카, 여전히 나이 먹은 신사들을 노리고 있군."

금발의 미녀가 귀밑까지 새빨개져서 말했다.

"하느님 맙소사, 홀루브 형사님, 저는 이 신사분이 당신의 친구인지 꿈에도 몰랐어요."

"당신이나 조심하는 게 좋을걸. 여기 이 신사분도 당신하고 똑같은 일에 종사하는 분이지."

플리츠타의 꼴이 말이 아니게 됐다.

"홀루브 형사님." 그가 내게 말했다. "형사님이 아니었으면 저는 평생 그녀가 사기꾼이라는 생각을 하지 못했을 겁니다."

"그녀는 사기꾼일 뿐만 아니라 질도 아주 나쁘지. 그녀는 나이 든 남자만을 대상으로 결혼할 것처럼 속여서 돈을 빼앗거든."

플리츠타의 얼굴이 창백해졌다.

"정말 역겨운 짓이군요." 그가 경멸스럽다는 듯이 침을 뱉었다. "이제 알겠습니다. 앞으로 절대 여인을 믿지 않겠습니다! 홀루브 형사님, 그게 앞으로 제가 반드시 지킬 신조입니다."

"자, 여기서 기다리고 있게. 내가 프라하로 가는 차표를 끊어 오겠네. 이등칸 아니면 삼등칸?"

"홀루브 형사님." 플리츠타가 항변했다. "그건 쓸데없이 돈을 낭비하는 짓입니다. 저는 범인으로 압송 중이기 때문에 공짜로 기차를 탈 수 있습니다. 그렇지 않나요? 국가가 지불하게 되어 있으니까요. 저 같은 처지에 있는 사람은 쏨쏨이를 하나하나 살펴야 합니다."

플리츠타는 프라하로 가는 내내 금발 미녀에게 저주를 퍼부어댔다. 나는 그렇게까지 도덕적으로 분개하는 모습은 평생 처음 볼 정도였다.

"홀루브 형사님, 이번에 들어가면 아마 7개월은 살아야 할 겁니다." 프라하에 도착하자 그가 말했다. "하지만 교도소 음식은 제게 맞지가 않습니다. 그러니 마지막으로 괜찮은 식사를 할 수 있게 해주십시오. 아까 드린 1만 4천 코루나는 마지막 작업에서 번 돈인데 제 전 재산입니다. 그러니 그 돈에서 조금 떼어서 맛있는 저녁 한 끼만 사주십시오. 그리고 또 한 가지, 수감 생활 동안 커피를 마실 수 있게 영치금도 좀 넣어주십시오."

우리는 함께 근사한 레스토랑으로 향했다. 플리츠타는 맥주 다섯 병을 곁들여 고기찜을 맛있게 해치웠다. 나는 플리츠타의 비자금으로 음식값을 계산했는데, 그는 혹시라도 웨이터가 속이지나 않았을까 세 번이나 계산서를 들여다보았다.

"자, 그만 됐네. 이제 경찰서로 가세."

내가 말했다.

"잠깐만요, 홀루브 형사님." 플리츠타가 말했다. "지난번 마지막 작업을 할 때 많은 경비가 들었습니다. 기차로 네 번이나 거기에 왔다 갔다 했는데, 기차값이 편도에 48코루나입니다."

말을 마친 플리츠타가 안경을 코에 걸치더니 종이에 뭔가를 계산하기 시작했다.

"그리고 부대 비용도 있습니다. 하루당 30코루나씩 들었습니다. 저는 용모에 신경을 써야만 했거든요, 홀루브 형사님. 그건 제가 파는 상품 같은 겁니다. 총 120코루나군요. 그리고 그녀에게 꽃다발을 사대느라 35코루나를 썼습니다. 이건 당연한 예의입니다. 약혼반지를 사는 데는

240코루나가 들었군요. 사실 그건 금을 도금한 반지였습니다. 홀루브 형사님, 만일 제가 정직하지 못한 사람이었다면 600코루나나 되는 순금 반지라고 말했을 겁니다. 또 30코루나를 들여 그녀에게 근사한 케이크를 사줬고, 다섯 통의 편지를 보내느라 우표를 사는 데 1장에 1코루나씩 모두 5코루나가 들었습니다. 마지막으로 그녀를 만나게 해준 신문광고를 내는 데 80코루나를 썼습니다. 이것을 모두 합하면 894코루나가 됩니다. 홀루브 형사님, 그 돈도 제해주십시오. 그리고 제가 나올 동안 당신이 그 돈을 맡아주시기 바랍니다. 적어도 비용은 보상받아야 하는 것 아니겠습니까? 자, 이제 다 됐습니다. 가시죠."

하지만 경찰서 입구에 들어섰을 때 플리츠타는 갑자기 생각난 듯 내게 말했다.

"홀루브 형사님, 제가 그녀에게 준 향수를 빼먹었습니다. 20코루나를 추가로 제해주십시오."

말을 마친 그는 시원하게 코를 한 번 풀어 마음을 가라앉히고는 경찰서 안으로 걸어 들어갔다.

유라이 쿠프의 발라드

  종종 범죄자들은 놀랄 정도로 정직하고 양심적이다. 이걸 보여주는 사건들은 무수히 많다. 하지만 그중에서도 가장 기억에 남는 것은 유라이 쿠프 사건이다. 내가 저 멀리 동쪽에 있는 루세니아 주의 야시니아에서 근무할 때 일어난 사건이다.

  1월의 어느 저녁, 우리는 한 유대인이 하는 술집에서 술을 마시고 있었다. 야시니아의 행정 책임자, 철도청장 등 현지의 고위 관리들이 모두 자리를 같이 하고 있었다. 물론 집시들도 옆에 있었다. 이 집시들이 누구의 후예인지는 잘 모르겠지만 아마 햄족이 아니었나 싶다. 그들은 조금씩 우리 쪽으로 다가오면서 바이올린을 연주했다. 그들은 사악한 악마였다. 이 세상 것이 아닌 듯한 감미로운 바이올린 선율 때문에 우리의 영혼은 모두 마법에 걸려 몸에서 빠져나가는 듯했다. 그리고 마침내 그들이 내 옆에 이르렀을 때 나는 엉엉 울음을 터트렸다. 우리는 수사슴처럼 우렁차게 고함을 지르고, 총으로 탁자를 두들겨대며, 유리컵을 박살내고, 고래고래 노래를 부르고, 벽에 머리를 쾅쾅 찧어댔다. 그리고 누군가를 죽이거나 뜨거운 사랑을 나누고 싶었다. 집시들의 마법에 걸리면 늘 이런 소동이 일어난다. 내가 광란의 절정에 이르렀을 때, 유대인

주인이 다가와서 어떤 루세니아 사람이 술집 앞에서 나를 기다리고 있다고 말했다.

"기다리든지 내일 다시 오라고 해."

나는 소리를 버럭 질렀다.

"나는 지금 지나간 젊은 날을 위해 울고 있어. 채 피우지도 못하고 묻어버린 꿈을 애도하고 있지. 그리고 우아하고 아름다운 숙녀와 사랑을 나누고 있어. 이봐, 집시 친구들, 계속해. 어서 내 영혼에서 슬픔을 몰아내버리란 말이야."

나는 계속 음악에 파묻혀 고통에 몸부림치며 술을 진탕 마셔댔다. 한 시간쯤 지났을까. 주인이 다시 다가와 아까 말한 루세니아 사람이 살을 에는 추위에 몸이 꽁꽁 언 채 밖에서 계속 나를 기다리고 있다고 전했다. 하지만 나는 아직 내 젊음을 위해 울고 있었고, 내 슬픔을 포도주에 실어 날려버리지도 못했다. 나는 저 몽고의 칭기즈칸처럼 손을 흔들어댔다. 여봐라, 집시들이여, 상관하지 말고 계속 연주를 하라! 그러고는 그 뒤에 무슨 일이 있었는지 기억이 없다. 새벽녘에 술집을 나섰을 때 밖은 꽁꽁 얼어붙어 있었다. 하늘에서 내리는 눈이 끼익, 쨍그랑, 유리처럼 비명을 질러댔다. 그리고 바로 거기 술집 앞에 나무 껍질로 만든 신발에 흰색 바지와 흰색 양가죽 코트를 입은 그 루세니아 사람이 서 있었다. 그는 나를 보자 허리를 구십 도로 굽혀 인사를 하고는 쉰 목소리로 무언가를 중얼거렸다.

"도대체 무슨 일인가, 양치기 친구." 내가 그에게 말했다. "쓸데없는 일로 이러는 거면 턱을 부숴버릴 거야."

"나리." 그 루세니아 사람이 입을 열었다. "볼로바 레호타의 이장님이 저를 보내셨습니다. 마리나 마테예바가 살해되었습니다."

나는 정신이 번쩍 들었다. 볼로바 레호타는 마을이라고 부르기도 어려운 곳이었다. 고작 30여 가구가 모여 사는 외진 곳으로, 여기서 산 쪽으로 20km도 더 들어간 곳에 있었다. 한마디로 겨울에는 결코 가고 싶지 않은 곳이었다.

"이런 젠장."

내가 소리를 질렀다.

"누가 죽었나?"

"제가 죽였습니다. 나리."

남자가 굽실거리며 대답했다.

"제 이름은 유라이 쿠프입니다. 드미트리 쿠프의 아들이죠."

"그럼 여기에는 자수하러 왔나?"

내가 그에게 쏘아붙였다.

"이장님이 자수하라고 말씀하셨습니다." 그가 순순히 대답했다. "유라이, 경찰에게 가서 자네가 마리나 마테예바를 죽였다고 털어놓게, 이렇게 이장님이 말씀하셨습니다."

"왜 그녀를 죽였는가?"

내가 고함을 질렀다.

"하느님이 그렇게 하라고 말씀하셨습니다." 유라이 쿠프가 너무나 당연한 일을 왜 물어보냐는 듯 대답했다. "악령에 홀린, 너의 사랑하는 여동생 마리나 마테예바를 죽여라, 하느님이 이렇게 명령하셨습니다."

"이런 죽일 놈, 무슨 헛소리야. 그런데 볼로바 레호타에서 여기까지 어떻게 왔지?"

"하느님의 가호가 있었기 때문입니다." 유라이 쿠프가 경건하게 대답했다. "제가 눈 속에서 얼어 죽지 않도록 하느님이 보호해주셨습니다. 하느님의 이름을 찬양하라!"

여러분이 이곳 카르파티아 산맥슬로바키아 동부에서 루마니아 북부로 뻗은 산맥의 거센 눈보라를 직접 눈으로 보았다면, 2m도 넘게 땅에 쌓여 있는 이 눈들을 보았다면, 자신이 신의 뜻을 거스른 마리나 마테예바를 죽였노라고 자수를 하고자 혹한 속에 6시간도 넘게 술집 문 앞에서 기다리고 있던 가여운 유라이 쿠프의 그 작고 초라한 모습을 보았다면, 어떻게 행동했을지 모르겠다. 나는 성호를 그었다. 유라이 쿠프도 얼른 성호를 그었다. 그 뒤 나는 그를 체포했다. 나는 술을 깨기 위해 눈으로 얼굴을 닦은 뒤, 스키의 끈을 단단히 매고는 함께 있던 크로우파 경관과 함께 볼로바 레호타를 향해 산속으로 향했다. 만일 이 자리에 경찰서장이 있었더라면 아마 나를 가로막고 이렇게 말했을 것이다. '이봐, 하벨카. 당신 미쳤군. 이런 날씨에 그곳에 가다니 목숨이 두 개라도 되는 거야?' 그러면 나는 그에게 정중히 인사한 뒤 이렇게 답변할 것이다. '그렇다 하더라도 가야만 합니다, 서장님. 하느님의 명령이기 때문입니다.' 그렇게 대답한 뒤 나는 조금도 망설임 없이 길을 떠났을 것이다. 물론 크로우파도 그렇게 했을 것이다. 그는 지즈코브체코 프라하의 서북부 지역 출신이기 때문이다. 나는 지금껏 지즈코브 출신치고 위험한 일에 몸을 사리는 사람을 보지 못했다. 그렇게 우리는 볼로바 레호타를 향해 출발했다.

우리의 여행이 어땠는지는 굳이 말하고 싶은 생각이 없다. 다만 여행 막바지에 크로우파는 두려움과 피로에 지쳐 어린아이처럼 엉엉 울었다. 우리는 죽어도 더 이상은 못 가겠다고 스무 번도 넘게 혼잣말을 되뇌었다. 고작 15마일을 가는 데 꼬박 11시간이 걸렸다. 새벽에 출발해서 날이 어둑어둑할 때 간신히 도착했다. 이 정도면 우리 여행이 어땠는지 어느 정도 짐작이 갈 것이다. 경찰은 보통 강인한 사람들인데, 눈 위에 쓰러져서 더 이상 못가겠다고 흐느껴 우는 모습을 보자니 뭐라 말하기 어려울 정도로 착잡한 심정이었다. 나는 마치 꿈을 꾸듯 계속 걸으면서 되뇌었다. '유라이 쿠프, 그 볼품없이 작은 사내도 해냈어. 게다가 그는 살을 에는 추위에도 술집 앞에서 6시간 동안이나 기다렸지. 단지 이장이 시켰다는 이유만으로. 젖은 나무 껍질 신발을 신고 있던 유라이 쿠프, 눈보라 속에 서 있던 유라이 쿠프, 하느님의 가호를 받은 유라이 쿠프 … .' 만약에 돌이 아래로 구르는 대신 위로 솟구친다면 우린 그걸 기적이라고 부를 것이다. 하지만 오직 자수해야 한다는 일념으로 그 험한 길을 달려온 유라이 쿠프의 여정은 그 누구도 기적이라 부르지 않는다. 하지만 그것은 위로 치솟는 돌보다 더 위대한 현상이며 훨씬 대단한 힘이다. 그러니까 내가 말하고 싶은 것은 기적을 보려면 돌이 아니라 사람을 주목해야 한다는 것이다.

마침내 볼로바 레호타에 당도했을 때 우리들의 몸은 그림자처럼 흐느적거렸다. 산 사람보다는 죽은 쪽에 가까웠다. 우리는 이장의 집 문을 쾅쾅 두드렸지만, 모두들 깊은 잠에 빠져 있었는지 문 안쪽에는 어떤 인

기척도 느껴지지 않았다. 한참이 지난 뒤에야 턱수염을 기른 거구의 이
장이 손에 총을 쥔 채 나왔다. 우리를 보자 그는 얼른 무릎을 굽히고 앉
아 우리의 스키를 풀어주었다. 하지만 그는 말은 한마디도 하지 않았다.
그 순간 여기에 이를 때까지 일어난 일들이 머릿속을 주마등처럼 스쳐
지나갔다. 마치 단순하면서도 장엄한 한 편의 연작 그림을 보는 것 같았
다. 이장은 입을 굳게 다문 채 우리를 한 채의 오두막으로 안내했다. 방
안에는 두 개의 초가 타고 있었고, 검은 옷을 입은 여인이 성상 앞에 무
릎을 꿇고 있었다. 그리고 침대 위에 흰 천에 싸인 마리나 마테예바의
시신이 놓여 있었다. 그녀의 목 부분이 뼈가 드러날 정도로 날카롭게 베
어져 있었다. 끔찍할 정도로 깨끗한 솜씨였다. 나는 도살꾼이 젖먹이 돼
지를 두 토막 내는 장면이 떠올라 몸을 부르르 떨었다. 그녀의 얼굴은
섬뜩하리만치 희었다. 오직 마지막 한 방울의 피까지 흘린 사람에게서
만 볼 수 있는 얼굴이었다.

　다시 이장의 집으로 돌아오는 길에도 이장은 고집스레 침묵을 지켰
다. 이장의 집에서는 양털 코트를 입은 11명의 사람이 그들을 기다리고
있었다. 집 안에 양가죽 냄새가 진동했다. 숨 막히는 냄새 같기도 했고,
어떻게 보면 구약성서 냄새 같기도 했다. 이장은 우리를 테이블로 안내
했다. 우리가 자리에 앉자 목청을 가다듬은 이장이 고개 숙여 인사를 하
고는 말을 꺼냈다.

　"하느님의 이름으로 그의 종 마리나 마테예바의 죽음을 당신들 앞에
고발하는 바입니다. 하느님, 그녀에게 자비를 베푸소서!"

　"아멘."

11명의 시골 사람들이 성호를 그었다. 이장이 이야기를 시작했다. 이틀 전 밤 그의 귀에 누군가 문을 긁는 희미한 소리가 들려왔다. 그는 여우라고 생각을 하고는 총을 들고 밖으로 나가 문을 열었다. 그런데 문앞에 한 여인이 쓰러져 있었다. 마리나 마테예바였다. 그녀는 목 부위가 길게 베어져 있었다. 성대도 베어졌기 때문에 당연히 그녀는 아무 말도 하지 못했다.

이장은 그녀를 안으로 들어서 침대에 눕혔다. 그러고는 사람을 불러 나팔을 불게 했다. 즉시 볼로바 레호타의 모든 주민이 이장 집으로 모여들었다. 사람들이 모두 모였을 때 그가 마리나에게로 몸을 돌려 물었다.

"마리나 마테예바, 죽기 전에 누가 너를 죽였는지 증언을 해주렴. 마리나 마테예바, 내가 너를 죽였니?"

마리나는 고개를 저을 수가 없었다. 대신 그녀는 눈을 감았다.

"마리나, 이 사람이니? 네 이웃이자 바실의 아들인 블라호 말이야."

마리나는 분노로 가득한 눈을 다시 감았다.

"마리나 마테예바, 그럼 방카라고 불리는 이 양치기 목동 코후트인가? 아니면 여기 이웃 사람인 마틴 두다스인가? 산도르라고 불리는 저 바론이 그랬니? 여기 서 있는 안드레이 보로베츠의 짓인가? 그도 아니면 바로 앞에 서 있는 클림코 베주히인가? 마리나 마테예바, 이 사람인가, 스테판 보보트? 마리나, 여기 사냥터지기이며 미할 타트카의 아들인 타트카가 널 죽였느냐? 마리나 … ."

그때 문이 열리더니 마리나 마테예바의 오빠인 유라이 쿠프가 들어왔다. 마리나가 몸을 부르르 떨었다. 크게 치뜬 그녀의 두 눈에 두려움이 떠올라 있었다.

"마리나." 이장이 질문을 계속했다. "누가 널 죽였지? 여기 포도르 테렌티크인가?"

하지만 마리나는 더 이상 대답하지 않았다.

"기도합시다."

유라이 쿠프가 말하자 모든 사람이 무릎을 꿇었다. 긴 기도가 끝나고 이장이 자리에서 일어나 말했다.

"이제 여인을 안으로 들이게."

"아직 안 되네." 두다스 노인이 말했다. "하느님의 종, 마리나 마테예바, 하느님의 이름으로 누가 너를 죽였는지 알려다오. 양치기 목동 두로인가?"

침묵이 흘렀다.

"마리나 마테예바, 그러면 도대체 누구인가? 이반의 아들인 토드가 그랬니?"

누구의 숨소리도 들리지 않았다.

"마리나 마테예바, 하느님의 이름으로 묻나니, 그러면 너의 오빠인 유라이 쿠프가 너를 죽였느냐?"

"제가 죽였습니다." 유라이 쿠프가 직접 대답했다. "하느님이 악령에 홀린 마리나를 죽이라고 제게 명령하셨습니다."

"그녀의 눈을 감겨주게." 이장이 말했다. "유라이, 자네는 지금 당장 야시니아로 가서 경찰에 자수하게. 그리고 그들에게 마리나 마테예바를 죽였다고 말하게. 그때까지는 앉아서도, 음식을 먹어서도 안 되네. 어서 가게, 유라이!"

말을 마친 이장은 여인을 안으로 들였다. 사람들이 그녀의 죽음에 애도를 표할 준비를 갖추기 위해서였다. 양가죽 때문인지 피로 때문인지, 아니면 내가 보고 들은 그 이상하리만치 아름답고 장엄한 광경들 때문인지 모르겠지만 나는 머리가 빙빙 도는 어지럼증 때문에 도저히 안에 있을 수가 없었다. 나는 밖으로 나왔다. 살이 에일 듯 날씨가 매서웠다.

하지만 다른 이유도 있었다. 그때 내 마음속에서 누군가가 나를 보고 자리에서 일어나 이렇게 외치라고 속삭였던 것이다. '하느님의 사람들, 하느님의 사람들! 유라이 쿠프는 지상의 법률에 따라 심판을 받을 것이지만, 우리 안에 살아 숨 쉬는 하느님의 율법을 피할 수 없다.' 나는 그들 앞에 깊이 고개 숙여 절하고 싶었다. 하지만 그것은 경찰에게는 어울리지 않는 일이었다. 그래서 나는 밖으로 나와서 경찰 본연의 마음가짐으로 돌아올 때까지 홀로 서 있었던 것이다.

경찰 일은 거칠고 고달프기 짝이 없다. 아침 일찍부터 나는 유라이 쿠프의 오두막을 샅샅이 뒤졌다. 달러 뭉치가 발견되었다. 미국에 있는 마리나의 남편이 그녀에게 보낸 것이었다. 물론 나는 보고서를 썼고, 그것을 검토한 경찰 내부의 법률가들은 사건을 살인강도 사건으로 규정했다. 유라이 쿠프는 교수형에 처해졌다. 하지만 나는 여전히 그가 자신의 힘만으로 그 험하고 먼 길을 달려왔다고는 믿지 않는다. 나는 인간의 힘에 대해 많은 것을 알고 있지만, 이제 하느님의 심판에 대해서도 조금이나마 알게 되었기 때문이다.

실종된 다리

때때로 사람들의 인내심은 믿을 수 없을 정도로 강하다. 나는 전쟁 중 35사단에 근무했는데, 당시 병사들 중에 단다인가 오타할인가 페테르카인가 하는 이름의 친구가 있었다. 편의상 그를 페페크라고 부르겠다. 그는 좋은 사람이었지만 약간 어수룩한 데가 있었다. 훈련 때는 아무런 문제가 없었다. 그는 순한 양처럼 잘 적응했다. 하지만 전장에 나가자 상황은 달라졌다. 우리는 크라코우로 보내졌는데 정말이지 말도 안 되는 곳이었다. 하필이면 러시아 포병이 집중 포격을 가하던 장소였던 것이다. 페페크는 아무 말도 못하고 그저 입만 딱 벌렸다. 겁에 질려 이리저리 둘러보던 그의 두 눈에, 포탄에 맞았는지 찢어진 배를 드러낸 채 일어서려고 버둥거리는 말의 모습이 보였다. 그의 얼굴이 하얗게 질렸다. 그는 쓰고 있던 모자를 휙 벗어던졌다. 그러고는 국왕께 불경스러운 말을 해대더니, 소총과 배낭을 잇달아 땅바닥에 팽개치고는 집으로 향했다.

어떻게 그가 450㎞도 넘는 길을 헤치고 집에 도착할 수 있었는지는 도저히 설명할 길이 없다. 하지만 그건 사실이었다. 어느 날 밤 그는 자신의 작은 농장에 도착했다. 그는 현관문을 두드리며 아내를 불렀다.

"여보, 나야. 나, 탈영했어. 다시는 돌아가지 않을 거야. 어리석은 짓이지만 어쩔 수 없었어."

그들은 서로 부둥켜안고 한바탕 울어댔다. 잠시 뒤 그의 아내가 말했다.

"페페크, 당신에게 뭐라고 할 생각 없어요. 앞으로 퇴비 더미 속에 숨어 지내세요. 아무도 거기는 찾지 않을 거예요."

페페크의 아내는 그를 거름 더미 속에 집어넣고 그 위를 판자로 덮었다. 페페크는 악취를 견디며 다섯 달을 그 속에서 살았다. 믿음이 반석같은 순교자조차도 이런 일을 견디기는 어려웠을 것이다. 그런데 이웃에 사는 노파가 페페크의 아내와 암탉을 놓고 사소한 다툼을 벌인 끝에, 앙심을 품고 그가 숨어 있다는 사실을 신고했다. 곧 헌병들이 들이닥쳐 그를 오물 속에서 끄집어냈다. 그들은 오물 냄새를 피하기 위해 10m나 되는 긴 줄에 페페크를 묶어 시내로 데려갔다.

그들은 잠시 페페크의 몸에서 나는 냄새를 환기시킨 뒤 군사 법정으로 데려갔다. 담당 재판관의 이름은 딜링저였다. 그에 대한 사람들의 평은 엇갈렸다. 혹자는 그를 훌륭한 사람이라 말했지만, 그를 비열한 놈이라고 하는 사람도 적지 않았다. 하지만 그가 욕을 잘한다는 사실만은 누구도 부정하지 않았다. 사실 오랜 오스트리아 지배하에서 우리 체코인들은 모두 욕이 얼마나 늘었던가! 이제는 전통으로 굳어졌을 정도이다. 하지만 오늘날 욕을 점잖게 할 줄 아는 사람은 거의 없다. 대놓고 모욕을 주는 데만 능할 뿐이다.

어쨌든 딜링저는 페페크를 밖에 세워놓은 채 창문을 사이에 두고 그를 조사했다. 그는 페페크가 더 이상 가까이 다가오는 걸 원하지 않았다. 모든 상황은 페페크에게 불리해 보였다. 전시에 탈영병이라면 총살감이기 때문이다. 신이라도 그건 어쩔 수가 없다. 게다가 이 딜링저란 사람은 허튼 데 자신의 금쪽같은 시간을 낭비할 사람이 결코 아니다. 내가 보기에 그는 단지 비열한 놈일 뿐이다. 하지만 어찌된 영문인지 막 선고를 하려던 딜링저가 창 너머 페페크에게 소리쳐 물었다.

"그런데 말이야, 페페크, 거기 몸을 숨기고 있는 동안 가끔씩 아내하고 잠자리는 같이했나?"

페페크가 당황해서 몸을 움찔했다. 그러고는 얼굴을 붉힌 채 소리를 지르듯이 대답했다.

"사실대로 말씀드리자면 그랬습니다. 가끔씩 아내와 잠자리를 같이했습니다. 그렇지 않으면 제가 누구와 잠자리를 같이하겠습니까?"

"맙소사."

페페크의 말을 들은 딜링저가 고개를 설레설레 젓고는 잰걸음으로 방안을 왔다 갔다 했다. 잠시 뒤 마음을 가라앉힌 그가 말했다.

"이 일로 옷을 벗을 수도 있지만, 아무래도 자네에게 사형을 선고할 수는 없을 것 같군. 자네 아내를 생각하면 도저히 그럴 수가 없네. 휴우! 참으로 극진한 부부애야."

결국 페페크는 3년 징역형을 받는 데 그쳤다. 페페크가 수감 생활을 하는 동안 한 일은 교도소장의 사택 정원을 돌보는 것이었다. 나중에 교도소장은 페페크만큼 식물을 아름답게 잘 키우는 사람은 그 이전에는 물론이고 그 이후에도 보지 못했다고 말했다.

"그놈은 다른 건 젬병이지만 식물 키우는 건 박사야."

* * *

알다시피 세계대전제1차 세계대전을 가리킨다 동안 온갖 이상한 일들이 일어났다. 그때 독일에 점령된 체코 사람들이 그들의 총받이가 되지 않으려고 했던 일들을 모아보면, 아마 예수교에서 펴낸 성인전聖人傳보다도 훨씬 더 많은 책을 쓸 수 있을 것이다. 내게는 라딜체에서 빵집을 하고 있는 로이지크라고 하는 조카가 한 명 있다. 그도 전쟁 때 징집을 당했는데, 그때 그 친구가 이렇게 말했다.

"삼촌, 말씀드리지만 그들은 결코 나를 전쟁터로 보내지 못할 겁니다. 그 야만적인 독일 놈들에게 손을 빌려주느니 차라리 내 발을 잘라버릴 겁니다."

로이지크는 아주 똑똑한 청년이었다. 그리고 소총을 들고 훈련을 받는 내내 너무나 열심히 훈련에 임했기 때문에 상관들은 그를 미래의 영웅감으로 점찍었다. 최소한 그가 자신들의 자리에까지 오를 것이라고 그들은 확신했다. 하지만 그렇게 훈련을 받던 어느 날, 하루 이틀 내로 자신이 전선으로 파견될 것이라는 낌새를 알아채자 그는 즉시 오른쪽 배를 잡고 쓰러져서 끔찍한 비명을 질러대기 시작했다. 그는 그 자리에서 병원으로 이송되어 맹장을 떼어내는 수술을 받았다. 로이지크는 수술 자리가 완전히 아무는 데 오랜 시간이 걸릴 것으로 예상했지만, 고작 6주가 지나자 완전히 회복되었다. 그리고 당연하게도 전쟁은 아직 끝나지 않은 상태였다. 병원을 찾은 내게 로이지크가 낙담해 말했다.

"삼촌, 이제 저는 지금 당장이라도 전선으로 보내질 겁니다."

당시 군의관은 악명이 높은 오베르후크라는 사람이었다. 그는 나중에 정신이상자로 밝혀지기도 했다. 하지만 알다시피 군대란 그런 곳이다. 멧돼지라도 별만 달면 장군 행세를 할 수 있는 곳이 군대다. 모든 사람들이 오베르후크를 두려워했다. 그가 병원을 돌아다니면서 눈에 띄는 환자마다 "당장 전선으로 가게!" 하고 외쳐댔기 때문이다. 환자가 진짜 폐결핵을 앓고 있거나 등에 맞은 총알 자국이 아직 아물지 않았더라도 전혀 상관하지 않았다. 아무도 그의 말에 대꾸하지 못했다. 그가 환자의 침상에 붙어 있는 차트는 아랑곳하지 않은 채 멀리서 한번 환자를 쓱 쳐다보고는 "전선으로! 지금 당장!" 하고 외쳐대면 모든 게 끝났다. 그때는 신이라도 환자를 구할 수 없었다.

하루는 이 오베르후크가 로이지크의 병동에 조사를 나왔다. 곧 들이 닥칠 폭풍의 전조인양 문밖에서 발소리가 들려오자 환자들은 모두 침대에서 내려와 섰다. 그들은 초조하게 문을 주시하며 이 오만방자한 군의관을 맞이할 마음의 준비를 했다. 이 숨 막히는 긴장에서 자유로울 수 있는 사람은 이미 숨을 거둔 환자뿐이었다. 그런데 곧 들어올 것 같던 오베르후크가 좀처럼 병실로 들어오지 않았다. 기다리느라 힘이 들었던 로이지크는 한쪽 다리를 접어 무릎을 침대 위에 걸친 채 다른 쪽 다리로만 섰다. 그 순간 오베르후크가 병실로 들이닥쳤다. 그는 화가 나서 벌겋게 달아오른 얼굴로 문가에서 고함을 질렀다.

"거기, 전선으로 출발! 그리고 너도!"

그런데 길길이 날뛰던 오베르후크의 눈에 한쪽 다리로만 서 있던 로이지크의 모습이 들어왔다. 그의 얼굴이 더욱 붉어졌다.

"외발쟁이잖아!" 그가 고래고래 소리를 질렀다. "지금 당장 그를 집으로 보내! 왜 여기에다 그를 두고 있지? 여기가 무슨 장애인 수용소인 줄 아나? 당장 여기에서 내보내! 이런 농땡이들, 이런 식이면 모두 전선으로 보내버릴 테다!"

하사관들이 유령처럼 얼굴이 창백해져서 즉시 조치를 취하겠다고 재빨리 대답했다. 하지만 오베르후크는 이미 다른 병동에서 고함을 지르고 있었다.

"지금 당장 전선으로!"

그가 가리킨 환자는 전날 수술받은 환자였다.

그로부터 채 한 시간도 지나지 않아 오베르후크가 직접 서명한 퇴원 허가서가 로이지크의 손에 쥐어졌다. 그는 한쪽 다리를 잃은 상이군인으로 둔갑해 집으로 돌아왔다. 그는 매우 현실적인 청년이어서 즉각 자신을 군대 징집 대상에서 제외해줄 것과, 한쪽 다리만으로는 더 이상 제빵업을 할 수가 없으므로 장애연금을 지급해줄 것을 요청했다. 이런 일이 늘 그렇듯이 일 처리는 질질 끌렸지만, 마침내 그는 당국으로부터 45퍼센트의 장애가 있다는 판정을 받을 수 있었다. 그는 상당한 규모의 연금을 매달 지급받을 수 있다는 생각에 날아갈 것만 같았다. 이 때문에 그의 다리가 실제로 사라지리라고는 생각지도 못한 채.

어쨌든 그때부터 로이지크는 매달 장애연금을 수령하면서 제빵 가게를 하는 아버지도 돕고 결혼도 했다. 공식적으로는 없다고 신고한 다리가 간혹 절뚝거리는 현상이 일어나긴 했지만, 오히려 의족을 단 것처럼 보이니 더 좋다고 생각하고 대수롭지 않게 넘어갔다. 곧 전쟁이 끝나고 공화당 정권이 들어섰다. 하지만 로이지크는 변함없이 연금을 수령했다.

그러던 어느 날 로이지크가 나를 찾아왔다. 무언가 근심이 있는 기색이 역력했다.

"삼촌." 잠시 침묵하던 로이지크가 입을 열었다. "내 다리 한쪽이 조금씩 짧아지거나 오그라드는 것 같아요."

그가 바지 한쪽을 걷어올리더니 다리를 내게 보여줬다. 막대기처럼 가날픈 다리였다.

"삼촌, 이 다리를 잃어버릴까 무서워 죽겠어요."

"그럼 빨리 의사에게 보여야지, 이 멍청아!"

"삼촌." 그가 한숨을 내쉬었다. "질병 때문이 아니라 이 다리가 없는 것으로 되어 있기 때문일 거예요. 내가 그 서류에다 왼쪽 다리가 무릎까지 날아갔다고 썼거든요. 그 때문에 내 왼쪽 다리가 오그라든다고 생각하지 않으세요?"

얼마 뒤 그가 다시 나를 찾아왔다. 그는 지팡이에 기대어 걸음을 옮기고 있었다.

"삼촌." 그가 몹시 괴로워하며 말했다. "이제 나는 불구자예요. 이 다리에는 전혀 힘을 줄 수가 없어요. 의사는 신경에 문제가 있어서 생기는 근육위축증이라면서 온천욕을 해보라는데, 의사 스스로도 크게 도움이 안 될 거라고 생각하는 눈치였어요. 삼촌, 이 다리가 얼마나 차가운지 한번 만져보세요. 죽은 사람 다리 같아요. 의사는 혈액순환이 잘되지 않아서 그렇다고 하더군요. 썩어들어가는 것 같지 않나요?"

"잘 들어, 로이지크." 내가 그에게 말했다. "내가 얘기하는 대로 해. 지금 당장 당국에 가서 두 다리 다 멀쩡하다고 신고해. 그러면 네 다리는 회복될 거야."

"하지만 삼촌." 로이지크가 항변했다. "그러면 그들은 내가 장애인인 양 가장해 연금을 받는 바람에 국가에 엄청난 손실을 끼쳤다고 말할 거예요. 난 틀림없이 그걸 모두 물어내야 할 거라고요!"

"그렇게 돈이 아까우면 마음대로 해, 이 구두쇠 제빵쟁이야." 내가 말했다. "하지만 너는 다리를 영영 잃어버리게 될 거야. 앞으로는 질질 짜면서 나한테 오지 마."

일주일 뒤 로이지크는 다시 나를 찾아왔다.

"삼촌." 그가 문을 들어서면서 급하게 얘기를 꺼냈다. "그들은 내 다리를 전혀 인정해줄 생각이 없대요. 이미 다 오그라들어서 소용없다고 하면서요. 이제 어떡하죠?"

그들에게서 로이지크의 두 다리가 멀쩡하다는 사실을 공식적으로 인정받을 때까지 얼마나 정신없이 이리저리 뛰어다녔는지 여러분은 상상도 할 수 없을 것이다. 로이지크가 국가를 속여 받아낸 연금을 모두 토해낸 것은 당연하다. 뿐만 아니다. 그들은 로이지크를 병역기피죄로 기소하기까지 했다. 가여운 로이지크는 발바닥이 닳도록 이 사무실에서 저 사무실로 뛰어다녀야 했다. 하지만 그의 다리는 점점 튼튼해졌다. 이리저리 뛰어다닌 덕분일 수도 있지만, 나는 다리가 멀쩡하다는 사실을 공식적으로 인정받았기 때문이라고 생각한다. 공식적인 판정은 엄청난 권위를 갖는 법이니까. 하지만 내가 진짜로 생각하는 이유는 따로 있다. 그의 다리가 오그라든 것은 잘못을 저질렀기 때문이다. 그는 공정하지 못했기 때문에 대가를 치른 것이다. 따라서 깨끗하게 양심적으로 사는 것이야말로 건강을 지키는 최고의 수단이다. 만약에 사람이 공정하고 정직하게만 산다면 영생을 누릴지도 모른다.

현기증

이제 더 이상 양심이란 단어를 거론하는 사람은 없다. 요즘에는 다들 그걸 억압이라고 부른다. 하지만 그것들은 오십보백보이다. 혹시 기업가인 기에르케 사건을 기억하는지 모르겠다. 그는 매우 부유한 상류사회 인물이었는데 키도 크고 체격도 아주 건장했다. 그는 타고난 내성적인 성격의 소유자였다. 오죽했으면 홀아비라는 사실을 제외하고는 누구도 그에 대해 아는 사람이 없을 정도였다. 어쨌든 나이 마흔이 되던 해에 그는 어떤 여인과 사랑에 빠졌다. 나이가 이제 열일곱인, 숨이 멎을 정도로 아름다운 아가씨였다. 정말로 아름다운 것을 보게 되면 사람은 가슴이 옥죄어드는 느낌을 받는다. 그것이 열정 때문인지 연민 때문인지, 그도 아니면 다른 감정 때문인지는 분명하지 않다. 어쨌든 그는 그녀와의 결혼에 성공했다. 그의 유명세와 엄청난 부 덕분이었음은 말할 나위도 없다.

그들은 이탈리아로 신혼여행을 갔다. 그리고 그곳에 머무는 동안 일이 벌어졌다. 그들이 유명한 베네치아의 종탑에 올라갔을 때의 일이다. 종탑의 전망은 더할 나위 없이 훌륭했다. 하지만 아래를 내려다보던 기에르케의 안색이 점점 창백해졌다. 그는 어지러운 듯 어린 아내에게 몸을 기대려고 했지만, 휘청하고는 그 자리에서 베어진 나무처럼 쓰러졌다. 그때부터 기에르케는 더욱 말이 없어졌다. 그는 아무 일도 아닌 것처럼 보이려고 애써 노력했지만, 그의 눈에 서린 불안과 절망의 기색을 숨길 수는 없었다. 당연한 일이지만 그의 아내는 혼이 나갈 정도로 놀라 그를 집으로 데려왔다.

그들의 신혼집은 공원이 내려다보이는 아름다운 저택이었다. 하지만 기에르케는 다시 기이한 행동을 하기 시작했다. 그는 쉴 새 없이 집 안을 돌아다니며 창문이 잘 잠겨 있는지 단속했다. 방금 창문을 확인하고 돌아와서는 곧 자리에서 벌떡 일어나 다시 창문을 확인하러 가곤 했다. 그뿐이 아니었다. 잠을 자다가 일어나서 집 안을 배회하기까지 했다. 왜 그러냐고 물으면 빌어먹을 현기증 때문에 창밖으로 떨어지지 않으려면 창문을 꼭꼭 잠가야 한다고 중얼거렸다.

그의 아내는 끊임없이 불안해하는 남편을 안심시키기 위해 모든 창에 쇠창살을 달았다. 그러자 기에르케는 다소 안정을 되찾는 것 같았다. 하지만 효과는 오래가지 않았다. 며칠이 지나지 않아 그는 다시 창문을 돌아다니며 쇠창살이 견고하게 달려 있는지 확인하기 시작했다. 다시 쇠창살 뒤에 철문을 덧대었다. 그들은 이제 철문 뒤에서 죄수처럼 살았다. 기에르케는 안심이 되었는지 얼마 동안 조용하게 지냈다.

하지만 이번에는 계단이 문제였다. 계단을 오르락내리락할 때마다 현기증을 느끼기 시작한 것이다. 사람들은 마치 기에르케가 절름발이라도 되는 양 그가 계단을 오르내릴 때마다 손을 잡아주었다. 그럼에도 불구하고 그는 사시나무처럼 몸을 떨고 몸이 흠뻑 젖을 정도로 땀을 뻘뻘 흘렸다. 때때로 그는 계단 한가운데에 주저앉아 흐느껴 울기도 했다. 그만큼 그는 두려움에 떨고 있었다.

그들은 이름난 의사들을 수소문해 모두 찾아갔다. 흔한 일이지만 의사들은 제각각 다른 진단을 내렸다. 과로 때문이라고 말하는가 하면, 미로처럼 복잡한 내이^{內耳}귀의 안쪽에 단단한 뼈로 둘러싸여 있는 부분에 문제가 생긴 탓이라고 진단한 의사도 있었다. 또 다른 의사는 변비를 원인으로 지적했고, 마지막으로 찾아간 의사는 뇌빈혈이 주범이라고 말했다. 내가 그간 관찰한 바에 따르면, 사람들은 저명한 전문가가 되면 한결같이 관점이란 말을 입에 올리는 버릇이 있다. 아마 그들 내부에 존재하는 어떤 시스템 때문일 것이다. 그래서 그들이 모이면 늘 비슷한 풍경이 전개된다. 한 전문가가 일어나 "친애하는 동료 여러분, 내 관점에서는 문제가 이렇고 저렇습니다"라고 얘기하면, 다른 전문가가 "네, 잘 들었습니다. 하지만 내 관점에서는 상황이 백팔십도 다릅니다"라고 반박한다. 나는 사람들이 누군가를 만날 때 관점은 문가에 세워놓고 들어갔으면 한다. 마치 지팡이나 모자처럼 말이다. 관점은 사람들에게 해를 끼칠 뿐이다. 적어도 다른 사람의 의견에 쉽게 동조하지 못하도록 만든다. 이만하고 다시 기에르케 얘기로 돌아가도록 하자.

그는 매달 서로 다른 저명한 전문가들로부터 전혀 다른 방법으로 치료를 받았는데, 거의 고문에 가까울 정도로 고역스러운 일이었다. 기에르케가 참을성 있는 사람이 아니었다면 견디지 못했을 것이다. 하지만 증상은 더욱 악화되어 갔다. 결국 그는 의자에서 일어나지도 못하게 되었다. 바닥을 내려다보기만 해도 현기증이 났기 때문이다. 기에르케는 깜깜한 방 안에 미동도 없이 고요히 앉아 어둠을 응시하며 지냈다. 때때로 그의 몸이 전율하듯 떨렸다. 그가 울고 있었던 것이다.

그 무렵 유고 스피츠라는 이름의 한 정신과 의사가 나타나 기적을 일으키기 시작했다. 그는 억압을 치료하는 전문의로서 명성을 떨쳤다. 사람들은 대개 잠재의식 깊숙한 곳에 온갖 종류의 끔찍한 생각이나 기억들이 각인되어 있는데, 사람들이 그것을 두려워하기 때문에 억누르고 있다고 그는 말했다. 그리고 이러한 억압이 우리 내부에 동요와 혼란을 불러와 소위 정신 질환이라고 부르는 것들이 생겨난다는 것이다. 그는 제대로 된 정신과 의사라면 환자에게서 이러한 억압을 찾아 그것을 밝은 곳으로 끌어내야 한다고 했다. 그러면 환자는 편안함을 느끼고 다시 정상적인 생활을 할 수 있다는 것이다. 그는 그러려면 정신과 의사가 환자의 절대적인 신임을 얻어 그의 머릿속에 있는 모든 것을 끌어내야 한다고 했다. 밤에 무슨 꿈을 꾸며, 유년 시절의 기억은 어떤지, 이런 것들을 속속들이 알아내야 한다는 것이다. 그런 뒤에 마지막으로 이렇게 환자에게 얘기한다고 했다.

"자, 잘했습니다. 수년 전 당신은 이러저런 경험을 했군요(대개 매우 끔찍한 경험들이다). 그것이 당신의 잠재의식을 억누르고 있는 겁니다. 소위 정신적 외상이라고 부르는 증상입니다. 수리수리마수리, 이제 그것들을 밖으로 끌어냈기 때문에 당신은 치유되었습니다. 마치 마법같이 말이죠."

스피츠는 정말 마법같이 환자들을 치료했다. 사실 가난한 사람들은 대체로 걱정거리가 별로 없지만, 부유한 사람들은 그 반대다. 얼마나 많은 억압을 가지고 있는지 믿을 수 없을 정도다. 다시 말해 스피츠는 환상적인 고객층을 갖고 있었다. 수많은 의학계의 거두들이 차례차례 자신이 할 수 있는 것을 다 해봤지만 별 성과가 없자, 기에르케의 치료도 스피츠에게 맡겨졌다.

스피츠는 기에르케의 현기증이 정신과적 증상이라고 선언하면서, 자신이 그것을 영원히 몰아낼 것이라고 장담했다. 근사한 말이었지만 한 가지 문제가 있었다. 그건, 부드럽게 말해서, 기에르케의 말수가 너무 적다는 것이다. 스피츠가 그에 관해 어떤 질문을 던져도 기에르케는 몇 마디 알아들을 수 없는 말을 중얼거리고는 곧 입을 다물었다. 그러고는 낙담해 돌아가는 스피츠를 배웅하는 것이었다.

스피츠는 절망했다. 그에게 이런 까다로운 환자의 치료는 자신의 위신이 걸린 문제였다. 더구나 증상 자체가 의사로서 좀처럼 만나보기 힘든 난해한 정신 질환인 점도 매력적이었다. 그리고 무엇보다도 기에르케의 아름다운 아내 이르마의 얼굴에서 그늘을 걷어내주고 싶었다. 스피츠 박사는 다른 모든 일을 제쳐두고 기에르케의 치료에 매달렸다. '기에르케를 억압하고 있는 게 무엇인지 찾아내지 못한다면 의사를 관두고 세일즈맨이나 할 테다.' 그는 속으로 다짐했다.

그는 새로운 정신분석 방법을 동원했다. 먼저 그는 기에르케의 숙모와 사촌, 처남을 포함해서 살아 있는, 멀고 가까운 친척들을 모두 파악했다. 그런 뒤에 그들의 신임을 얻기 시작했다. 정신과 의사가 갖추어야 할 가장 중요한 덕목은 상대방의 얘기를 인내심을 갖고 주의 깊게 듣는 것이다. 기에르케의 친척들은 스피츠처럼 매력적인 의사가 자신들의 말을 경청하자 감격했다. 스피츠는 한발 더 나아가 사설탐정 회사에서 두 명의 탐정을 고용해 본격적인 조사를 의뢰했다. 그들이 조사를 마치고 돌아오자 스피츠는 수고비를 지불한 뒤 기에르케에게 곧장 달려갔다. 움직일 수 있는 능력을 거의 상실한 기에르케는 어둑어둑한 방 안 안락의자 위에 정물처럼 앉아 있었다.

"기에르케 씨." 스피츠가 말했다. "당신에게 아무것도 강요하지 않을 겁니다. 아무것도 묻지 않을 테니 한마디도 하실 필요가 없습니다. 제가 원하는 것은 현기증을 초래하는 원인으로부터 당신을 해방시키는 것뿐입니다. 당신은 그것을 잠재의식 깊숙한 곳에 억누르고 있지만, 그것은 너무 강력하기 때문에 심각한 질환을 초래하고 있습니다."

"난 당신을 부른 적이 없소."

기에르케가 쉰 목소리로 그의 말을 막고는 벨을 향해 손을 뻗었다.

"압니다." 스피츠가 재빨리 말했다. "하지만 잠시 기다려주십시오. 베네치아의 종탑에서 처음으로 현기증이 찾아왔을 때를 기억해보십시오. 그때 무엇을 느꼈습니까?"

벨 위에 손을 대고 앉아 있는 기에르케의 표정이 딱딱하게 굳어졌다.

"당신이 느낀 것은 … " 스피츠가 계속해서 말했다. "당신의 아름다운 부인을 종탑에서 떠밀어버리고 싶다는 끔찍하고 광적인 충동이었습니다. 하지만 당신은 부인을 말할 수 없이 사랑했기 때문에 격렬한 갈등에 시달렸습니다. 그 결과 정신적인 충격을 받아 현기증으로 쓰러진 겁니다."

방 안에 침묵이 흘렀다. 어느새 벨을 향해 뻗어 있던 기에르케의 손이 아래로 내려져 있었다.

"바로 그 순간부터 …" 스피츠가 다시 입을 열었다. "이 현기증, 이 끔직한 두려움의 심연은 한시도 당신을 떠나지 않았습니다. 그때부터 당신은 창문을 닫아걸기 시작했고, 또 높은 곳에서 아래를 내려다보지 못하게 되었습니다. 당신의 마음속에 늘 부인 이르마를 저 까마득한 아래로 밀어버릴지도 모른다는 무서운 생각이 들었기 때문이죠."

기에르케가 앉아 있는 안락의자 쪽에서 짐승의 것과도 같은 신음 소리가 났다.

"그렇다면 …" 스피츠가 말을 계속했다. "이러한 강박관념이 어디에서 생겨난 것인가 하는 질문이 가능합니다. 기에르케 씨, 당신은 18년 전에 결혼한 적이 있습니다. 그때 당신의 부인은 알프스 산을 등반하던 중에 절벽에서 떨어져 사망했습니다. 그리고 당신은 그녀의 재산을 고스란히 상속받았지요."

기에르케의 숨소리가 점점 거칠어지고 빨라졌다.

"기에르케." 스피츠의 목소리가 높아졌다. "당신은 첫 번째 부인을 살해했습니다. 절벽에서 밀어뜨려서 말입니다. 그래서 당신이 진심으로 사랑하는 두 번째 아내도 자신이 죽일지 모른다고 믿게 된 겁니다. 높은 곳을 두려워하게 된 것도, 현기증으로 고통받게 된 것도 다 그 때문입니다."

"박사님!" 기에르케가 소리쳤다. "난 이제 어찌해야 합니까? 내가 무엇을 해야 합니까?"

스피츠는 한없이 슬퍼졌다. 그리고 말했다.

"선생님, 내가 성직자라면 신이 당신의 영혼에 자비를 베풀 수 있도록 정당한 벌을 받으라고 권했을 겁니다. 그렇지만 우리 의사들은 신을 믿지 않기 때문에 당신 스스로 무엇을 할지 결정해야 합니다. 하지만 이것 하나만은 분명합니다. 의학적인 관점에서 보면 당신은 완치되었습니다. 일어나 보십시오, 기에르케 씨!"

기에르케가 백지장처럼 창백한 얼굴로 의자에서 일어섰다.

"머리가 어지러우신가요?"

스피츠가 물었다. 기에르케가 고개를 가로저었다.

"그럼 됐습니다." 스피츠가 안도의 한숨을 내쉬며 말했다. "이제 다른 증상들도 다 사라질 겁니다. 그 현기증은 당신의 잠재의식 속에 억압되어 있던 생각들 때문에 생겨난 것입니다. 이제 그것들이 밝혀졌기 때문에 다 괜찮아질 것입니다. 창밖을 내다보실 수 있겠습니까? 네, 좋군요. 모든 근심 걱정이 사라지는 것 같지 않습니까? 현기증이라고는 조금도 못 느끼시겠죠? 기에르케 씨, 당신 같은 환자는 처음이었습니다만 … ."

스피츠가 기뻐서 어쩔 줄 모르며 두 손을 비벼댔다.

"결국 완치되셨습니다! 부인을 불러드릴까요? 괜찮다고요? 아, 부인을 놀라게 하려는 거군요. 세상에, 당신이 걷는 걸 보면 그녀는 정말 기뻐할 겁니다. 기에르케 씨, 과학이 일으키는 이 기적이 정말 놀랍지 않습니까!"

성공했다는 기쁨에 너무 도취해서 그대로 두었으면 아마 스피츠는 족히 두 시간은 더 떠들어댈 수도 있었다. 하지만 그는 기에르케가 휴식이 필요하다는 것을 알아차리고는 얼른 진정제 처방전을 써서 건네고 자리에서 일어났다.

"제가 요 앞까지 바래다드리겠습니다."

기에르케가 예의 바르게 말을 하고는 계단까지 의사와 동행했다.

"그것 참 신기하군요." 기에르케가 말했다. "조금도 어지럽지가 않습니다. 조금도 ⋯ ."

"아주 좋군요!" 스피츠가 신이 나서 외쳤다. "이제 다 나은 것 같지 않으세요?"

"완전히 나은 것 같습니다."

기에르케가 부드럽게 대답하고는 의사가 계단을 내려가는 모습을 지켜보았다. 그런데 의사가 현관문을 막 나섰을 때 어디선가 쿵 하고 무거운 것이 떨어지는 소리가 났다. 잠시 뒤 사람들이 계단 아래에 쓰러져 있는 기에르케를 발견했다. 그는 이미 죽은 상태였는데, 계단 난간에 부딪힐 때의 충격으로 몸 여기저기가 부러져 있었다.

사람들이 스피츠에게 이 사실을 알리자, 그는 가볍게 휘파람을 불었다. 그의 얼굴에 기이한 표정이 스쳤다. 그는 환자 이름을 적어놓은 공책을 가져와서 기에르케의 이름 옆에 날짜와 단어 하나를 썼다. Suicidium! 자살이라는 뜻이다.

고해

억압을 치료하는 것은 오래전부터 인간이 해오던 일이다. 교회에서는 이러한 의술을 고해성사라고 부른다. 무언가 영혼을 짓누르거나 수치스러운 어떤 일 때문에 괴로울 때, 가여운 죄인들이여, 거룩한 고해를 통해 마음속의 더러움을 씻어내야 한다! 오직 우리들만이 그것을 정신질환을 치료한다고 부르지 않고 참회, 회개, 그리고 죄 사함이라고 부른다.

오래전에 있었던 일을 이야기할까 한다. 찌는 듯이 더운 어느 여름날이었다. 그때 나는 작은 성당에 몸담고 있었다. 나는 기독교는 여름에도 전혀 덥지 않은 북쪽 지방에서 시작된 게 아닐까 하고 추측해왔다. 우리 가톨릭 교회에서는 하루 종일 무언가가 계속 벌어진다. 미사, 예배, 저녁기도, 그리고 그림과 조각 같은 일들이 끊이지 않는 것이다. 따라서 신도들은 언제든지 원하는 시간에 성당에 들러 땀을 식히고 명상에 잠길 수 있다. 이러한 장점은 특히 바깥이 찜통같이 더울 때 더욱 빛이 난다. 춥고 사람이 살기 힘든 북쪽 지방에는 개신교가, 더운 남쪽 지방에서는 가톨릭이 득세하는 이유가 바로 여기에 있다. 신성한 성당이 제공하는 그늘과 시원함이 그렇게 만드는 것이다.

어쨌든 말한 대로 정말 푹푹 찌는 여름날이었다. 성당에 막 들어선 나는 한줄기 아름답고 평화로운 기운이 살랑대는 바람처럼 내게로 날아드는 것을 느꼈다. 나는 잠시 멈춰 서서 눈을 감고 그 부드러운 기운을 몸으로 음미했다. 그때 누군가 나를 부르는 소리가 들렸다. 성당지기였다. 그는 내게 어떤 남자가 고해성사를 하려고 한 시간이나 기다리고 있다고 말했다.

항상 있는 일이었다. 나는 그에게 중백의中白衣^{성사를 집행할 때 신부복 위에 입는} 짧은 흰옷를 가져오게 해서 입고는 고해실로 들어갔다. 곧 성당지기가 고해를 원하는 사람을 데려왔다. 나이가 들고 옷을 잘 차려입은 남자였다. 세일즈맨이나 부동산 중개업자처럼 보였는데 얼굴이 창백하고 약간 부어 있었다. 그는 바닥에 무릎을 꿇고는 침묵을 지켰다.

"자." 내가 그의 용기를 북돋아주기 위해 말을 건넸다. "나를 따라 해보십시오. 나, 보잘것없는 이 죄인은 전지전능하신 하느님 앞에 죄를 고백합니다⋯."

"아닙니다." 남자가 불쑥 말했다. "나는 다르게 얘기할 겁니다. 내 방식대로 할 수 있게 해주십시오. 나는 내 방식으로 해야만 합니다."

갑자기 남자는 턱을 덜덜 떨고 이마에 땀을 비 오듯 흘렸다. 그 모습을 보고 있자니 아닌 밤중에 홍두깨처럼 역겨운 감정이 울컥 솟아났다. 생각해보니 일전에 나도 저렇게 떨었던 적이 있었다. 시체 발굴 현장에서였다. 시체는 심하게 부패되어 있었다. 하지만 어떤 모습이었는지는 말하고 싶지 않다.

"맙소사, 무슨 문제라도 있습니까?"

나는 깜짝 놀라 그에게 소리쳤다.

"잠시만요 … 잠시만 기다려주십시오."

남자가 몸을 부들부들 떨었다. 그는 숨을 한 번 깊이 들이마시고 코를 세게 풀었다. 그러자 약간 진정이 되는지 입을 열었다.

"이제 괜찮아졌습니다. 얘기할 준비가 됐습니다. 신부님, 12년 전의 일입니다."

그가 한 얘기를 여기에 옮기지는 않을 것이다. 신부에게는 고해의 비밀을 지켜야 할 의무가 있기 때문이다. 게다가 그의 행위는 너무나 섬뜩하고 역겹고 짐승 같은 짓이어서 공공연히 말할 만한 내용도 아니다. 남자는 소름끼칠 정도로 자세하게 자신이 한 짓을 쏟아놓았다. 상상의 여지를 조금도 남기지 않았다. 터럭만치도! 나는 중백의로 입을 막고는 겁에 질려 울음이 터지려는 것을 억지로 참았다. 정말이지 몇 번이나 고해실을 뛰쳐나가고 싶었는지, 귀를 틀어막고 싶었는지 모른다.

"이제 다 얘기했습니다."

남자가 만족스럽게 말했다. 그는 편안한 표정으로 흥 하고 코를 세게 풀었다.

"감사합니다. 신부님."

"잠깐만!" 내가 소리쳤다. "회개는 안 하십니까?"

"그딴 거는 안 합니다."

남자가 대답했다. 작은 유리창 너머로 나를 바라보는 그의 표정이 확신에 차 있었다.

"신부님, 나는 어떤 것도 믿지 않습니다. 여기에는 단지 이 얘기를 털어놓고 마음의 짐을 덜기 위해 온 것뿐입니다. 이 얘기를 하지 못했을 때는 내 눈앞에 모든 것이 어른거려서 잠도 잘 수 없었습니다. 심지어는 눈도 감을 수 없었습니다. 나는 누군가에게 얘기를 털어놔야만 했습니다. 그래서 신부님을 찾아온 겁니다. 그게 신부님의 일이니까요. 더구나 신부님은 고해의 비밀을 유지해야 하는 의무 때문에 다른 사람에게 얘기할 리가 없으니까 더욱 제격이죠. 나는 죄 사함에 대해서는 조금도 관심 없습니다. 믿지 않는 사람에게 그딴 건 아무 의미도 없습니다. 어쨌든 정말 감사했습니다, 신부님. 안녕히 계십시오."

내가 미처 충격에서 벗어나 정신을 추스르기도 전에 그는 가벼운 발걸음으로 성당을 빠져나갔다.

1년 뒤 그가 다시 내 앞에 나타났다. 그는 성당 앞에서 나를 기다리고 있었는데 얼굴이 더 창백해지고 지지리 초라한 행색이었다.

"신부님." 그가 입을 열었다. "고해를 해도 되겠습니까?"

"이것 보십시오." 내가 말했다. "회개를 하지 않으면 고해를 할 수 없습니다. 그게 규칙입니다. 다시 말하지만 회개를 하지 않으면 불가능합니다."

남자는 풀이 죽어 한숨을 내쉬었다.

"모든 신부님들이 그렇게 말씀을 하시더군요. 너무하십니다. 내가 이렇게 절실히 필요로 하는데도 어떤 신부님 하나 내 고해를 들어주지 않으시다니요. 제가 한 번 더 고해를 한다고 해서 도대체 신부님께 달라지는 게 뭐가 있습니까?

그가 다시 전처럼 입술을 부들부들 떨기 시작했다. 하지만 나는 큰소리로 그에게 말했다.

"모든 신도들이 있는 자리에서 내게 말하지 않는 한 어림없습니다."

"그러시겠죠." 그가 울부짖었다. "그러면 신도들이 저를 경찰서에 넘길 테니까요! 말도 안 되는 소리 마십시오."

그는 머리 꼭대기까지 화가 나서 고래고래 소리를 지르고는 달려가버렸다. 참으로 우스운 해프닝이었지만 달려가는 그의 뒷모습이 얼마나 절망스러워 보였는지 입맛이 씁쓸했다. 어쨌든 그때 이후로 나는 다시는 그를 보지 못했다.

"신부님." 내 말을 듣고 있던 바움 변호사가 말했다. "당신의 얘기는 아직 끝나지 않았습니다. 수년 전 어느 날 얼굴이 창백하고 붓기가 있는 한 사내가 사무실로 나를 찾아왔습니다. 별로 제 마음에 안 드는 모습이었습니다. 그를 자리에 앉히고 무슨 일로 왔냐고 물어보자 그가 이렇게 말을 했습니다."

'저기, 변호사님. 고객이 당신을 믿고 자신이 저지른 범죄를 털어놓으면 그때는….'

나는 얼른 대답했습니다.

'그때 변호사는 고객에게 해가 되도록 그 사실을 이용해서는 안 됩니다. 만약 그렇게 안 하면 징계를 받습니다.'

그러자 그 사내가 안도의 숨을 내쉬며 말했습니다.

'그렇다면 말씀드릴 것이 있습니다. 14년 전에…'

"신부님, 내가 어떤 얘기를 들었는지는 잘 아실 겁니다. 신부님이 들은 내용과 똑같으니까요."

"거기에 관해서는 얘기하지 마십시오."

신부가 그의 말을 가로막았다.

"정말 상상도 못할 일이었습니다." 바움 변호사가 진저리를 치며 말했다. "너무나 추악한 사건이었죠. 그는 숨넘어갈 듯 자신의 얘기를 쏟아놓았습니다. 눈을 꼭 감은 채 땀을 비 오듯 흘렸습니다 … 마치 정신적인 의미에서의 구토를 하고 있는 것 같았죠. 잠시 뒤 그는 말을 멈추고 손수건으로 입을 닦았습니다. 나는 이 이상한 남자에게 말했습니다.

'안타깝게도 이 일에 대해서는 내가 할 수 있는 게 전혀 없습니다. 하지만 굳이 내가 조언해주길 원하면 … .'

그러자 그는 숨을 헐떡이며 말했습니다.

'조언을 원하는 게 아닙니다. 그저 내게 어떤 일이 있었는지 얘기를 하려는 겁니다.'

그러고는 거의 무례하게 들리는 목소리로 이렇게 덧붙였죠.

'하지만 명심하십시오. 이 사실을 내게 해가 되도록 이용하지 마십시오.'

말을 마친 그는 자리에서 일어나 착 가라앉은 목소리로 물었습니다.

'상담료는 얼마입니까?'

내가 50코루나라고 하자 그는 주머니에서 돈을 꺼내 지불한 뒤 인사를 건네고는 자리를 떴습니다. 나는 이 남자가 저 같은 변호사들을 얼마나 많이 찾아갔는지 알고 싶었습니다. 하지만 그는 두 번 다시 내 앞에 나타나지 않았습니다."

"그것도 얘기의 끝은 아닙니다." 비타세크 박사가 끼어들었다. "몇 년 전 내가 아직 레지던트였을 때입니다. 창백하고 붓기가 있는 얼굴의 사내가 병원에 실려 왔습니다. 그의 다리는 튜브처럼 부풀어 있었고, 경련 증상까지 있었습니다. 호흡하는 데도 어려움을 겪었습니다. 간단히 말해서, 전형적인 신장병 증세였습니다. 의학 교과서에 나와 있는 것과 증세가 똑같았습니다. 병세가 이미 너무 악화되어 사실상 도와줄 방법이 없는 상태였습니다. 어느 날 밤 담당 간호사가 내게 오더니 제7병동에 있는 그 신장병 환자가 다시 경련을 일으키기 시작했다고 말했습니다. 그래서 그에게 갔습니다. 그 가여운 남자는 땀을 뻘뻘 흘리며 가쁜 숨을 몰아쉬고 있었고, 두 눈은 겁에 질려 있었습니다. 사실 신장병 환자들이 느끼는 죽음의 공포는 끔찍한 것입니다. 내가 그에게 말했습니다.

'주사 한 대 맞으면 좀 나아지실 겁니다.'

그는 고개를 저었습니다.

'의사 선생님.' 그가 간신히 말을 했습니다. '당신께 … 할 말이 있습니다 … 하지만 그 전에 간호사를 밖으로 내보내주십시오!'

나는 차라리 그에게 모르핀 주사를 한 대 놔주고 싶었습니다. 하지만 그의 두 눈을 보고는 간호사를 밖으로 내보냈습니다.

'자 이제 말씀해보십시오. 하지만 그 뒤에는 한잠 푹 주무셔야 합니다.'

'의사 선생님.'

남자는 신음을 토했습니다. 그의 두 눈에는 말로 표현하기 어려운, 광기가 서린 두려움이 가득했습니다.

'나는 계속 이게 보여서 … 도저히 잠을 잘 수가 없습니다. 나는 당신께 이 얘기를 해야만 합니다.'

그 남자는 숨을 헐떡이고 가끔 경련도 일으켰지만 마침내 모든 얘기를 마쳤습니다. 나는 지금까지도 그런 얘기는 들어본 적이 없습니다."

"음, 음."

바움 변호사가 헛기침을 했다.

"걱정하지 마십시오." 비타세크 박사가 말했다. "그 얘기는 하지 않을 겁니다. 그건 환자와 의사만이 공유하는 특별한 정보니까요. 어쨌든 말을 마친 그는 물먹은 솜처럼 늘어졌습니다. 신부님, 나는 그에게 죄를 사해주거나 현명한 조언을 해줄 능력은 없습니다. 대신 모르핀 주사 두 대를 놔주었습니다. 그리고 그가 깨어날 때마다 한 대씩 총 두 대를 추가로 주사했습니다. 그 뒤로 그는 더 이상 깨어나지 않았습니다. 그 정도면 나도 그에게 도움을 베풀었다고 말할 수 있을 겁니다."

"아멘."

나는 잠시 생각에 잠겼다가 부드럽게 그에게 말했다.

"선행을 베푸신 겁니다! 적어도 더 이상 그가 고통받는 일은 없을 테니까요."

서정적인 도둑

 때때로 범죄는 전혀 엉뚱한 이유 때문에 일어난다. 그것이 악한 심성 때문에 일어나는지 혹은 과시욕 때문에 일어나는지는 알기가 쉽지 않다. 하지만 많은 악당들이 자신이 행한 일을 자랑할 기회가 아예 없다면 그 일을 그만둘 것이라는 점은 분명하다. 그러니까 악당들의 존재를 없애려면 사회가 그들을 무시해버리면 된다. 대중의 관심은 직업적 범죄자들을 고무시킨다. 그것은 그들에게 큰 기쁨을 선사한다. 물론 사람이 순전히 기쁨 때문에 강도짓을 하고 물건을 훔친다는 얘기는 아니다. 사람은 돈이나 자신의 어리석음 때문에, 혹은 나쁜 친구의 영향으로 그런 짓을 저지른다. 하지만 한번 인기의 달콤함을 맛보게 되면 일종의 과대망상증이 그를 휘젓기 시작한다. 정치인처럼 항상 대중이 주목하는 일을 하는 사람들과 똑같다.

 수년 전에 있었던 일이다. 그때 나는 내가 있던 지방의 유력한 주간신문인 《이스턴 헤럴드》의 편집인으로 일하고 있었다. 나는 서부 출신이지만 그 무렵에는 체코 동부 지방의 발전을 위해 치열하게 노력하고 있었다. 그곳은 기온이 온화하고 구릉이 많은 시골 지역으로 자두나무 길을 따라 실개천이 평화롭게 흐르는, 그림처럼 아름다운 곳이었다. 그곳에서 나는 매주 '척박한 산악 지방에 사는 주민들이여, 우리들은 적대적인 자연환경과 비우호적인 정부에도 불구하고 불굴의 노력으로 우리의 삶을 스스로 꾸려가고 있다' 같은, 가슴에서 우러나는 진정 어린 기사를 통해 사람들의 의식을 깨우는 데 주력했다.

나는 비록 그곳에서 2년밖에 지내지 않았지만, 그 기간 동안 주민들의 가슴속에 자신들이 비록 척박한 산악 지방에서 힘들게 살고 있지만 영웅적인 삶을 영위하고 있다는 믿음을 심어주었다. 또한 그들에게 자기들의 고장이 궁핍하고 황폐한 구석이 있긴 해도 동시에 얼마나 아름다운 산을 갖고 있는 곳인지를 각인시켜주었다. 나는 당시에 언론이 할 수 있는 최고의 일은 체코 동부 지방의 이미지를 노르웨이처럼 바꾸는 일이라고 생각했고, 그건 지금도 마찬가지다. 언론이 위대한 건 바로 그런 부분에 있다. 당연한 얘기지만 지방신문의 기자는 무엇보다도 먼저 그 지역에서 무슨 일이 일어나는지 촉각을 곤두세우고 있어야 한다. 어느 날 그 지방의 경찰서장을 우연히 길에서 만났는데, 그가 나를 붙잡고는 물었다.

"지난밤 어떤 악당 놈이 바사타의 식료품 가게에 침입했습니다. 그런데 이놈이 시를 한 편 써서는 계산대 위에 놓고 사라졌습니다. 어떻게 생각하십니까? 정말 성가시기 짝이 없는 사건이지 않습니까?"

"그 시를 보여주십시오." 내가 서둘러 말했다. "좋은 기삿거리가 될 것 같군요. 그렇게 되면 신문의 힘을 빌려 사건을 해결할 수 있을 겁니다. 게다가 큰 화젯거리를 낳아서 이 고장을 널리 알릴 수도 있습니다."

그 뒤로도 여러 말이 오갔지만, 결론만 말하자면 나는 그 시를 신문에 실었다. 세월이 많이 흘렀기 때문에 한두 글자는 틀릴 수도 있는데, 이런 시였다.

하나, 둘, 셋, 넷, 다섯, 여섯, 일곱

여덟, 아홉, 열, 열하나

그리고 이제 열두 시를 알리는 종이 울린다

지금은 도둑이 자신의 일을 해야 할 시간

내가 당신의 자물쇠를 쇠지레로 열고 있을 때

저쪽에서 다가오는 누군가의 발소리

하지만 이 정도 두려움은 견뎌야 도둑이라 하겠지

아, 다행히도 나를 지나치는 발소리

지금 어둠 속에 들리는 소리가 있다면

그건 오직 두근거리는 나의 심장 소리뿐

심장은 홀로 고동치고 나도 홀로 서 있다

어머니가 아신다면 눈물을 흘리시리라

하지만 어떤 이에게 삶은 오직 불운과 근심

지금 존재하는 건 나와 분주한 생쥐 한 마리뿐

생쥐와 나, 도둑과 죄인

하여 나는 빵 조각을 잘게 뜯어 생쥐에게 준다

하지만 생쥐는 결코 숨는 곳을 말하지 않는다

도둑은 다른 도둑도 마땅히 두려워해야 하므로

시는 이런 식으로 진행되다가 다음과 같이 끝을 맺고 있다.

　　나는 계속해서 써 내려갈 수 있지만
　　지금은 펜을 내려놓아야 한다
　　이제 내 양초가 다 타버렸으므로

　나는 시에 나타난 범인의 정신세계를 집중적으로 탐구하고, 시의 미학적 가치를 분석하는 기사를 시와 함께 실었다. 나는 기사에서 이 시가 서사적 요소가 뛰어나고 범죄자의 영혼에 깃든 미묘한 긴장을 잘 드러내고 있다고 높이 평가했다.

　시는 그 자체로 엄청난 반향을 불러일으켰다. 다른 지역의 신문들은 일고의 가치도 없는 엉터리 가짜 시라고 주장하고 나섰고, 우리 지역에 있는 경쟁 신문들도 잘 알려진 영시를 조잡하게 번역한 것에 불과하다고 깎아내렸다. 이를테면 표절이라는 것이다. 내가 이렇게 한창 시인 도둑에 관한 논쟁의 한가운데에 휩쓸려 있을 때 경찰서장이 다시 나를 찾아왔다.

　"당신 말대로라면 이미 그놈은 잡혔어야 하는데, 지금 어떻게 된 줄 아십니까? 이번 주에 벌써 그놈은 가게 한 군데와 아파트 두 군데를 더 털었습니다. 그리고 그때마다 범죄 현장에 긴 시를 남겨놓고 사라졌습니다."

　"그거 반가운 소리군요." 내가 말했다. "신문에 내겠습니다."

　"그건 너무 위험한 도박입니다." 서장이 불평을 했다. "그게 오히려 범행을 부추기고 있기 때문입니다. 지금 이자는 순전히 문학적인 야망 때문에 도둑질을 하고 있습니다. 이제는 그 짓을 막아야만 합니다. 아시겠습니까? 그자가 쓴 시들이 형식도 엉망이고 깊이도 부족해서 형편없다는 기사를 당장 써야 합니다. 그러면 이자는 도둑질을 멈출 겁니다."

"흠." 내가 말했다. "우리는 이미 그의 시를 높이 평가하는 기사를 실었기 때문에 그건 곤란합니다. 하지만 이렇게는 할 수 있습니다. 앞으로 그의 시를 더 이상 기사화하지 않겠습니다. 그게 우리가 할 수 있는 최선입니다."

그 뒤 2주 동안 다섯 건의 새로운 절도가 발생했다. 범행 현장에는 모두 시가 놓여 있었다. 하지만 《이스턴 헤럴드》는 시에 대해 철저하게 침묵했다. 나는 시인 도둑이 충족되지 않은 작가적 허영심 때문에 투르노보나 타보르 지방으로 무대를 옮겨 그쪽 지역 신문들의 이목을 끌지 않을까 걱정했다. 그렇게 되면 그 늙다리들이 우리를 얼마나 깔보겠는가!

어쨌든 우리의 침묵이 시인 도둑을 어느 정도 혼란스럽게 만든 것은 분명해 보였다. 그 뒤로 2주 동안 평화가 유지되었던 것이다. 하지만 곧 다시 도둑질이 시작되었다. 그런데 이번에는 다른 점이 있었다. 문제의 시가 직접 《이스턴 헤럴드》의 편집인 앞으로 우편을 통해 배달된 것이다. 하지만 《이스턴 헤럴드》는 자신의 입장을 굽히지 않았다. 당국의 수사를 엉망으로 만들어서는 안 된다는 이유도 있었지만, 시들이 점점 형편없어진 것도 영향을 미쳤다. 시인 도둑의 시는 늘 같은 것을 반복했고, 온갖 싸구려 감상주의와 터무니없는 생각들로 가득했다. 간단히 말해서, 그는 진짜 작가처럼 행동하기 시작한 것이다.

어느 날 밤 술집에서 한잔 걸친 뒤 찌르레기처럼 휘파람을 불며 집에 돌아온 나는 램프를 켜기 위해 성냥을 그었다. 바로 그 순간 내 뒤에서 누군가가 훅 하고 입으로 불어서 성냥불을 껐다.

"성냥불을 켜지 마십시오." 등 뒤에서 우울한 목소리가 들려왔다. "접니다."

"아, 원하는 게 뭡니까?"

내가 말했다.

"질문이 있어서 왔습니다." 우울한 목소리가 말했다. "내 시들은 어떻게 된 겁니까?"

"이것 보시오." 아직까지 상황을 제대로 이해하지 못한 채 내가 말했다. "당신도 알다시피 지금은 근무시간이 아니니 내일 오전 11시에 다시 찾아오시오."

"나를 신고할 수 있도록 말입니까?" 그가 분개하며 말했다. "꿈도 꾸지 마십시오. 왜 내 시들을 더 이상 신문에 내지 않는 겁니까?"

그제야 나는 이자가 문제의 도둑임을 알아차렸다.

"그것을 얘기하자면 기네." 내가 그에게 말했다. "우선 자리에 앉게, 젊은 양반. 정말 알기 원한다면 말해주지. 시를 싣지 않는 이유는 그럴 만한 가치가 조금도 없기 때문이네."

"그럴 리가 없습니다." 그가 고통스러워하며 말했다. "그것들은 ⋯ 그것들은 첫 번째 시보다 못하지 않습니다."

"첫 번째 시는 나쁘지 않았지." 나는 단호하게 말했다. "거기에는 진실한 감정이 담겨 있었어, 알겠나? 신선한 직관도 좋았고, 도둑질하는 그 순간의 현장감과 긴장감이 잘 녹아 있었네. 그 모든 걸 다 갖춘 시였지. 하지만 나중의 시들은 완전 실패작이야."

"하지만 … " 그의 목소리가 항변했다. "뒤에 쓴 시들도 첫 번째 시와 똑같이 썼습니다."

"바로 그게 문제지." 내가 거칠게 그를 몰아붙였다. "자네의 시는 늘 같은 얘기를 반복하고 있어. 늘 바깥에 발소리가 들린다는 얘기가 빠지지 않고 … ."

"하지만 사실이 그렇습니다, 선생님. 도둑질할 때는 누가 지나가는 사람이 없나 늘 귀를 쫑긋 세우고 있어야 한다구요!"

그가 억울해했다.

"게다가 자네 시에는 쥐 얘기가 빠지지 않네."

나는 계속 그를 몰아붙였다.

"생쥐는 … " 그가 의기소침해져서 말했다. "매번 도둑질할 때마다 있었습니다! 게다가 내가 쥐를 언급한 시는 단 세 편뿐입니다 … ."

"간단히 말해서 … " 내가 그의 말을 가로막았다. "자네의 시는 공허하고 판에 박힌 소리들뿐이야. 창의성도 없고, 영감도 없고, 정서의 혁신도 없네. 이봐, 젊은 친구, 내 선의에서 하는 얘기인데, 그래서는 안 되네. 시란 똑같은 것을 반복하는 것이 아니야."

그는 잠시 침묵을 지켰다.

"하지만 선생님." 잠시 뒤 그가 말했다. "늘 똑같습니다. 직접 도둑질을 해보시면 알 겁니다. 늘 그게 그겁니다. 쉬운 일이 아닙니다."

"쉬운 일이 아닐걸세. 주제를 바꿔야만 할 거야."

"교회를 털어야겠군요. 아니면 묘지를 털거나."

그가 제안을 했다. 나는 고개를 세차게 가로저었다.

"그건 장소의 문제가 아니네. 장소보다는 경험이 중요하지. 내가 보기에 자네 시에서 부족한 것은 갈등이네. 그저 일반적인 도둑질을 피상적으로 묘사하고 있는 데서 벗어나 내부에 있는 뭔가를 분출시켜야만 하네. 예를 들어 양심 같은 것 말일세 …."

그가 잠시 동안 내 말을 숙고했다.

"양심의 가책 같은 것 말씀이신가요? 그러면 시가 더 좋아질까요?"

"물론이지. 당연히 좋아질걸세." 내가 소리쳤다. "이보게 젊은 친구, 시에 정신적인 깊이와 열정을 담으라구!"

"한번 해보겠습니다. 그런데 그렇게 되면 자신감을 잃게 될 텐데 계속 도둑질을 할 수 있을지 모르겠습니다. 자신감을 잃으면 곧 붙잡힐 겁니다."

"그게 뭐 어떻다는 건가?" 내가 목소리를 높였다. "자네가 잡히는 건 전혀 문제가 안 돼! 감옥에서 자네가 쓴 시들이 어떨지 상상이 되지 않나? 뭐하면 감옥에서 써진 시를 한 편 보여줄 수도 있네. 읽으면 숨이 턱 하고 막힐걸세."

"신문에 났던 겁니까?"

그가 열띤 목소리로 물었다.

"이보게 친구." 내가 부드럽게 그를 불렀다. "그건 세상에서 가장 유명한 시 중 하나네. 램프를 켜보게. 그러면 내가 그걸 읽어주겠네."

불청객이 성냥을 그었고, 곧 램프가 환해졌다. 어느 시인이나 도둑처럼 창백하고 여기저기에 여드름 자국이 있는 젊은 청년의 얼굴이 불빛에 모습을 드러냈다.

"잠시만 기다리게. 곧 시를 찾아오겠네."

나는 오스카 와일드가 쓴 『레딩 감옥의 노래』의 체코어 번역본을 찾아 왔다. 잘 알려졌듯이 분노로 가득한 시였다.

그때만큼 충만한 감정으로 시를 낭송해본 적은 평생 처음이었다. 특히 '그리고 모든 이들이 자기가 사랑하는 것들을 죽인다'라는 구절을 읽을 때는 더욱 그러했다. 그는 내게서 눈을 떼지 못했다. 죄수가 교수대로 향하는 장면에 이르렀을 때 그는 손에 얼굴을 묻고 흐느꼈다.

낭송이 끝난 뒤에도 우리 둘은 한동안 말없이 앉아 있었다. 입을 열어 시가 주는 여운을 깨뜨리고 싶지 않았던 것이다. 한참이 지난 뒤 나는 창문을 열고 그에게 말했다.

"가장 빨리 여기서 나가는 방법은 저 울타리를 넘는 것이네. 잘 가게."

그리고 나는 훅 하고 램프를 껐다.

"안녕히 주무십시오." 어둠 속에서 그가 떨리는 목소리로 인사를 건넸다. "한번 해보겠습니다. 정말 고맙습니다."

말을 마친 그가 믿을 수 없을 만큼 조용히 어둠 속으로 사라졌다. 어찌 됐건 그가 뛰어난 도둑인 것은 분명해 보였다.

이틀 뒤 그는 도둑질하러 들어간 가게에서 체포되었다. 그는 연필 끝을 물어뜯으며 계산대에 앉아서 눈 아래 펼쳐진 종이를 내려다보고 있었다. 종이 위에 적혀 있는 것이라고는 다음과 같은 글뿐이었다.

다른 어떤 것도 적혀 있지 않았다. 글은 두말할 필요도 없이 『레딩 감옥의 노래』를 모방한 것이었다.

시인 도둑은 일련의 주거침입죄로 18개월 형을 선고받았다. 몇 달 뒤 나는 그로부터 시가 가득 적힌 노트 한 권을 우편으로 받았다. 시들은 끔찍했다. 습기 가득한 지하 방들, 돌로 만든 작은 유리창, 쇠창살들, 발에 채워져 걸을 때마다 철커덕거리는 족쇄들, 흙 묻은 빵들, 교수대로 향하는 죄수들 … 나는 시에 끊임없이 등장하는 교도소의 끔찍한 상황에 크게 충격을 받았다.

나는 당장 내 눈으로 확인하고 싶었다. 사실 신문기자의 좋은 점은 원하기만 하면 어디든지 갈 수 있다는 것이다. 교도소장에게 적당한 이유를 둘러댄 나는 어렵지 않게 교도소 안으로 들어갈 수 있었다. 하지만 내 눈에 비친 교도소는 그 시와는 정반대였다. 누구에게 내놔도 부끄럽지 않을 만큼 죄수들을 인간적으로 잘 보살피고 있었다. 나는 식사를 마치고 돌아오는 시인 도둑을 우연히 만났다.

"자, 말해보게." 내가 그에게 말했다. "자네가 쓴 그 철커덕거리는 족쇄는 어디에 있나?"

시인 도둑은 얼굴이 벌게지더니 당혹해하며 교도관 쪽을 바라보았다.

"그게 말이죠, 선생님. 여기는 시로 쓸 만한 게 전혀 없습니다. 그래서 시를 쓰는 것이 너무 어렵습니다. 사실입니다."

"그래 여기서는 편하게 지내고 있나?"

내가 그에게 물었다.

"편하다는 사실만 제외하면 그렇습니다." 그가 당혹스럽게 중얼거렸다. "여기서는 정말 쓸 게 전혀 없습니다."

그 뒤로 나는 그를 다시는 보지 못했다. 신문의 범죄란이나 문예란, 그 어디에서도 말이다.

하브레나의 판결

대부분의 사람들은 신문을 펼치면 먼저 범죄 기사를 찾아 읽는다. 그것이 자신들의 도덕적·법적 의식을 함양하기 위해서인지, 아니면 잠재적인 범죄 성향 때문인지는 아무도 모른다. 하지만 그들이 열성적으로 범죄 기사를 읽는다는 것만은 분명하다. 신문들이 매일 꼬박꼬박 범죄 기사를 실어야만 하는 이유가 여기에 있다. 예를 들어 오늘이 공무원들이 쉬는 공휴일이어서 법정이 열리지 않는다고 해보자. 그렇더라도 신문은 여전히 〈법정으로부터〉라는 자신의 고정 칼럼을 내보내야만 한다. 사실 법정에서 다루는 사건들은 대부분이 고리타분한 것들이다. 하지만 기자는 어떤 수를 써서라도 흥미로운 사건을 구해야 한다. 그래서 기자들은 종종 그런 사건을 스스로 지어내기도 한다. 더 나아가 기자들 사이에는 이런 허위 사건을 거래하는 시장이 존재하기도 한다. 그곳에서는 누구나 담배 한 갑에 사건을 사거나 빌릴 수 있으며 서로가 사건을 맞교환하기도 한다. 나는 한때 기자 한 명과 방을 같이 썼기 때문에 이런 사정을 훤히 알고 있다. 그는 술꾼에다가 게으름뱅이였고 늘 박봉에 시달렸지만, 재능만은 타고난 청년이었다.

얼마 전 일이다. 범죄 취재를 담당하는 기자들이 잘 모이는 한 술집에 얼굴이 붓고 추레한 몰골을 한 이상한 사람이 나타났다. 하브레나라는 이름의 사내였다. 그는 대학에서 법률을 공부했지만 학위를 따지 못했고, 그 뒤부터 그의 삶은 악화 일로를 치달았다. 아무도, 심지어는 그 자신조차도, 그가 어떻게 생계를 해결하는지 알지 못했다. 하지만 이 놈팡이 하브레나는 범죄와 법률에 관해서는 타의 추종을 불허하는 전문가였다. 내 기자 친구가 하브레나에게 담배를 한 대 물려주고 맥주를 시키고 나면, 그는 눈을 지그시 감고 담배 연기를 맛있게 빨아들이고는 누구도 상상하기 어려운 기발하고 색다른 범죄 사건을 들려주었다. 그런 뒤 피고의 입장에서 변호를 하고는, 다시 검사로 변신해 논박을 했고, 마지막으로 국가의 이름으로 선고를 내렸다. 이 모든 게 끝나면 그는 마치 무아지경에서 깨어나듯 눈을 뜨고는 "요금은 5코루나라오"라고 중얼거렸다.

한번은 기자들이 그를 시험한 적이 있었는데, 그는 단숨에 스물한 개의 범죄 사건을 지어서 들려주었다. 놀랍게도 이어지는 사건들이 하나같이 앞의 사건보다 흥미진진했다. 그러고 나서 스물두 번째 사건을 들려주던 그가 갑자기 얘기를 멈추더니 말했다.

"잠깐만요. 이건 치안판사나 지방법원이 아니라 배심원들이 다룰 사건이군요. 나는 배심원 역할은 안 합니다."

그는 기본적으로 배심원 제도에 반감을 갖고 있었다. 그럼에도 불구하고 공정하게 말해서 그의 판결은 법률적 관점에서 귀감이 될 만한 것이었다. 그는 특히 그 점을 무척 자랑스러워했다.

기자들은 하브레나가 들려주는 사건들이 실제 법정에서 다루는 사건들처럼 따분하고 판에 박힌 것이 아니라는 사실을 깨닫자, 자신들만의 카르텔을 형성했다. 그들은 하브레나에게서 사건을 제공받을 때마다 그에게 일정한 수수료를 지불했다. 10코루나와 담배 한 대 외에 그가 부과하는 징역형 1개월마다 2코루나를 추가로 지급하는 조건이었다. 당연하지만 형량이 무거울수록 사건은 더 복잡하고 흥미진진했다. 하브레나가 줄줄이 만들어낸 거짓 범죄 사건에 완전히 매료된 신문 독자들은 열광했다. 신문은 날개 돋친 듯이 팔렸다. 이때야말로 신문의 황금기였다. 지금은 온 신문이 정치 얘기 아니면 신문사에 명예훼손을 이유로 손해배상 소송을 제기한 얘기로 도배되고 있다. 도대체 누가 이런 기사를 읽는단 말인가?

어느 날 하브레나가 한 사건을 생각해냈다. 그가 생각해낸 최고의 사건은 아니었지만, 이전 사건들과는 달리 그를 곤궁에 빠뜨린 최초의 사건이었다. 사건의 얼개는 이렇다. 한 늙은 독신남이 건너편 집에 사는 점잖은 미망인과 사이가 틀어졌다. 그러자 그는 앵무새 한 마리를 산 뒤 그녀가 발코니에 나올 때마다 큰소리로 "화냥년!" 하고 외치도록 훈련을 시켰다. 미망인은 명예훼손죄로 그를 고소했다. 지방법원은 피고인이 앵무새를 통해 그녀를 사람들의 웃음거리로 만든 점을 인정하고 그에게 구류 14일과 소송 비용을 부담하라고 판결했다. 하브레나는 "수수료는 11코루나와 담배 한 개비입니다"라는 말로 자신이 지어낸 사건의 설명을 마쳤다.

하브레나의 이 사건은 대여섯 개의 신문에 기사화되었다. 물론 신문사마다 제각각 자신만의 방식으로 각색을 했다. 〈조용한 집에서〉같이 기사 제목을 정한 신문이 있는 반면, 〈집주인과 가여운 미망인〉과 〈기소된 앵무새〉가 제목인 신문들도 있었다. 그런데 이 기사가 나가자마자 각 신문사 앞으로 법무부에서 보낸 편지가 날아들었다. 기사에 나온 명예훼손 소송에 대한 상세한 내용을 알고 싶다는 편지였다. 그들은 편지에서 명예훼손에 해당하는 발언을 한 당사자는 피고인이 아니라 앵무새이며, 앵무새가 그 발언을 원고에게만 했다는 어떤 증거도 없기 때문에 그 소송의 판결과 형량은 법에 어긋나는 것이라고 말했다. 그들에 따르면 이 사건은 잘해야 질서 위반죄나 소란죄에 불과하므로 경찰이 그냥 훈계만 해도 무방하다는 것이다. 그게 아니면 적당히 벌금을 물리거나 집에서 문제의 앵무새를 키우지 못하도록 명령장을 발부하면 그만이라는 것이다. 마지막으로 그들은 적절한 조사가 필요하기 때문에 어느 지방법원에서 이 사건을 다루었는지 알려달라고 했다. 바야흐로 하브레나의 기사 때문에 법조계에 파문이 일고 있었다.

신문기자들은 격분해서 기사를 제공한 당사자에게 달려갔다.

"당신 지금 우리에게 무슨 짓을 한지 아시오? 여기 보란 말이오. 당신의 판결이 법에 어긋난다고 쓰여 있소!"

하브레나는 얼굴이 백지장처럼 하얘졌다.

"뭐라고요?" 그가 소리를 질렀다. "그들이 내 판결이 법에 어긋난다고 했다는 겁니까? 법무부에서 감히 내게 그딴 소리를 해? 이 하브레나한테? 믿을 수 없군!"

그의 서슬이 얼마나 시퍼랬는지, 나중에 기자들이 그렇게 무섭게 화를 내는 사람은 처음 봤다고 혀를 내두를 정도였다.

"내가 당장 본때를 보여주지."

그가 으르렁거리듯 말했다. 그는 분노로 제정신이 아니었다.

"내 판결이 법에 어긋나는지 아닌지 보여주고 말겠어! 절대 가만있지 않을 거야!"

분노와 홍분에 휩싸여 그는 술을 벌컥벌컥 마시기 시작했다. 이윽고 취기가 오른 그는 종이 한 장을 꺼내더니, 법무부 앞으로 자신의 판결을 조목조목 옹호하는 편지를 썼다. 그는 피고가 앵무새로 하여금 미망인을 모욕하도록 가르친 것은 그녀의 명예를 훼손할 의도를 명백히 드러낸 것이기 때문에 이 사건은 악의에 의해 저질러진 것이 분명하다고 주장했다. 또한 앵무새는 범죄의 가해자가 아니라 수단에 불과하다고도 썼다. 그가 쓴 편지는 기자들이 자신들이 본 법률 관련 글 중에서 최고라고 평가했을 정도로 논리가 명쾌하고 정교했으며 문장도 유려했다. 편지 쓰기를 마친 하브레나는 '바츨라브 하브레나, 법학 박사 학위 후보자'라고 서명을 한 뒤 법무부 앞으로 편지를 부쳤다.

"이제 다 됐습니다. 그리고 이 문제가 만족스럽게 해결될 때까지는 더는 기삿거리를 제공해드리지 않을 작정입니다."

하지만 법무부에서는 하브레나의 편지를 완전히 무시했다. 누구나 예상할 수 있는 반응이었다. 한동안 하브레나는 분통을 터트리며 여기저기 돌아다녔다. 그는 점점 표정이 침울해지고 야위어갔다. 그는 더 이상 법무부로부터 답변을 기대하기 어렵다는 것을 깨닫자 얼굴을 찌푸린 채 침묵으로 일관했다. 간혹 격해지는 감정을 참을 수 없는지 반항에 가까운 말을 불쑥 내뱉기도 했다.

마침내 하브레나가 선언을 했다.

"두고 봐, 누가 옳은지 그들에게 보여주고 말겠어!"

그 뒤 두 달 동안 하브레나는 자취를 감췄다. 누구도 그가 어디서 무엇을 하는지 아는 사람이 없었다. 그러던 어느 날, 하브레나가 다시 사람들 앞에 나타나서는 환하게 웃는 얼굴로 선언했다.

"마침내 소송을 제기했습니다. 고집 센 늙은 부인 같으니라고! 정말이지 소송을 제기하도록 그녀를 설득하느라 갖은 애를 썼습니다. 그 나이의 여자들은 남의 말에 꿈쩍도 하지 않는다니까요! 결국 소송 결과가 어떻게 나오든 모든 비용을 내가 부담하겠다고 각서를 써주고 나서야 간신히 동의를 받았습니다. 어쨌든 이제 모든 것은 법정에서 판명날 겁니다."

"어떤 것이 판명난다는 거죠?"

기자들이 물었다.

"그 앵무새 사건이지 뭐겠습니까?" 하브레나가 답변했다. "내가 절대로 가만있지 않겠다고 말씀드리지 않았습니까? 그래서 나는 앵무새를 한 마리 사서는 '화냥년'과 '늙은 할망구' 두 단어를 가르쳤습니다. 그건 정말로 힘든 일이었습니다. 꼬박 6주 동안 집에만 틀어박혀 앵무새와 씨름했죠. 그 기간 내내 내가 말한 것이라고는 그 두 단어밖에 없습니다. 어쨌든 이제 앵무새는 제법 사람처럼 유창하게 그 두 단어를 말할 수 있게 됐습니다. 그런데 문제는 이 멍청한 새가 하루 종일 쉬지 않고 그 소리를 꽥꽥대며 외친다는 겁니다. 건너편에 사는 여자한테만 그래야 하는데 말입니다. 그녀는 유복한 집안 출신으로 음악 레슨을 하는 나이 든 여자입니다. 사실 그녀는 매우 예의 바른 여자입니다만, 우리 지역에는 다른 여자가 없었기 때문에 명예훼손의 대상으로 그녀를 점찍을 수밖에 없었습니다. 하지만 생각은 쉬웠으나 그걸 실행에 옮기는 것은 완전히 다른 문제였습니다. 도대체 이 망할 놈의 앵무새로 하여금 그녀에게만 욕하도록 가르칠 수가 없었던 겁니다. 그놈은 보는 사람마다 욕을 해댔습니다. 마치 고집을 부리는 것만 같았습니다."

하브레나는 앞에 놓인 술을 벌컥벌컥 마시고는 이야기를 계속했다.

"그래서 나는 작전을 바꿨습니다. 그 노부인이 창가나 정원에 모습을 드러낼 때를 기다렸다가 창문을 열고는 앵무새로 하여금 '화냥년!' 하고 소리치도록 한 겁니다. 그런데 믿을 수 없게도 그 노부인이 큰소리로 웃음을 터트리며 나한테 '하브레나 씨, 정말 귀여운 새네요!' 하고 말하는 게 아니겠습니까. 정말 어처구니가 없었습니다. 하지만 나는 그녀를 2주 동안이나 쫓아다닌 끝에 결국 나를 고소하도록 설득하는 데 성공했습니다. 증인도 충분합니다. 아파트에 사는 모든 주민들이 그 광경을 봤으니까요. 이제 법정에서 내가 옳았다는 것이 판명날 겁니다."

하브레나가 흐뭇해하며 말했다.

"그들은 반드시 나를 명예훼손으로 처벌할 것입니다. 그것 말고는 다른 방법이 없으니까요. 이제 저 법무부 관료들의 코를 납작하게 만들 수 있습니다!"

하브레나는 재판일이 점점 다가오자 잠시도 가만있지 못하고 조바심을 냈다. 그는 재판 당일까지 매일 술만 퍼마셨다. 하지만 일단 법정에 서자 그는 완전히 딴사람이 됐다. 누가 봐도 가히 존경할 만한 법률가 그 자체였다. 그는 준엄한 목소리로 자신의 죄를 고발하고는, 그가 한 짓이 매우 흉악하고 눈꼴사나웠다는 아파트 주민들의 증언을 증거로 제시했다. 그러고는 가능한 한 최고로 엄한 벌을 내려야 한다고 주장했다. 판사는 아주 신중한 노신사였다. 그는 판결을 내리기 전에 앵무새가 말하는 것을 들을 필요가 있다고 생각했다. 결국 그는 일단 재판을 연기했다. 그러고는 하브레나에게 다음 재판에 앵무새를 꼭 데려오라고 명령했다. 증거물 혹은 증인으로 그 새가 필요하다는 것이었다.

다음 재판일에 하브레나는 앵무새와 함께 법정에 출두했다. 앵무새는 신기하게 자신을 쳐다보는 여자 서기에게 눈을 부라리며 목이 터져라 꽥꽥거리기 시작했다.

"화냥년! 늙은 할망구!"

"더 볼 것도 없군." 판사가 말했다. "지금 앵무새의 욕지거리는 단지 원고만을 대상으로 하는 게 아니라는 걸 분명히 입증했습니다."

그 순간 앵무새가 판사에게 눈길을 고정하더니 꽥 소리를 질러댔다.

"화냥년!"

"한 가지 더 분명해졌군." 판사가 말을 계속했다. "새는 문제의 욕을 남녀를 불문하고 누구에게나 퍼붓습니다. 따라서 하브레나 씨가 특별히 노부인에 대한 악의를 갖고 이 사건을 저질렀다고 보기는 어렵습니다."

하브레나는 누군가가 엉덩이를 찌르기라도 한 듯 자리에서 벌떡 일어섰다.

"존경하는 판사님." 그는 크게 흥분한 목소리로 항변했다. "제가 악의를 가진 것은 분명한 사실입니다. 그녀가 모습을 나타냈을 때에 맞춰 제

가 창문을 열고는 앵무새가 그녀에게 욕을 퍼붓게 만들었기 때문입니다."

"그건 반드시 그렇게 볼 수만은 없습니다." 판사가 말했다. "물론 창문을 연 데는 어떤 의도가 깔려 있었을 수도 있지만 그 자체를 악의적인 행동으로 볼 수는 없습니다. 누가 가끔 창문을 연다고 해서 그를 벌줄 수는 없는 노릇이니까요. 그리고 하브레나 씨, 당신도 앵무새가 원고를 노렸다는 걸 입증할 수는 없습니다."

"그녀를 노린 건 접니다."

하브레나가 큰 소리로 반박했다.

"그 말을 입증할 수 있는 어떤 증거도 없습니다." 판사가 그의 말을 일축했다. "아무도 당신이 그녀를 노리고 있다는 말을 들은 사람이 없습니다. 하브레나 씨, 이제 그만 포기하십시오. 당신은 무죄입니다."

판사는 그 즉시 피고를 석방한다고 선언했다.

"그렇다면 저도 이번 판결에 대해 재심을 청구할 뜻을 선언하는 바입니다."

하브레나가 소리를 지르고는 앵무새가 들어 있는 새장을 손에 쥐고 법정 밖으로 울며 뛰쳐나갔다.

그 뒤 비탄에 잠긴 하브레나는 술독에 빠져 지냈다. 그는 만나는 사람들마다 흐느끼며 이렇게 말하곤 했다.

"말해보십시오, 친구들. 그것을 정의라고 부를 수 있습니까? 이 세상 어디에도 정의는 없는 것입니까? 하지만 나는 절대 포기하지 않을 겁니다! 대법원까지 가서 제가 옳다는 걸 증명할 겁니다! 남은 인생을 소송에 다 바치더라도 반드시 그들이 나의 이 개탄스러운 악행을 인정하도록 만들 겁니다. 나는 나 자신을 위해 싸우고 있는 게 아닙니다. 나는 정의를 위해 싸우고 있습니다!"

나는 항소심에서 어떤 일이 있었는지 정확히는 모른다. 하지만 항소심 법정은 자신에게 무죄 선고가 내려진 것이 잘못이라는 하브레나의 주장을 기각했다. 그 뒤 하브레나는 연기처럼 사라졌다. 간혹 길 잃은 영혼처럼 혼잣말을 중얼거리며 거리를 떠도는 하브레나의 모습을 봤다는 얘기만 바람결에 들려올 뿐이었다. 아, 그리고 또 하나, 지금도 법무부에는 1년에 몇 차례씩 〈앵무새에 의해 저질러진 명예훼손 건〉이라는 제목의, 울분에 찬 장문의 탄원서가 날아든다는 얘기도 들려왔다. 하지만 법과 사법 체계에 대한 그의 신념에 치명적인 상처를 입은 하브레나는 다시는 기자들에게 사건을 제공하지 않았다.

바늘

나는 법원과는 아무런 관련도 없는 사람이지만, 그곳에서 사람들이 사소한 것 하나라도 놓치지 않으려고 입이 아플 정도로 떠들어대고 온갖 번잡스러운 절차를 다 감수하는 것을 보면 존경스러운 마음을 금할 수 없다. 그것을 보고 있노라면 사법 체계에 대한 믿음이 저절로 생긴다. 아마도 법을 상징하는 정의의 여신의 손에 들린 저울은 접시저울처럼 눈금이 정확할 것이고, 그 칼은 면도날처럼 예리할 것이다.

하루는 내가 살던 거리에서 사건이 일어났다. 호텔에서 안내원 일을 하는 마스코바 부인이 길모퉁이에 있는 식품 가게에서 롤빵을 사서는 우적우적 먹고 있는데, 갑자기 무언가 날카로운 것이 그녀의 입천장을 찔렀다. 그녀는 얼른 입속에 손을 넣어 그것을 빼냈다. 바늘이었다. 그녀는 소스라치게 놀라고는 속으로 생각했다. '맙소사, 까딱했으면 바늘을 삼킬 뻔했잖아. 그랬으면 위에 구멍이 뚫리고 결국 목숨마저 위태로웠을 거야! 이건 도저히 그냥 넘어갈 수 없는 문제야! 어떤 악당 놈이 롤빵에 바늘을 집어넣었는지 반드시 찾아내야 해.' 분을 참지 못한 부인은 바늘과 먹다 남은 빵을 손에 들고 경찰서로 향했다.

경찰은 그 롤빵을 판 식품 가게 주인과 그것을 만든 빵집 주인을 심문했다. 당연히 두 사람 모두 바늘에 대해서는 아는 게 없다고 주장했다. 경찰은 간단하게 조사를 마친 뒤 사건을 법원으로 이송했다. 그저 경미한 신체 상해 사건이었기 때문이었다. 담당 판사는 아주 철저하고 성실하게 일을 처리하는 사람이었다. 그는 다시 식품 가게 주인과 빵집 주인을 심문했다. 두 사람 다 자신의 가게에서는 절대 롤빵에 바늘이 들어갈 수 없다고 호언장담했다. 판사는 직접 식품 가게로 가서 조사한 결과 그곳에는 어떠한 바늘도 없다는 사실을 확인했다. 그는 다시 빵집으로 가서 롤빵이 어떻게 만들어지는지 관찰했다. 그는 밤새 빵집 주방에 앉아서 사람들이 어떻게 밀가루 반죽을 만들고 그것을 부풀어 오르게 하는지, 어떻게 불을 지피는지, 그리고 롤빵 모양을 어떻게 만들어서 오븐에 넣고 구워야만 갈색 롤빵이 만들어지는지를 전부 지켜보았다. 지켜본 결과 그는 롤빵을 만들 때도 바늘이 전혀 사용되지 않는다는 사실을 확인할 수 있었다.

빵을 만드는 게 얼마나 멋진 일인지 아는 사람은 많지 않을 것이다. 나는 할아버지가 빵집을 했기 때문에 그게 어떤 것인지 잘 안다. 사실 빵을 만드는 데는 몇 가지 위대한(신성하다고까지 할 수 있는) 비밀이 숨어 있다. 첫 번째 비밀은 이스트에 있다. 밀가루와 물을 넣은 반죽 통에 이스트를 넣고 뚜껑을 닫아놓으면 그 아래에서 신비스러운 변화가 일어난다. 밀가루와 물이 발효되는 것이다. 이렇게 발효된 밀가루와 물을 나무 주걱으로 잘 저어서 밀가루 반죽을 만드는데, 이 동작을 보고 있노라면 마치 종교 의식에서 추는 춤을 보는 것처럼 사뭇 경건해진다. 밀가루 반죽이 완성됐으면 이제 그 위에 캔버스 천을 씌우고 가만히 기다리면 된다. 그러면 두 번째 신비스러운 변화를 목격할 수 있다. 밀가루 반죽이 멋지게 부풀어 오르는 것이다. 이때 호기심을 참지 못해 천을 들고 안을 살펴보는 건 절대 금물이다. 어쨌든 그건 임신처럼 신기하고 아름다운 현상이어서, 나는 늘 반죽 통에는 여성성을 지닌 무언가가 있다는 느낌이 들었다. 세 번째 비밀은 실제로 빵을 굽는 과정에서 일어난다. 즉 부드럽고 하얀 반죽이 오븐에 들어가서 겪는 변화다. 굽기가 끝난 뒤 오븐에서 꺼낸 바삭바삭한 갈색 빵 한 덩어리는 그 냄새가 아기보다도 더 향긋하다. 가히 기적이라 부를 만하다. 나는 이러한 세 가지 변화가 일어날 때 빵집에서는 종을 울려야 한다고 생각한다. 마치 성당에서 거양성체_{사제가 빵과 포도주를 축성한 뒤 성체를 높이 들어 올려 신자들에게 보이는 의식}를 할 때마다 종을 울리는 것처럼 말이다.

아무튼 판사는 조사 결과에 당혹감을 금할 수 없었다. 하지만 그렇다고 해서 손을 뗄 의사는 전혀 없었다. 그는 바늘을 국립화학연구소에 보내서 그것이 언제 빵에 들어갔는지, 즉 빵을 만들기 전에 들어갔는지 혹은 다 만든 뒤에 들어갔는지 알아봐달라고 요청했다. 전문가의 의견을 구하는 이 판사의 방식은 매우 독특했다. 연구소장은 우헤르 교수였는데, 얼굴에 턱수염을 멋있게 기른, 아주 학구적인 남자였다. 우헤르는 판사가 봉투에 넣어 보낸 바늘을 보자마자 욕을 퍼부어대기 시작했다.

"이 법정이란 데서 내게 원하는 건 전부 이 따위군. 얼마 전에도 우리에게 다 썩어가는 내장을 보냈었지. 너무 악취가 심해 해부실 사람들도 참을 수 없을 정도였어. 그런데 이번에는 바늘이라니, 도대체 우리 연구소하고 바늘이 무슨 관계가 있다는 거야!"

하지만 그는 곧 생각을 고쳐먹었다. 과학적인 관점에서 아주 흥미로운 의문이 머리를 스쳤던 것이다. '흠. 정말 궁금하군.' 그가 속으로 생각했다. '바늘이 밀가루 반죽과 접촉하거나 빵과 함께 구워질 때 어떠한 변화가 일어나는지 말이야. 아마 밀가루 반죽을 발효시키거나 빵을 구울 때 어떤 산성 물질이 생겨나서 바늘 표면을 부식시킬 거야. 만약 그렇다면 현미경으로 확인 가능하겠지.' 그는 즉시 실험에 착수했다.

먼저 그는 티끌 한 점 없이 깨끗한 바늘과 어느 정도 녹이 슨 바늘을 골고루 섞어 수백 개를 샀다. 그런 뒤에 연구소에서 빵을 만들기 시작했다. 처음 실험에서 그는 바늘을 직접 이스트에 넣었다. 발효가 바늘에 어떤 영향을 미치는지 알아보기 위해서였다. 그리고 두 번째 실험에서는 방금 완성된 밀가루 반죽에, 세 번째 실험에서는 부풀어 오르고 있는 밀가루 반죽에, 그다음 실험에서는 오븐에 들어가기 바로 직전의 밀가루 반죽에, 그다음은 오븐에서 구워지고 있는 빵에, 마지막으로는 다 만들어져서 오븐에서 꺼낸 빵에다 바늘을 집어넣었다. 그런 뒤 그는 정확성을 기하기 위해 일련의 실험 과정을 한차례 더 반복했다.

거의 2주일 가까이 연구소의 모든 사람들이 다른 일은 제쳐두고 바늘이 들어 있는 빵을 만드는 일에 매달렸다. 날마다 우혜르 교수와 다른 조교수 한 명, 그리고 네 명의 연구원들과 보조 연구원 한 명이 달라붙어서 밀가루를 반죽하고 빵을 굽고 오븐에서 빵을 꺼냈다. 그런 뒤에 그들은 다시 일주일 동안 여러 가지 바늘들을 현미경으로 분석하고 그 결과를 비교했다. 마침내 그들은 누군가가 다 구워놓은 빵에 문제의 바늘을 집어넣었다는 결론을 내렸다. 거기에는 한 점의 의문도 있을 수 없었다. 문제가 된 바늘의 상태가 다 만들어진 빵에 바늘을 넣은 실험 결과와 똑같았던 것이다.

전문가의 의견을 토대로 판사는 식품 가게에서 바늘이 들어갔거나 아니면 빵집에서 식품 가게로 가는 도중에 바늘이 들어간 것이라고 결론을 내렸다. 판사에게서 그 말을 듣자 빵집 주인은 갑자기 생각이 난 듯 말했다.

"이런! 사건이 있던 날은 내가 수습생을 해고한 날이었습니다. 롤빵을 바구니에 담아서 식품 가게에 배달하던 소년입니다!"

소년은 곧 잡혀왔다. 그는 자신을 해고한 빵집 주인에게 보복하기 위해서 롤빵에 바늘을 넣었다고 자백했다. 하지만 소년은 미성년자였기 때문에 따끔한 훈계를 들은 뒤 석방됐다. 빵집 주인에게는 종업원의 행위에 대한 책임을 물어 벌금형이 선고됐지만, 형 집행은 유예되었다. 우리의 사법 체계가 얼마나 정확하고 철저한지 보여준 이 사건은 이렇게 막을 내렸다.

하지만 이 사건과 관련된 얘기는 그것이 다가 아니다. 나는 사람들의 야망에 불을 지피거나 그들을 고집스럽게 만드는 게 무엇인지 잘 모르지만, 어쨌든 빵을 만드는 실험을 끝낸 국립화학연구소 사람들은 자신들이 직접 빵을 만들어서 팔겠다는 생각을 하게 됐다. 처음에 그들이 만들어낸 빵은 엉망이었다. 맛은 고사하고라도 제대로 부풀어 오르지도 않아 모양이 형편없었다. 하지만 시간이 지날수록 화학자들이 만든 빵은 점점 훌륭해졌다. 빵 위에다 양귀비 씨와 캐러웨이 씨, 그리고 소금을 뿌리고 나니 보는 것만으로도 눈이 즐거운 아주 근사한 빵이 되었다.

마침내 그들은 프라하 전역에서 자신들이 만든 빵만큼 바삭하고 맛있는 데다가 보기에도 좋은 롤빵은 찾아볼 수 없다고 자랑하기에 이르렀다.

얼핏 불가능해 보이거나 가치 없어 보이는 일에 매달리는 사람들이 있다. 물론 그걸 옹고집이라고 부를 수도 있겠지만 나는 모험심이라고 부르고 싶다. 왜 있지 않은가. 자신의 최고 능력을 백 퍼센트 발휘하고 싶어 하는 욕망 말이다. 사람은 단지 결과만을 얻기 위해 온갖 수고를 아끼지 않는 게 아니다. 그것은 일종의 게임이기에, 자신의 자유의지로 선택한 가슴 뛰는 도전이기에 그렇게 하는 것이다. 내가 말하는 바를 잘 보여주는 사례를 하나 들어 보겠다. 물론 어리석은 데다가 영양가라고는 하나도 없는 행동일 뿐이라고 비난하는 사람도 있을 수 있다.

내가 경리 부서에 근무할 때의 일이다. 그때는 1년에 두 번 결산을 했는데 가끔 숫자가 맞지 않을 때가 생기곤 했다. 예를 들어 한번은 결산을 했더니 정확히 3센트가 부족했다. 물론 내 주머니에서 돈을 꺼내 빈 3센트를 메우는 것은 식은 죽 먹기보다 쉬운 일이다. 하지만 그건 회계사가 취해야 할 정정당당한 행위가 아니다. 회계사라면 이런 때 1만 4천 개도 넘는 입력 항목을 샅샅이 뒤져서 어디에서 오류가 생겼는지 찾아내야만 한다. 특히 나처럼 이런 오류가 발생하기를 늘 기대하며 살고 있는 사람은 말할 필요도 없다.

어쨌든 비는 3센트를 찾기 위해 나는 사무실에 회계장부를 잔뜩 쌓아놓고 밤새 찾기 시작했다. 이상하게 들릴지 모르지만 나는 항상 장부에 가득한 숫자들이 어떤 사물이라는 생각이 든다. 예를 들어 어떤 때는 그것들을 절벽이라 생각하며 기어오르는가 하면, 어떤 때는 사다리라고 생각하며 그것을 타고 저 아래 구덩이까지 내려가는 것이다. 어떤 때는 사냥꾼이 되어 숫자로 된 가시밭길을 헤치면서 겁에 질려 꼭꼭 숨어 있는 짐승을 찾아다니는 느낌이 들 때도 있다. 내가 찾는 3센트 같은 게 그런 짐승이다. 혹은 내가 형사가 된 것 같은 환상에 사로잡힐 때도 있다. 길모퉁이 어둠 속에 몸을 숨기고 서서 수많은 숫자들이 지나는 것을 가만히 지켜보다 이 악당 놈, 이 범죄자, 그러니까 그 회계상의 자그마한 오류가 지나갈 때 덥석 붙잡는 것이다. 어떤 경우는 내가 작살을 들고 강둑 위에 앉아 물고기를 노리고 있다는 생각이 들 때도 있다. 그림처럼 고요히 앉아 있다 갑자기 휙 하고 작살을 던지는 것이다. 그러면 그 작은 악마 같은, 틀린 숫자가 작살 끝에 꿰뚫려 퍼덕거린다. 하지만 나는 뭐니 뭐니 해도 사냥꾼이 가장 맘에 든다. 먹잇감을 찾아 비에 젖은 딸기나무 덤불 속 여기저기를 첨벙거리며 돌아다닐 때, 나는 말할 수 없는 기쁨과 흥분이, 다른 어디에서도 맛보기 힘든 자유로움과 강인한 생명력이, 온몸을 감싸는 것을 느낀다. 마치 실제로 모험을 하고 있는 것 같은 느낌이 든다. 어쨌든 나는 밤을 꼬박 새가며 3센트를 찾았다. 그리하여 마침내 그것을 찾아냈을 때의 기쁨이란! 내게 이 3센트는 결코 하찮은 푼돈이 아니었다. 이 세상 어떤 트로피가 이보다 값질 수 있겠는가. 얼마나 승전의 기쁨에 들떠서 집에 돌아왔는지 나는 하마터면 신발을 벗는 것도 잊은 채 잠이 들 뻔했다.

전보

당연한 얘기지만 대부분의 사람들은 하루하루 평범하게 살아간다. 그들의 일상은 너무 평범해서 초라하기까지 하다. 하지만 매우 예외적이고 감정적인 상황에 처하면 그들은 백팔십도 딴사람으로 돌변한다. 먼저 그들의 말이 달라지기 시작한다. 목소리가 드라마틱하게 변하고, 평소에 쓰지 않던 말들을 사용하며, 논쟁도 서슴지 않는다. 뿐만 아니다. 일상생활에서는 경험하지 못했던 새로운 감정들이 그들을 찾아온다. 그리하여 열에 아홉은 자신도 미처 몰랐던 용감함과 고귀함, 희생심 같은 영웅적이며 고결한 품성을 불쑥 드러낸다. 마치 위대한 행동을 하게 만드는 어떤 공기를 마셨거나, 예외적이고 재앙적인 상황에서 어떤 비밀스러운 만족감을 맛본 사람처럼 말이다. 그게 공기가 됐든 아니면 만족감이 됐든 간에 사람들을 기쁘게 하고 들뜨게 만드는 것은 분명하다. 사람들을 마치 무대에 선 주인공처럼 행동하게 만들기 때문이다. 그러다가 드라마틱한 순간이 모두 지나고 나면 사람들은 다시 왜소한 일상인의 모습으로 돌아온다. 하지만 이후의 삶은 이전과는 다르다. 사람들은 이제 과거와 달리 일상에 환멸과 실망감을 느끼고 당혹해한다.

내게는 이름이 칼로우스라는 사촌이 있다. 그는 품위 있고 존경할 만한 공무원이자 시민이고 가장이었다. 물론 우리처럼 나이 든 사람들이 으레 그렇듯이 약간 기회주의적이고 격식을 따지는 경향도 있었다. 그의 아내인 칼로우소바 부인은 온화한 성격에, 집에서 묵묵히 남편과 자식을 보살피기 좋아하는, 말하자면 현모양처의 전형 같은 여인이다. 그들에게는 자식이 두 명 있는데, 큰애 베라는 매우 아름다운 딸로 결혼을 하지 않을 경우에 대비해서 프랑스어 자격증을 따놓으려고 프랑스에 유학 중이었다. 막내는 아들이다. 이름은 톤다인데, 체격이 건장한 고등학교 축구 선수다. 축구부에서는 뛰어난 공격수이지만 공부와는 담쌓고 살고 있다. 한마디로 말해서, 이 집은 유복한 중산층 가정의 전형이다.

하루는 칼로우스 씨네 가족이 식탁에 모여 앉아 점심을 들고 있는데, 현관 벨이 울렸다. 칼로우소바 부인이 일어나 현관으로 향했다. 잠시 뒤 자리로 돌아온 그녀가 손을 앞치마에 닦으며 떨리는 목소리로 입을 열었다. 그녀의 얼굴이 붉게 상기되어 있었다.

"맙소사, 전보가 왔어요."

여러분은 여자들이 전보를 받으면 얼마나 놀라는지 잘 알 것이다. 그건 그들이 늘 운명적인 사건을 기다리는 속성이 있기 때문이다.

"자, 자, 부인." 칼로우스가 부인을 진정시켰다. "누가 보냈는지 모르지만 마음을 가라앉혀요."

하지만 전보를 뜯는 그의 손도 떨리고 있었다. 문가에 서 있는 가정부를 포함해서 집 안에 있는 사람들 모두가 숨을 죽이고 그의 입을 쳐다보았다.

"베라로부터 온 거군." 마침내 칼로우스가 처음 들어보는 목소리로 입을 열었다. "하지만 한 글자도 모르겠어."

"이리 줘보세요."

칼로우스바 부인이 소리쳤다.

"기다려봐." 칼로우스가 근엄하게 말했다. "온통 모르는 글씨투성이야. Gadete un ucjarc bellevue grenoble vera, 이게 무슨 소리지?"

"그런 말이 세상에 어디 있어요?"

부인이 간신히 말했다.

"그럼 당신이 직접 한번 보구려." 칼로우스가 쌀쌀맞게 대꾸했다. "당신은 이걸 이해할 자신이 있는 모양이군. 자, 어때? 이제 봤으니까 그게 무슨 소리인지 말해봐."

부인이 눈물이 그렁그렁한 눈으로 불길한 예감이 감도는 전보를 내려다보았다.

"베라에게 무슨 일이 일어난 게 틀림없어요." 그녀가 불안에 떨며 말했다. "그렇지 않으면 우리에게 전보를 보낼 까닭이 없다구요!"

"내가 그 정도도 모를 것 같아?"

칼로우스가 소리를 버럭 지르고는 외투를 몸에 걸쳤다. 이런 심각한 상황에서 외투도 안 걸치고 서 있는 게 왠지 어울리지 않는다는 생각이 들었기 때문이다. 그는 가정부를 부엌으로 보낸 뒤 비장한 목소리로 선언했다.

"이 전보는 그레노블에서 부친 거야. 내 생각에 베라는 어떤 놈팡이랑 같이 도망간 거 같아."

"누구랑 말이에요?"

남편의 말에 충격을 받은 부인이 깜짝 놀라서 소리쳤다.

"그걸 내가 어떻게 알아?" 칼로우스가 신경질적으로 말했다. "어떤 악당 놈이거나 예술가 나부랭이겠지! 여자애를 독립시키면 꼭 이런 일이 생긴다니까! 난 언제고 이런 일이 생길 거라 예상했어! 그래서 나는 그 애를 거기에 보내고 싶지 않았어. 그 빌어먹을 파리에 말이야! 하지만 당신이 언제나 그 애 편을 들어서 … ."

"그 애가 파리에 간 게 나 때문이라는 거예요?" 화가 난 칼로우소바 부인이 버럭 소리를 질렀다. "베라더러 무언가를 배워야 한다고, 그래서 스스로 생활을 꾸려가야 한다고 얘기한 사람은 당신이었어요!"

감정이 격해진 부인이 울음을 터트리더니 의자에 몸을 구겨 넣었다.

"가여운 베라! 틀림없이 그 애에게 무슨 일이 일어난 거예요. 아파서 몸져누워 있는 것은 아닐지 … ."

"아프다고?" 초조하게 방 안을 서성거리던 칼로우스가 소리쳤다.

"그 애가 갑자기 아플 까닭이 어디 있어? 그 애가 자살할 생각이 아니기를 빌자고! 그놈이 우리 애를 꼬드겨서 데려간 뒤에 저버린 것은 아닌지 … ."

부인이 허겁지겁 앞치마를 벗었다.

"안 되겠어요. 가서 그 애를 찾아봐야겠어요." 그녀가 신음하듯 중얼거렸다. "그 애를 그대로 둘 수 없어요 … 난 … ."

"당신은 어디에도 못 가!"

칼로우스가 고함을 질렀다.

하지만 부인은 자리에서 벌떡 일어섰다. 이전에는 한 번도 보지 못했던 단호한 태도였다.

"나는 그 애 엄마에요, 칼로우스." 그녀가 말했다. "내 의무가 무엇인지 잘 알고 있어요."

말을 마친 그녀가 비장한 표정으로 자리를 떴다. 이제 방 안에는 칼로우스와 아들 톤다, 두 사람만이 남았다.

"최악의 상황도 대비해야 해." 칼로우스가 말했다. "베라는 납치됐을 수도 있어 … 엄마한테는 절대 말하지 마라. 내가 직접 그레노블에 가서 알아본 다음에 얘기해도 늦지 않아."

"아버지." 톤다가 착 가라앉은 목소리로 말했다. 평소에는 항상 '아빠' 라고 부르던 톤다였다. "저한테 맡겨주세요. 제가 파리에 갈게요. 알다시피 제가 프랑스어도 좀 하잖아요."

"사람들이 너 같은 소년한테 눈이나 꿈적할 것 같니?" 칼로우스가 조롱하듯 얘기했다. "내가 베라를 구할 거야! 다음 기차를 타고 갈 테니 그리 알아 … 제발 너무 늦지는 말아야 할 텐데 … ."

"기차라고요?" 톤다가 비웃었다. "차라리 걸어서 가시지 그래요? 저라면 비행기를 타고 스트라스부르그에 가서 … ."

"지금 내가 비행기 타는 걸 겁낸다고 생각하니?" 칼로우스가 고함을 질렀다. "걱정하지 마라. 비행기를 탈 거니까! 기다려라 이 악당 놈, 넌 이제 끝장이야." 그가 허공에 대고 주먹을 휘둘러댔다. "내가 가루로 만들어줄 테다!"

톤다가 아버지의 어깨에 가만히 손을 얹었다. 그는 더 이상 철부지 소년이 아니라 의젓한 사내처럼 보였다.

"아버지." 톤다가 부드럽게 말했다. "이런 일은 아버지에게 어울리지 않습니다. 아버지는 너무 나이가 들었어요. 저한테 맡기세요. 누나를 위해 할 수 있는 일은 뭐든지 할 겁니다."

이전까지는 여느 남동생처럼 누나를 놀림감으로밖에 여기지 않던 톤다였다. 하지만 칼로우스는 고개를 흔들었다.

"안된단다." 그가 엄숙하게 말했다. "이건 내 일이야. 아빠가 자식을 위해 할 일을 다른 사람이 대신 할 수는 없어. 내가 갈 거야, 톤다. 아빠가 없는 동안 엄마를 잘 돌봐드려라. 여자들이 어떤지 … 너도 알잖니."

그때 칼로우소바 부인이 들어섰다. 외출복 차림이었다. 이상하게도 그녀는 조금도 도움이 필요 없는 사람처럼 보였다.

"어디에 가려는 거야?"

칼로우스가 식식거리며 말했다.

"은행에요." 그녀가 쌀쌀맞게 대꾸했다. "돈을 찾아야 외국에 있는 내 딸에게 갈 수 있으니까요."

"그건 말도 안 돼!"

칼로우스가 펄쩍 뛰었다.

"말이 왜 안 돼요?" 그녀가 얼음처럼 싸늘하게 대꾸했다. "난 내가 지금 뭘하고 있는지 알아요. 그리고 왜 이러는지도 알고요."

"정말 여자들이란 … 당신이 그렇게 잘 안다면 하고 싶은 대로 해. 나도 알아서 베라를 찾아 나설 테니까."

칼로우스가 단호하게 말했다.

"당신이요?" 그녀가 어이가 없다는 듯이 말했다. "당신이 프랑스에 간다고 무슨 소용이 있겠어요? 당신이 할 줄 아는 거라곤 집에서 태평스럽게 지내는 것밖에 없잖아요."

그녀가 강력한 일격을 날렸다. 칼로우스가 흠칫하더니 얼굴을 붉혔다.

"내가 프랑스에 가서 무슨 소용이 있을지에 대해서는 조금도 걱정하지 마." 그가 신경질적으로 말했다. "이미 가서 뭘할지 다 생각해놨으니까. 그것도 완벽하게 말이야. 그러니 짐만 꾸려 떠나면 된다고, 알았어?"

"그건 그렇다고 쳐요." 칼로우소바 부인이 말했다. "하지만 당신 사장이 휴가를 주지 않으면 어디에도 갈 수 없지 않나요?"

"사장 따위는 지옥에나 떨어지라고 해!" 칼로우스가 목청껏 소리쳤다. "빌어먹을 사무실도 마찬가지야! 해고할 테면 해고하라고 그래! 설마 입에 풀칠이야 못하겠어! 나는 가족을 위해 지금껏 살아왔고, 그건 앞으로도 마찬가지야. 알겠어?"

칼로우소바 부인이 의자 한 귀퉁이에 털썩 주저앉았다.

"이런 고집불통." 그녀가 악다문 잇새로 말을 뱉었다. "지금 상황이 어떤지 잘 생각해보세요. 지금 베라를 돌봐야 하는 사람은 나예요. 아무래도 베라가 생사의 갈림길에 처해 있는 것 같다는 느낌이 들어요. 빨리 내가 그 애를 만나야 해요."

"나도 그 애가 어떤 못된 놈에게 고초를 겪고 있다는 느낌이 들어." 칼로우스가 선언하듯 말했다. "전보에 적힌 내용만 알면 이렇게 갈팡질팡하지는 않을 텐데⋯."

"이렇게 마음만 졸이고 있지도 않을 거고 … ."

그녀가 울음을 터트렸다.

"하지만 전보에 적혀 있는 내용을 아는 것도 두렵긴 해."

칼로우스가 침울하게 말했다.

"저기, 호르바트 씨에게 한번 물어보면 어떨까요?"

칼로우소바 부인이 약간 자신 없는 목소리로 말했다.

"뭘 물어본다는 거야?"

칼로우스가 깜짝 놀라 물었다.

"전보에 적힌 내용 말이에요. 호르바트 씨는 암호와 관련된 일을 하니까 … ."

"맞아. 그 사람이라면 알아낼 수 있을 거야." 칼로우스가 안도의 한숨을 쉬었다. "빨리 5층에 가서 호르바트 씨에게 잠깐만 내려와달라고 부탁해봐!"

호르바트는 정보국에서 근무하는데, 그의 담당 업무는 암호를 해독하는 일과 깊은 관련이 있었다. 사람들은 말했다. 호르바트는 천재이기 때문에 충분한 시간만 있으면 어떤 암호도 풀지 못할 게 없는 사람이라고. 하지만 그건 끔찍할 정도로 고통스러운 일이었다. 그래서 그 분야에 종사하는 사람들은 누구나 약간씩 머리가 이상해진다.

어쨌든 호르바트가 곧 현관에 모습을 드러냈다. 그는 아주 까다롭게 생긴 작은 사내였는데, 집 안으로 들어서는 그의 몸에서 지독한 박하 냄새가 풍겨왔다.

"호르바트 씨." 칼로우스가 얘기를 시작했다. "도대체 무슨 말인지 이해할 수 없는 전보 한 통을 받았습니다. 그래서 당신이라면 알 수 있을 것 같아서 … ."

"어디 한번 봅시다."

호르바트가 말했다. 전보를 다 읽은 그가 의자에 앉은 채 반쯤 눈을 감았다. 방 안에 죽음 같은 무거운 정적이 흘렀다. 잠시 뒤 호르바트가 침묵을 깼다.

"누가 보낸 전보입니까?"

"우리 딸 베라가 보낸 전보입니다." 칼로우스가 설명했다. "그 애는 지금 프랑스에서 공부하고 있습니다."

"아, 그렇군요." 호르바트가 자리에서 일어서며 말했다. "그레노블에 있는 벨레뷔 호텔에 묵고 있는 따님에게 2백 프랑만 송금하면 됩니다."

"전보에 그렇게 쓰여 있나요?"

"물론입니다. 사실 이건 암호 따위가 아닙니다. 그저 좀 혼란스럽게 쓴 것입니다. 그녀는 돈이 든 지갑을 잃어버린 것 같습니다. 그게 아니라면 따님처럼 어린 여성이 전보를 부칠 이유가 없죠."

"혹시 … 그것 말고 더 나쁜 얘기가 적혀 있지는 않나요?"

칼로우스가 머뭇거리며 말했다.

"더 나쁜 얘기가 뭐 있겠습니까?" 호르바트가 의아해했다. "보세요. 지갑을 잃어버리는 건 흔한 일입니다. 여자 지갑이 그렇게 비싼 것도 아니고요."

"어쨌든 감사드립니다."

칼로우스가 쌀쌀맞게 말했다.

"천만에요."

호르바트가 중얼거리며 자리를 떴다.

칼로우스 부부의 집에 잠시 정적이 감돌았다.

"들어봐." 하지만 곧 칼로우스의 당혹스러운 목소리가 정적을 깼다. "저 남자는 정말 마음에 드는 구석이 하나도 없어. 그는 … 그는 무례하기 짝이 없어."

칼로우소바 부인이 외투를 벗으면서 말했다.

"따분한 사람이기도 하죠. 당신, 베라에게 돈을 보내줄 건가요?"

"물론 보내야지." 칼로우스가 짜증스럽게 말했다. "바보같이 지갑이나 잃어버리다니! 돈이 하늘에서 떨어지는 줄 아나? 정말 무슨 수를 내야…."

"나는 이렇게 허리띠를 졸라매고 사는데…" 칼로우소바 부인이 씁쓸하게 덧붙였다. "그렇게 돈을 물 쓰듯 하는 애가 제 지갑도 하나 간수하지 못하다니! 요즘 애들은 문제라니까…."

"그렇게 멍하니 있지 말고 가서 숙제나 해. 이 게으름뱅이야."

칼로우스가 톤다에게 한바탕 쏘아붙인 뒤 우체국으로 향했다. 칼로우스는 살면서 이때처럼 화가 치밀어 오른 적이 없었다. 이때부터 그는 호르바트를 무례하고 냉소적이며 추잡한 사람으로 여기기 시작했다. 마치 호르바트가 그에게 무슨 잘못이라도 저지른 것처럼.

잠 못 이루는 남자

좀 전에 돌레잘 씨가 암호해독에 관해 얘기하는 것을 듣고 있자니, 과거에 내가 동료인 무실에게 했던 짓이 생각난다. 무실은 보기 드물게 교양 있고 세련된 남자였다. 하지만 모든 일에서 문제점을 찾아내고, 모든 일을 자신의 관점에서만 바라보는 경향이 있었다. 심지어 자신의 아내에게조차도 예외가 아니었다. 그는 결혼 생활에 있어서 좋은 동반자는 아니지만, 결혼 생활의 문제점에 대해 얘기할 때는 그보다 더 좋은 동반자가 없었다. 뿐만 아니라 그는 대인 관계의 문제점, 성적인 문제점, 잠재의식의 문제점, 교육의 문제점, 현대 문화의 위기 등 다른 모든 영역의 문제점에 대해서도 두루 정통했다. 하지만 이렇게 걸핏하면 문제점을 집어내는 사람들은 원칙주의자들만큼이나 상대하기 어려운 사람들이다. 나는 문제점을 좋아하지 않는다. 쓸데없이 세상을 복잡하게 만들 뿐이다. 예를 들어 나는 평소에 달걀은 그저 달걀일 뿐이라고 생각한다. 하지만 만일 누가 달걀의 문제점을 내게 얘기하게 되면, 그때부터 달걀을 먹을 때마다 썩은 게 아닌지 걱정할 것이다. 내가 다소 장황하게 이런 얘기를 하는 이유는 무실이 어떤 사람인지 먼저 알리고 싶어서다.

어느 해 크리스마스이브였다. 무실은 이제 곧 저녁이면 스키를 타러

북쪽에 있는 크르코노세 산맥으로 출발한다는 생각으로 마음이 설렜다. 그는 밖에서 몇 가지 일을 처리한 뒤 돌아와서 사람들에게 작별 인사를 하고는 사무실을 나갔다. 그가 나가고 얼마 지나지 않아 만델 씨가 그를 찾아왔다. 그는 매우 유명한 칼럼니스트로 성격이 괴팍한 사람이었다. 만델 씨는 급하게 무실과 얘기할 것이 있다고 말했다.

"무실은 지금 사무실에 없습니다." 내가 그에게 말했다." 하지만 이따 잠시 들른다고 했으니까 여기서 기다리시는 게 어떻겠습니까?"

그가 눈살을 찌푸렸다.

"다른 일 때문에 그건 어렵네." 그가 말했다. "대신에 그를 찾아온 용건을 메모로 남기겠네."

만델 씨는 말을 끝내기가 무섭게 책상 앞에 앉아 메모를 하기 시작했다. 나는 이 세상에 만델 씨보다 더한 악필은 없다고 생각한다. 그가 쓴 글씨는 마치 지진계 기록처럼 보였다. 잠잠하게 진행하다가 갑자기 위로 휙 솟구치고, 다시 고요히 가라앉았다가 어느새 다시 아래위로 요동치면서 비뚤비뚤 가로로 길게 그어진 선 … . 하지만 나는 그의 글씨를 익히 알고 있었기 때문에 종이 위에서 이리저리 춤추는 그의 손을 잠자코 지켜보았다. 그런데 갑자기 만델 씨가 얼굴을 찌푸리더니 짜증스럽게 종이를 구겨서 쓰레기통에 던진 뒤 자리에서 벌떡 일어났다.

"시간이 너무 지체됐군."

그는 투덜거리더니 서둘러 가버렸다.

누구라도 크리스마스이브에는 심각한 일을 하고 싶지 않을 것이다. 그래서 나도 책상에 앉아 심심파적 삼아 종이 위에 지진계 기록 같은 선을 그리기 시작했다. 잔잔히 떨리는 선들, 위로 솟았다 아래로 가라앉았다 하는 선들, 그리고 그 밖에 생각나는 온갖 모양의 선들을 길게 하나로 이어나갔다. 한참 동안 놀이에 푹 빠져 있던 나는 마지막 선을 휘갈겨 그린 뒤 완성된 종이를 무실의 책상 위에 놓았다. 바로 그 순간 어깨에 스키와 스키 폴을 걸친 무실이 문가에 나타났다. 스키 여행을 떠날 채비를 완벽히 갖춘 모습이었다.

"이제 출발해."

그가 문가에서 요란하게 작별 인사를 했다.

"좀 전에 누가 자네를 찾아왔어." 내가 조심스럽게 그에게 말했다. "그가 자네에게 메모를 남겼어. 무척 중요한 내용인 것 같던데."

"내게 보여주게." 무실이 흥미로운 표정으로 말했다. "아니 이게 뭐야?"

내가 만든 작품을 본 그가 깜짝 놀랐다.

"이건 만델 씨 필체인데 … ." 그가 말했다. "그가 왜 이 메모를 남긴 건지 궁금하군."

"그건 모르겠어." 내가 재빠르게 말했다. "나는 도저히 그의 글씨를 알아볼 재주가 없군. 게다가 그는 마음이 급한 듯 평소보다 더 갈겨쓰더군."

"나는 그가 갈겨쓴 글씨를 알아볼 수 있지."

무실이 큰소리를 쳤다. 그는 스키와 스키 폴을 벽에 기대놓고 책상에 앉았다. "흠." 그가 한마디를 뱉고는 메모에 몰두하기 시작했다. 한 30분 정도 깊은 정적이 감돌았다. 잠시 뒤 그가 한숨을 내쉬더니 자리에서 일어났다.

"몇 마디는 알아낸 것 같은데 … 하지만 난 지금 역으로 달려가야 해. 나머지는 기차 안에서 풀어야겠군. 만일 내가 기차를 타고 가는 동안에도 못 푼다면 이 메모는 악마가 쓴 것이라고 장담하지!"

새해가 되고 무실이 스키 여행에서 돌아왔다.

"여행은 어땠나? 친구." 내가 물었다. "눈에 덮인 산이 무척 멋있었을 것 같군, 안 그런가?"

무실이 말없이 손을 저었다.

"나는 모르겠어. 사실대로 말하자면 나는 이번 여행 내내 호텔 방에서만 지냈어. 방 밖으로 한 발자국도 나가지 않았지. 하지만 사람들이 한결같이 경치가 정말 근사하다고 말하긴 하더군."

"무슨 일로?" 내가 안됐다는 듯이 물었다. "어디 아팠나?"

"아니. 조금도 아프지 않았어. 사실은 만델의 메모를 해독하느라 방에만 틀어박혀 지냈다네. 그래서 어떻게 됐는지 아나? 나는 결국 만델의 암호를 풀었다네." 그가 의기양양하게 선언했다. "두어 개 단어가 끝까지 속을 썩였지. 아무리 생각해도 뜻을 모르겠더라고. 하지만 나는 포기하지 않았지. 반드시 암호를 풀겠다고 굳게 마음먹고 밤새도록 씨름한 결과 결국 성공했지."

나는 그 메모가 사실은 내가 장난삼아 휘갈겨 쓴 것이라는 얘기를 도저히 그에게 할 수가 없었다.

"중요한 내용이었나?" 내가 걱정스럽게 물었다. "그렇게 애를 쓸 가치가 있는 내용이던가?"

"그런 건 중요하지 않아." 그가 거들먹거리며 말했다. "내게는 필적의 비밀을 푸는 것이 더 흥미로운 일이지. 만델 씨는 메모에서 나더러 앞으로 몇 주 내에 잡지에 실을 글을 하나 써달라고 부탁했어. 어떤 글인지는 정확히 얘기하지는 않았지만. 일단 산에서 휴가나 즐겁게 보내라고 빌더군. 전체적으로 크게 대단한 내용은 아니었네. 하지만 암호해독, 그건 정말 대단한 것이야. 대단히 풀기 어려운 문제지. 단언건대 두뇌를 향상시키는 데 그만한 건 없다고. 며칠 밤낮을 바칠 만한 가치가 충분하지."

나는 그에게 그런 짓을 하지 말았어야 했다. 며칠 낮을 허비한 건 차치하고 잠도 자지 않고 며칠 밤을 꼬박 새우게 만든 것, 그건 정말 해서는 안 되는 짓이었다. 잠은 단지 몸에 휴식을 베푸는 데 그치지 않고 낮 동안 죄짓고 시달린 영혼을 용서하고 정화시킨다. 실로 잠은 신이 내린 선물이 아닐 수 없다. 깊은 잠에 이제 막 빠져든 사람을 보라. 그들의 영혼은 어린아이처럼 순수하고 깨끗하다.

나는 누구보다 잠의 소중함을 잘 안다. 한때 극심한 불면증에 시달려 봤기 때문이다. 무절제한 삶 때문인지 아니면 육체적으로 무슨 문제가 있었던 것인지 원인은 알 수 없지만, 당시 나는 침대에 누우면 처음 몇 초간만 눈꺼풀이 무거워지다가 곧 정신이 말똥말똥해지기 시작했다. 그러고는 밖이 훤하게 밝아올 때까지 몇 시간이고 방 안의 어둠을 응시하며 누워 있었던 것이다. 그렇게 잠 못 드는 날이 꼬박 1년 동안 이어졌다.

잠을 이루지 못할 때 사람은 무엇보다도 생각을 하지 않으려고 애를 쓴다. 그래서 숫자를 헤아리거나 기도를 하는 것이다. 그런데 갑자기 어떤 생각이 그의 뇌리에 떠오른다. 오, 이런, 어제 이런저런 일을 하는 걸 깜빡했군! 이어서 오늘 들른 가게에서 물건값을 잘못 계산했다는 생각도 나고, 일전에 아내와 친구가 자기 질문에 답한 내용이 이상했다는 기억이 떠오르기도 한다. 어디선가 가구가 삐걱거리는 소리라도 들리면 도둑이 들어왔다는 생각에 겁이 덜컥 나고, 뒤이어 가만히 누워만 있는 자신이 부끄럽게 느껴진다. 그러다 잠이 완전히 달아나면 자신의 몸이 땀으로 흠뻑 젖어 있는 것을 깨닫고는 언젠가 들었던 신장염이나 암의 증세를 떠올려보려고 애를 쓴다. 어떤 때는 난데없이 20년 전에 있었던 당혹스럽고 터무니없는 일들이 생각나기도 하는데, 그렇게 오랜 세월이 흘렀어도 그것들을 생각하면 여전히 식은땀이 흐른다. 낯설게 느껴지기도 하겠지만 사실은 내면 깊숙이 감춰져 있던 또 다른 자신의 모습에 한 걸음씩 다가가게 된다. 나약하고 투박한 성격에, 온갖 혐오스러운 잘못을 저지르는 데다 한없이 어리석기까지 하고, 스스로를 보잘것없는 존재로 비하하며, 오래전 일로 쓸데없이 괴로워하는 결함투성이의 모습들…. 끔찍하고 고통스럽고 치욕적인 모든 일들이 마치 어제 일어난 일처럼 생생하게 떠오른다. 잠을 이루지 못하는 사람에게는 잠시 쉴 틈도 허락되지 않는다. 시간이 지날수록 그가 직면하는 세상은 점점 더 비틀리고 일그러지며, 그의 번뇌와 고민은 커져만 간다. 까마득히 잊고 있었던 옛일들이 느닷없이 찾아와 히죽 웃으며 이렇게 얘기를 걸기도 한다.

'이봐, 그때 너는 참으로 제대로 어릿광대짓을 했어, 그렇지 않나? 기억해보라고. 네가 열네 살 되던 해, 네 첫사랑이 왜 데이트에 나오지 않았는지 말이야. 너는 그때 그녀가 다른 남자와 키스하고 있었다는 사실을 알고 있었어. 그 남자가 네 친구인 보이타라는 사실도. 그들은 너를 한껏 조롱하며 웃었지. 바보! 멍청이!'

그는 화염 속에라도 던져진 듯 침대에서 몸을 비틀며 괴로워한다. 그러고는 곧 이렇게 마음을 달래려고 애쓴다. '제기랄, 이제는 아무것도 아닌 일이야! 과거는 과거일 뿐이지. 그게 다야!' 하지만 이런 생각은 얼마나 비현실적인가 … . 과거의 모든 것들은 현재에도 살아 숨 쉰다. 단지 우리가 의식하지 못할 뿐이다. 나는 심지어 우리가 죽은 뒤에도 기억만은 살아남는다고 믿는다.

자, 이제 여러분은 나를 꽤 알게 되었을 것이다. 알다시피 나는 성질을 잘 내거나 우울증이 있거나 괴짜인 사람이 아니다. 걸핏하면 투덜대거나 싸우려들지도 않으며 강파른 성격도 아니다. 어린애처럼 질질 짜지도 않으며, 지루한 사람도 염세주의자도 아니다. 나는 인생과 사람을 사랑한다. 물론 자신도 사랑한다. 한참 벌어지고 있는 일에 바보같이 불쑥 끼어들기 좋아하고, 이 인생이란 녀석과 씨름하며 사는 것을 좋아하는 사람이다. 간단하게 말해서, 나는 여느 사람들처럼 조금 부족한 구석은 있지만 열심히 자신의 삶을 살아가는 평범한 사람이다. 심지어 불면증에 시달리던 때도 나는 낮 동안에는 매우 열심히 살았다. 내게 닥친 일은 무엇이든 회피하지 않고 성실하게 처리해 나갔다. 나는 활동적인 사람들의 성공 신화로 분주한 삶의 위안을 삼았다. 하지만 침대에 누워서 잠 못 이루는 밤이 시작되면 내 삶은 산산조각 났다. 한편에서 보면 내 삶은 바쁘고, 성공적이며, 만족스러운 것이었다. 그리고 나는 넘치는 에너지와 자신만의 노하우, 그리고 행운 덕택에 모든 면에서 잘나가는 남자였다. 하지만 밤이 되면 돌변했다. 기진맥진한 채 침대에 누워서 내 인생이 얼마나 실패와 탐욕, 수치스럽고 비참한 일들로 점철된 것인가를 곱씹는 것이었다. 나는 서로 아무런 관련도 없고, 놀랄 만큼 닮은 구석이 없는 두 개의 삶을 살고 있었다. 그 하나는, 다양한 활동과 성취감, 사람들 간의 접촉과 신뢰, 그리고 도전의 즐거움 같은 평범한 일상을 맛볼 수 있는 낮 동안의 삶이었다. 내가 진심으로 즐거워하고 만족해하던 삶이다. 하지만 밤 시간에는 고통과 혼란이 가득한 두 번째 삶이 펼쳐진다. 그건 인생에서 실패의 쓴맛만 경험한 남자의 삶이고, 만나는 사람마다 배신을 당해 결국 자신도 거짓되고 야비한 모습으로 사람들을 대하게 된 남자의 삶이며, 모든 사람들이 미워하고 기만하려 드는 가련하고 어설픈 바보의 삶이고, 명예롭지 못한 패배로 점철된 나약한 패배자의 삶이다. 각각의 삶은 그 자체로 일관되고 완전하다. 내가 하나의 삶을 살고 있을 때는 다른 하나의 삶은 나와는 아무런 상관이 없는 다른 사람의 것처럼 느껴지기도 하고, 자기기만이나 병 때문에 생긴 어떤 환상처럼 느껴지기도 한다. 나는 낮에는 사랑했지만 밤에는 의심하고 증오했다. 낮 동안에는 이 세계에서 살았지만 밤에는 나만의 세계에서 살았다. 오직 자신만을 생각하는 사람에게 더 이상 이 세계는 의미가 없다.

삶이란 어둡고 깊은 물과 같다. 그 안에는 우리가 모르는, 그리고 알아서도 안 되는 많은 것들이 떠돌아다니고 있다. 이 이상한 불순물들은 어느 순간 수면으로 떠올라서 끝도 없는 무의식의 바다로 흘러들어간다. 나약함과 비겁함, 매일같이 저지르는 잘못들, 어리석은 실수와 초라한 실패들, 사랑하는 이들의 눈에 언뜻 비치던 혐오와 기만의 눈빛, 우리가 지은 죄와 남이 우리에게 저지른 죄들, 이 모든 것들은 의식이 닿지 못하는 곳으로 조용히 흘러들어간다. 잠은 한없이 자애롭다. 우리는 물론 우리에게 죄를 지은 사람들도 모두 용서한다.

한 가지 더 말하고 싶은 것이 있다. 그것은 우리가 인생이라고 부르는 게 결코 우리가 경험한 것의 전부가 아니라는 사실이다. 그것은 단지 우리 경험의 일부분일 뿐이다. 우리가 이 순간 경험하고 있는 것들은 너무나 광범위하기에 우리가 그것을 모두 이해하는 것은 불가능하다. 그래서 우리는 자신의 입맛에 맞게 혹은 편리한 대로 이런저런 경험만을 골라서 그것으로 하나의 단순한 플롯을 짠 뒤 인생이라고 부르는 것이다. 쓰레기 같은 부분은 잊어버리고, 이상하고 끔찍한 부분도 무의식적으로 생략해버린다. 맙소사, 우리가 경험한 일을 모두 알게 된다면! 하지만 우리는 단순한 하나의 인생을 살 능력밖에 없다. 그 이상은 우리가 감당할 수 있는 범위 밖이다. 살아가면서 인생의 많은 부분 — 더 큰 부분 — 을 버리지 않고서도 살아갈 수 있는 강인함이 우리에겐 없다.

우표 수집

누구나 과거를 돌이켜보면 지금과는 완전히 다른 여러 가지 삶을 살여지가 충분했다는 사실을 깨닫게 된다. 그건 지고한 진리이다. 우리는 다만 어느 시점에서 실수로, 혹은 자신이 좋아서, 다양한 삶의 선택지 중에서 하나를 뽑아 평생 살아가는 것뿐이다. 문제는 그런 잠재적 삶들이 완전히 소멸된 것이 아니라는 것이다. 때때로 우리는 마치 잘려나간 다리처럼 그것들로 인해 고통을 느낀다.

열 살 무렵 나는 우표 수집을 시작했다. 학업에 방해가 될 것이라 생각한 아버지는 그것을 탐탁지 않게 여겼다. 하지만 나는 아랑곳하지 않고 친구인 로이지크 체펠카와 함께 우표에 탐닉했다. 거리 악사의 아들인 로이지크는 무척 꾀죄죄하고 얼굴은 주근깨투성이였지만, 나는 내 또래의 아이가 대개 그렇듯이 절친한 친구인 그를 무척이나 사랑했다.

지금 나는 나이가 들어 아내와 아이들이 있지만, 생각해보면 우정만큼 아름다운 인간의 감정은 없다. 하지만 그건 어렸을 때나 가능하다. 나이가 들수록 마음이 점점 메말라가고 이기적으로 변하기 때문이다. 내가 말하는 우정은 순수한 열정과 숭배, 넘치는 활력과 충만한 감정으로부터 나온다. 그것들이 가득 차고 흘러넘쳐 누군가에게 줄 사람이 필요한 것이다. 변호사인 내 아버지는 지역을 대표하는 유지답게 자식에게 매우 근엄하고 요구 사항이 많은 사람이었다. 하지만 나는 주정뱅이 거리 악사를 아빠로, 힘든 노동에 지친 세탁부를 엄마로 둔 로이지크와 둘도 없는 친구가 되어 늘 붙어 지냈다. 나는 로이지크를 우상처럼 숭배했다. 그는 나보다 훨씬 쓸모가 있고 아는 것이 많았다. 무슨 일이든 혼자서 척척 했고 사자처럼 용감했다. 코에 주근깨가 있었을 뿐 아니라 왼손으로도 돌을 던질 줄 알았다. 지금은 정확히 무엇 때문에 그를 그토록 사랑했는지 잘 기억나지 않지만 그것은 분명히 내 일생에서 가장 큰 사랑이었다.

어쨌든 우표 수집을 시작할 무렵 로이지크는 내가 가장 사랑하고 신뢰한 친구였다. 흔히 남자들만 수집하는 성향이 있다고들 말한다. 그건 사실이다. 내 생각에 남자들의 이러한 수집 성향은 타고난 본능일 수도 있고, 오래전부터 적의 머리나 무기, 곰 가죽이나 수사슴 뿔 같은 것을 닥치는 대로 모으던 습성의 유물일 수도 있다. 하지만 우표 수집은 단순히 소유 욕구를 충족시키기 위한 것이 아니다. 그것은 끝없이 이어진 모험이다. 가슴을 두근거리며 부탄이나 볼리비아 또는 저 아프리카 남단의 희망봉처럼 멀리 떨어진 나라들을 만나볼 수 있기 때문이다. 다시 말해 우표 수집은 수많은 외국의 나라들과 개인적이고 친밀한 관계를 맺는 것이다. 우표 수집에는 마치 십자군처럼 여행이나 항해, 그리고 온갖 모험으로 가득한 세계를 연상시키는 무언가가 있다.

앞서 얘기한 대로 아버지는 우표 수집을 전혀 좋아하지 않았다. 아버지들은 대체로 자신이 걸었던 길을 자식이 그대로 답습하기를 원한다.

나도 내 자식들에게 그랬다. 보통 아버지들의 감정 상태는 복잡하다. 자식에 대한 무한한 사랑과 함께 편견과 불신, 적대감 같은 감정이 공존하고 있다. 자식에 대한 사랑이 커질수록 이러한 감정도 더 기승을 부린다. 하여튼 나는 아버지가 눈치채지 못하도록 수집한 우표를 다락방에 숨겼다. 다락방에는 오래전에 밀가루를 넣어두던 커다란 구식 수납장이 하나 있었는데, 로이지크와 나는 마치 두 마리의 생쥐처럼 그 안에 기어들어가서는 서로에게 자신이 수집한 우표를 보여주며 자랑하곤 했다.

"이것 봐, 이건 네덜란드 거야. 이건 이집트, 그리고 이건 스웨덴 우표라고."

이렇게 은밀하게 우리의 보물을 숨기다 보니 마치 몰래 범죄를 저지른 것 같은 짜릿한 기분까지 들었다. 우표를 수집하는 과정도 모험의 연속이었다. 나는 수많은 집을—아는 집이든 모르는 집이든 상관하지 않았다—일일이 찾아가서 오래된 편지에서 우표를 떼어갈 수 있게 해달라고 사정했다. 종종 다락방이나 책상에 오래된 편지가 가득 들어 있는 서랍장을 갖고 있는 사람들을 만날 수가 있었다. 그럴 때면 나는 마치 세상을 다 가진 듯한 행복감에 젖어 몇 시간이고 바닥에 앉아 먼지가 수북한 편지들을 뒤지며 내게 없는 우표를 찾았다. 멍청하게도 당시에 나는 똑같은 우표는 수집하지 않았다. 그러다가 오래된 롬바르디^{이탈리아 북부에} ^{있는 주} 지방의 우표나 독일 제국 탄생 전의 소국가들이 발행한 우표를 발견이라도 하면 나는 너무나 기뻐서 고통을 느낄 정도였다. 알다시피 모든 행복에는 달콤한 고통이 따른다. 로이지크는 늘 밖에서 나를 기다리고 있었다. 나는 일을 끝내고 나오면 그에게 이렇게 속삭였다.

"로이지크, 로이지크, 하노버 우표가 있어!"

"구했어?"

"물론이지!"

그러고는 집에 있는 우리의 보물함으로 쏜살같이 달려갔다.

우리 동네에는 방직공장이 하나 있었다. 삼베와 옥양목, 싸구려 염색 제품과 면제품 같은 온갖 종류의 조잡한 물건들을 대량으로 생산해 세계 각지의 못사는 나라에 갖다 파는 곳이었다. 그곳의 휴지통은 가장 풍요로운 사냥터였다. 공장 사람들이 휴지통 뒤지는 것을 눈감아준 덕분에 나는 거기에서 마음껏 우표들을 사냥할 수 있었다. 남아프리카, 중국, 라이베리아, 아프가니스탄, 보르네오, 브라질, 뉴질랜드, 인도, 콩고 같이 이름만 들어도 신비감과 아련한 동경심이 드는 나라들의 우표를 구한 것도 바로 거기였다. 우연히 스트레이츠 세틀멘트말레이시아 반도에 있던 옛날 영국 식민지와 한국, 네팔과 뉴기니, 그리고 시에라리온과 마다가스카르의 우표를 발견하고는 얼마나 기뻤던지! 지금 생각해도 가슴이 벅차다. 그건 오직 짐승이나 보물을 쫓는 사냥꾼이나 유물을 찾아 땅을 파는 고고학자들만이 이해할 수 있는 환희다. 자신이 찾던 것을 마침내 발견했을 때의 그 짜릿함, 그건 인생에서 맛볼 수 있는 가장 큰 스릴이자 만족이다. 사람이라면 반드시 무언가를 추구해야만 한다. 그것이 꼭 우표일 필요는 없다. 진리를 추구해도 좋고 희귀한 식물을 찾아다녀도 좋다. 돌로 만든 화살촉이나 재떨이라도 상관없다.

어쨌든 로이지크와 우정을 나누며 우표를 수집하던 그때만큼 내 인생에서 행복했던 시절은 없었다. 그러나 내가 성홍열에 걸린 뒤부터 모든 것이 변했다. 가족들은 로이지크가 나를 보러 오지 못하게 했다. 그는 문 앞에서 내게 열심히 휘파람을 불어댔지만 어쩔 도리가 없었다. 어느 날 가족들이 별로 신경을 쓰지 않는 틈을 타서 나는 몰래 침대를 빠져나와 재빨리 다락방으로 올라갔다. 우표가 잘 있는지 궁금했던 것이다. 병으로 몸이 많이 허약해진 탓에 나는 간신히 수납장 뚜껑을 들어올렸다. 하지만 수납장 안은 텅 비어 있었다. 우표를 넣어둔 상자가 온데간데없이 사라진 것이다.

그 순간 얼마나 가슴이 아프고 두려웠던지 도저히 말로 설명할 길이 없다. 나는 돌로 변해버린 듯 미동도 없이 그 자리에 하염없이 서 있었다. 울음도 나오지 않았다. 목에 커다란 덩어리라도 걸린 듯 숨이 막혔다. 나의 우표, 나의 기쁨이 사라졌다는 사실도 두려웠지만, 그보다 훨씬 더 두려웠던 건 나의 유일한 친구인 로이지크가 내가 앓고 있는 사이에 그것들을 훔쳤을 거라는 생각이었다. 경악과 환멸, 슬픔과 절망. 한갓 어린아이가 감당하기에는 너무 버거운 감정들이 물밀듯이 밀려들었다.

어떻게 그 다락방을 나왔는지 기억나지 않지만 침대로 돌아온 나는 다시 고열에 시달렸다. 가끔씩 정신이 돌아올 때마다 사라진 우표와 그것을 훔쳐갔을 범인 생각에 슬픔을 주체할 수 없었다. 나는 아버지나 숙모에게는 이 일에 관해 입도 뻥긋하지 않았다. 당시 내게는 어머니가 안 계셨다. 어차피 말해봤자 나를 이해하지 못할 거라고 생각했기 때문이다. 하지만 바로 그런 생각 때문에 나는 점점 가족들로부터 멀어져갔다.

그때 이후로 정상적인 어린아이라면 가까운 가족에게 당연히 갖기 마련인 친밀감을 더 이상 그들에게서 느낄 수 없었다.

로이지크의 배신은 내게 평생의 상처로 남았다. 그것은 내게 최초로 인간에 대한 환멸을 안겨주었다. '거지, 로이지크는 거지야.' 나는 속으로 생각했다. '그래서 우표를 훔친 거야. 거지를 가장 절친한 친구로 삼았으니 이런 꼴을 당해도 싸.' 내 마음은 점점 딱딱하게 굳어갔다. 그때부터 나는 사람들로부터 거리를 두기 시작했고, 어린아이다운 천진난만함도 잃어버렸다. 하지만 이때만 해도 내가 받은 충격과 상처가 얼마나 깊고 큰지 미처 다 깨닫지 못했다.

마침내 지긋지긋하던 성홍열이 물러갈 무렵 나는 우표를 잃어버린 고통을 떨쳐버릴 수 있었다. 하지만 한 가지 예외는 있었다. 새로운 친구와 함께 있는 로이지크의 모습을 볼 때면 가슴 한편이 아려왔던 것이다. 어느 날 나를 발견한 로이지크가 달려왔다. 그는 좀 쑥스러워했다. 너무 오랜만이었던 것이다. 나는 어른이라도 된 듯한 말투로 퉁명하게 쏘아붙였다.

"저리 꺼져! 너하고는 얘기 안 해."

로이지크의 얼굴이 벌게졌다. 잠시 뒤 그가 소리쳤다.

"나도 바라던 바야!"

그때부터 로이지크는 다른 하층민 아이들처럼 줄기차게 나를 경멸하고 미워했다.

그것은 내 인생의 노선을 결정한, 사도 바울이 말한 대로 하자면 어떤 삶을 살지 선택하게 만든 일대 사건이었다. 이전까지 내가 소중히 간직

했던 세계는 산산조각이 났다. 나는 사람에 대한 신뢰를 잃어버렸고, 대신에 증오와 경멸을 배웠다. 가까운 친구도 더 이상 사귀지 못했다.

성인이 됐을 때는 혼자라는 사실에 자부심을 느끼기까지 했다. 아무도 필요로 하지 않고 사람들에게 한 치도 양보하지 않는다는 사실에 자긍심을 가지기도 했다. 당연히 사람들은 이런 나를 좋아하지 않았다. 하지만 그럴수록 나는 속으로 되뇌었다. '내게 사랑이란 경멸의 대상일 뿐이야. 그런 싸구려 감상 따윈 아무짝에도 쓸모없어!' 나는 거만하고, 야심만만하고, 자기밖에 모르고, 까다롭고, 모든 면에서 철두철미한 사람이 되어갔다. 나는 부하들을 엄하고 가혹하게 다루었다. 사랑도 없는 결혼을 했고, 내게 두려움을 갖고 복종하도록 자식들을 키웠다. 근면하게 일한 덕분에 직장에서는 좋은 평판을 얻었다. 이것이 내가 살아온 삶의 전부다. 나는 반드시 해야 되는 일 외에는 한눈을 팔지 않았다. 나중에 내가 눈을 감으면 틀림없이 신문들은 내가 자신의 분야에서 지도자였으며 모범적이고 원칙적인 삶을 살았노라고 떠들어댈 것이 분명하다. 하지만 그들이 그 모든 것들의 이면에 드리워진 고독과 불신과 냉담함을 안다면….

3년 전 아내가 세상을 떠났다. 비록 다른 사람은 물론 나 자신도 인정하지는 않았지만, 나는 깊은 슬픔에 빠졌다. 나는 슬픔에 젖어 아버지와 어머니가 남겨놓은 유품을 뒤적거리기 시작했다. 사진들과 편지들, 내 학창 시절의 공책들을 손으로 쓰다듬고 있노라니, 엄격하기만 했던 아버지가 정성스럽게 그것들을 정리해서 보관하는 모습이 떠올라 목울대가 울컥했다. 아버지는 나를 사랑했던 것이다. 다락방의 오래된 수납장에 들어 있던 유품들을 다 살펴본 나는 서랍장에 들어 있는 유품을 하나씩 꺼내기 시작했다. 그런데 서랍장 아랫부분에 봉인된 상자 하나가 보였다. 나는 즉시 그것을 열어보았다. 50년 전 내가 잃어버렸던 우표들이 거기에 있었다.

한마디도 숨김없이 말하자면 나는 어린애처럼 엉엉 울었다. 그러고는 마치 상자를 보물이라도 되는 양 조심스럽게 들고 내 방으로 왔다. 아, 그렇구나, 나는 그제야 모든 상황이 이해되었다. 그때 내가 침대에 몸져 누워 있는 동안 누군가 우표를 발견했고, 아들이 공부를 소홀히 할까 걱정한 아버지가 그것을 감춰버린 것이다. 물론 아버지는 그렇게까지는 하지 않았어야 했다. 하지만 그건 자식에 대한 엄한 사랑과 걱정 때문이었을 것이다. 갑자기 아버지에 대한 연민이 물밀듯이 밀려오기 시작했다. 그리고 나에 대한 연민도⋯.

문득 또 다른 생각이 들었다. 그렇다면 로이지크가 우표를 훔친 게 아니잖아! 맙소사 내가 도대체 그에게 무슨 짓을 한 거야! ⋯ 주근깨투성이에다 꾀죄죄한 몰골을 한 로이지크의 얼굴이 내 눈앞에 떠올랐다. 지금 그가 죽었는지 살았는지, 살았다면 무엇을 하고 사는지는 오직 신만이 아시리라. 나는 견딜 수 없이 마음이 아프고 부끄러웠다. 한 번의 그릇된 의심 때문에 하나뿐인 친구를 잃어버리고, 나의 어린 시절도 송두리째 사라졌기 때문이다. 그로 인해 가난한 사람들과 그들의 자식들을 경멸하게 되었다. 잔뜩 거드름만 피우는 사람이 돼버렸다. 다시는 어느 누구와도 친밀해질 수 없었고, 평생 우표를 볼 때마다 분노와 혐오를 느꼈다. 결혼 전은 물론이고 결혼 뒤에도 아내에게 편지를 일절 쓰지 않으면서, 그런 감상적인 행위는 자신의 격을 떨어뜨린다고 자위하며 살았다. 이런 나 때문에 아내는 얼마나 슬퍼했던가. 그로 인해 나는 가혹하고 냉담한 사람이 되었다. 그리고 그로 인해, 오직 그로 인해 나는 내가 맡은 일을 탁월하게 수행하고 출세할 수 있었다.

나는 나의 삶을 새롭게 되돌아보았다. 갑자기 모든 것이 공허하고 무의미하게 여겨졌다. 그 사건만 아니었다면 나는 완전히 다른 삶을 살았으리라. 나는 열정이 넘치고 모험을 사랑하는 소년이었다. 어느 누구보다도 남을 사랑하고 상상력이 풍부하며 타인을 신뢰하는 소년이었다. 어쩌면 나는 지금과는 전혀 다른 사람이 되었을 것이다. 탐험가나 배우, 군인 같은 … 다른 사람을 사랑하고, 그들과 함께 술에 취하고, 그들을 이해하는 사람이 되었을 것이다. 그리고 또 지금과는 전혀 다른 다양한 모습으로 살았을 것이다!

나는 마음속 어딘가에서 얼음이 녹아내리는 느낌이 들었다. 나는 우표를 한 장 한 장 넘겼다. 모든 것이 그대로였다. 롬바르디, 쿠바, 시암, 하노버, 니카라과, 필리핀 … 내가 그토록 가보기를 원했지만 끝내 꿈을 이루지 못했던 그리운 나라들이 그곳에 있었다. 우표 한 장마다 내가 살아보지 못한 삶이 담겨 있었다. 그렇게 나는 다락방에 앉아 우표와 함께 자신의 삶을 되짚어보면서 밤을 꼬박 새웠다.

나는 지금까지 다른 사람의 삶을 살았다는 것을 깨달았다. 그건 껍데기뿐인 삶이고, 나와는 아무런 상관도 없는 삶이다. 진짜 나의 삶은 아직 펼쳐지지도 않았다. 내가 살 수도 있었던 삶을 생각하면 … 그리고 얼마나 로이지크에게 잘못했는지 생각하면 ….

가만히 내 말을 듣고 있던 보베스 신부가 눈살을 찌푸렸다. 그는 과거의 안 좋았던 일이라도 떠오른 양 극히 언짢아 보였다.

"카라스 씨," 그가 입을 열었다. "이제 와서 그런 생각은 하지 마십시오. 그런다고 무슨 소용이 있겠습니까? 인생을 바꿀 수도, 새로 시작할 수도 없습니다."

"그건 압니다."

나는 한숨을 내쉬었다. 하지만 잠시 뒤 약간 상기된 얼굴로 다시 말했다.

"하지만 최소한… 최소한 우표 수집은 다시 시작했습니다!"

평범한 살인

나는 종종 우리에게 일어날 수 있는 최악의 상황은 불의가 아닐까 생각하곤 한다. 예를 들어 우리는 아무 죄도 없이 감옥살이를 하게 되는 사람을 보면, 빈곤과 고통 속에 사는 수많은 사람을 볼 때보다 더 분노가 치밀어 어쩔 줄 몰라 한다. 사실 감옥살이는 끔찍하게 궁핍한 삶에 비하면 사치스럽다고 봐도 좋을 정도로 안락하다. 하지만 아무리 곤궁한 삶이라고 해도 불의만큼 우리를 화나게 만들지는 않는다. 나는 그 이유가 우리에게 타고난 정의감이 있기 때문이라고 생각한다. 죄를 짓지 않는 결백함과 공정함, 그리고 올바름에 대한 우리의 추구는 사랑과 배고픔처럼 처음부터 우리 깊은 곳에 각인되어 있는 본능적인 것이다.

한 가지 사례를 들어보겠다. 나는 다른 많은 사람들처럼 4년 동안 전쟁터에 있었다. 우리는 서로 입을 다물고 있지만, 그곳에서는 무슨 일이든 익숙해져야만 살아갈 수 있다는 사실에 누구나 동의할 것이다. 예를 들어 수없이 널린 시체들을 봐도 무감각해져야만 한다. 나는 헤아릴 수도 없이 많은 젊은이들의 죽음을 목격했다. 그중에는 믿을 수 없을 정도로 끔찍한 시체들도 여럿 있었다. 하지만 얼마쯤 시간이 흐르자 내 눈에 그것들은 누더기 이상으로 비춰지지 않았다. 나는 스스로에게 말했다. 이 끔찍하고 야만적인 전쟁터에서 온전하게 살아나가기만 한다면 앞으로 그 어떤 것에도 흔들리지 않을 것이라고.

전쟁이 끝나자 나는 슬라티나에 있는 집으로 돌아왔다. 그리고 6개월쯤 지난 어느 날 아침이었다. 누군가 창문을 두드리며 나를 불렀다.

"하나크 씨, 빨리 나와 보십시오. 투르코바 부인이 누군가에게 살해되었습니다."

투르코바 부인은 문방구와 실 따위를 파는 조그만 가게를 하는 여인이다. 평소에 그녀는 사람들의 관심 밖에 있었다. 가끔 한 타래의 실이나 크리스마스카드가 필요한 사람들이 그녀의 가게를 들락거릴 뿐이었다. 가게 뒤편에는 유리로 된 낮은 문이 있었고, 그 문을 열고 나가면 그녀가 잠을 자는 작은 주방이 나왔다. 유리문 뒤에는 커튼이 쳐져 있었다. 가게 현관의 종이 울릴 때마다 그녀는 커튼 틈 사이로 누가 왔는지 내다보고는 앞치마에 손을 닦으며 가게 안으로 들어왔다.

"무얼 찾으시나요?"

그녀는 미심쩍다는 듯이 손님에게 묻곤 했다. 그러면 손님은 자신이 침입자라도 된 기분에 서둘러 용무를 마치고는 황급히 가게를 나갔다. 그건 마치 돌을 들어 올렸을 때 그 밑에 있는 눅눅한 작은 구멍에 몸을 숨기고 있던 고독한 딱정벌레 한 마리가 깜짝 놀라 이리저리 허둥대는 모습을 보고는, 그것을 진정시키려고 급히 돌을 다시 내려놓는 것과 같았다.

어쨌든 나는 그녀가 살해됐다는 얘기를 듣고 현장으로 달려갔다. 순수한 호기심 때문이었다. 사람들이 벌떼처럼 그녀의 가게 앞으로 모여

들고 있었다. 경찰은 나를 안으로 들여보내주었다. 내가 교양 있는 사람이어서 들여보내도 상관없다고 생각한 듯했다. 아침의 정적을 깨고 교회 종소리가 울렸다. 늘 듣는 밝고 경쾌한 종소리였지만, 이번에는 까닭 모를 전율이 느껴졌다. 웬일인지 못 올 곳에 왔다는 생각이 뇌리를 스쳤다. 투르코바 부인은 가게와 부엌 사이에 있는 문 옆에 누워 있었다. 얼굴은 바닥을 향하고 있었고, 머리 밑에는 이제 거의 검은색으로 변해버린 피 웅덩이가 있었다. 그리고 흰 귀밑머리는 검붉게 말라붙은 피 때문에 서로 엉겨 있었다. 그 순간 전쟁터에서도 전혀 경험하지 못했던 감정이 나를 엄습했다. 그건 누운 채 죽어 있는 사람에 대한 두려움이었다.

이상하게 들리겠지만 나는 전쟁에 대해 까맣게 잊고 살았다. 사실 모든 사람들이 시간이 지나면서 전쟁을 잊어먹는다. 아마도 그래서 또 다른 전쟁이 가능할 것이다. 하지만 어느 누구도 관심을 기울이지 않던, 그리고 가진 거라고는 우편엽서 한 장조차 변변하게 팔리지 않는 작은 가게 하나 뿐인, 이 노부인의 죽음에 대해서는 평생 잊지 않을 것이다. 피살된 사람은 보통 그냥 죽은 사람과는 다르다. 거기에는 끔찍한 비밀이 존재하기 때문이다.

투르코바 부인은 누구나 한 번 보고는 두 번 다시 생각하지 않는 여자였다. 어디 특출한 데라고는 하나 없는 평범한 노파였다. 그런 그녀가 왜 살해되어 저 차디찬 바닥에 누워 있게 되었는지 나는 도무지 이해할 수가 없었다. 평소 그녀의 생활을 생각하면, 지금 몸을 굽혀 그녀의 사체를 살피고 있는 경찰이나, 구경하려고 구름처럼 모여든 사람들은, 몸에 맞지 않은 옷을 입은 것처럼 어색했다. 검게 변한 피 웅덩이에 얼굴을 대고 누워 있는 이 가여운 노파는 평생 지금 같은 관심을 받은 적이 없었다. 마치 자고 일어났더니 갑자기 유명 인사가 된 것 같았다. 나는 한 번도 그녀의 옷차림새나 얼굴 생김새를 유심히 살펴본 적이 없다. 그런데 지금은 마치 모든 것을 기괴할 정도로 크게 확대시켜주는 렌즈를 통해 그녀를 보는 것만 같았다. 그녀는 한쪽 발에 슬리퍼를 신고 있었다. 다른 쪽 발의 슬리퍼는 온데간데없었다. 스타킹 뒤꿈치 쪽에 실로 꿰맨 자국이 보였다. 한 땀 한 땀 바느질 자국이 선명했다. 나는 갑자기 오한이 들었다. 마치 볼품없이 너덜너덜한 스타킹조차도 살해당한 것처럼 느껴졌던 것이다. 그녀는 한 손으로 바닥을 부여잡고 있었는데, 마치 새의 발톱처럼 주름이 쪼글쪼글하고 가냘픈 손이었다. 하지만 무엇보다 끔찍했던 것은 정성들여 땋아놓은 목덜미 쪽의 흰 머리카락이었다. 피가 군데군데 엉겨 붙은 채 백랍처럼 하얗게 빛나던 그 머리카락을 생각하면 지금도 가슴이 아려온다. 피가 잔뜩 묻어 있는 머리카락만큼 가슴을 아프게 하는 것은 정말로 없는 것 같다. 그녀의 귀 뒤편으로도 한 줄기 핏물이 말라붙어 있었고, 바로 그 위로 이름 모를 푸른 보석이 장식된 작은 귀고리가 빛나고 있었다. 나는 더 이상 그 광경을 지켜보고 있을 수가 없었다. 다리가 심하게 후들거렸다. 하느님 맙소사, 내 입에서 탄식이 흘러나왔다.

쪼그리고 앉아 부엌 바닥에서 무언가를 찾던 경찰관이 일어나서 나를 쳐다보았다. 그는 금방이라도 기절할 사람처럼 안색이 창백했다.

"오, 당신도 전선에 있었습니까?"

내가 불쑥 물었다.

"그렇습니다."

경찰관이 허스키한 목소리로 대답했다. "하지만 이것은 … 이것은 다릅니다. 저것 좀 보십시오."

그가 문에 걸린 커튼을 가리켰다. 커튼은 피로 얼룩지고 심하게 구겨져 있었다. 살인자가 커튼에 피 묻은 손을 닦은 것이 분명했다.

"맙소사."

나는 숨이 막혔다. 무엇 때문인지 알 수 없지만 견딜 수 없이 끔찍한 느낌이 들었다. 피로 끈적끈적한 살인자의 손이 떠올라서였을까? 아니면 깨끗하기 이를 데 없었던 커튼조차 가엽게도 살인의 희생양이 되어버렸다는 생각 때문이었을까? 모를 일이다. 바로 그때 부엌에 있던 카나리아가 지저귀기 시작했다. 시간이 지날수록 새의 울음소리는 점점 높아만 갔다. 더 이상 견딜 수가 없었다. 나는 파랗게 질려서 가게를 뛰쳐나왔다. 아마 그 경찰관보다도 안색이 더 창백하게 변했을 것이 틀림없었다.

집으로 돌아온 나는 마당에 놓인 마차에 걸터앉아 생각을 추스렸다. '넌 정말 어리석은 겁쟁이야.' 내가 스스로에게 말했다. '이건 단지 평범한 살인 사건에 불과해! 너는 이미 온갖 형태의 피를 목격한 사람이야. 진흙탕에서 한바탕 구른 돼지처럼 자신이 흘린 피를 온몸에 뒤집어쓴 시체도 있지 않았는가 말이야. 130구나 되는 시체를 한꺼번에 묻기 위해 부하들에게 서둘러 땅을 파라고 소리친 것도 바로 너야. 지붕 위의 기왓장처럼 다닥다닥 붙여놓아도 길게 줄을 이루었던 그 130구의 시체들 말이야. 너는 담배를 입에 물고, 땅에 나란히 누워 있는 시체들 옆을 걸으면서 부하들에게 소리쳤지 … 어서 서둘러. 빨리 움직이란 말이야.
우린 시간이 별로 없어 … 너는 죽은 사람들을 너무나 많이 보았어. 너
무나 많이 … .'

'그래. 맞는 말이야.' 나는 계속 혼잣말을 했다. '나는 정말로 죽은 사람
을 많이 보았지. 하지만 혼자서 외롭게 죽어 있는 사람은 보지 못했어.
죽은 사람의 옆에 무릎 꿇고 앉아 얼굴을 자세히 들여다보거나 머리카
락을 만져본 적도 없어. 죽은 자는 끔찍할 정도로 조용하다. 따라서 홀
로 그와 함께 있어봐야만 한다. 숨도 쉬지 않은 채 … 죽은 자를 이해하
고 싶다면 … 그 130구의 시체들은 각각 자신만의 사연을 털어놓으려고
안간힘을 썼을 것이다 … 중위님, 그들이 나를 죽였습니다. 제발 이 손
을 잡고 제 얘기를 들어보세요! … 하지만 우리 모두는 그들에게 등을
돌렸다. 우리 앞에 놓인 전투 때문에 잠시 발길을 멈춰 그들의 목소리를
들을 수가 없었던 것이다. 맹세코 정말 필요한 건 사람들 — 소년이나
여인, 어린아이도 예외는 아니다 — 로 하여금 군화 속의 발이라든가, 피
에 젖은 한 움큼의 머리카락 같은 죽은 군인의 아주 작은 부분이라도 보
게 하는 것일지도 모른다. 그렇게 된다면 이런 일은 다시 일어나지 않을
지도 모른다 … 이런 일이 다시 일어날 수 없을지도 모른다.

　나는 어머니를 땅에 묻은 적이 있다. 관에 누워 있는 어머니는 매우 엄
숙하고, 평화롭고, 위엄 있게 보였다. 그건 낯설기는 했지만 섬뜩한 모
습은 아니었다. 하지만 여기엔 죽음 외에 무언가가 더 있다. 살해된 사
람은 단순히 죽은 자가 아니다. 살해된 자는 마치 참을 수 없는 고통으
로 절규하는 사람처럼 비통해한다. 우리 — 경찰관과 나 — 는 가게에

유령이 떠돌 거라는 사실을 알았다. 그때 내게 어떤 생각이 떠올랐다. 우리에게 영혼이 있는지는 알 수 없지만, 우리 마음속에는 틀림없이 영원히 존재하는 무언가가 있다. 정의에 대한 본능적인 희구도 그중 하나다. 나는 남보다 특출날 게 없는 사람이지만, 내 안에 내 것만이 아닌, 내게만 속한 것이 아닌 무언가가 존재하고 있음을 알고 있다. 그건 엄숙하고 강력한 명령에 대한 인식이다. 그때 나는 죄를 저지른다는 게 어떤 것인지, 신을 거역한다는 것이 무슨 의미인지 이해할 수 있었다. 사람을 살해하는 건 신의 뜻에 따라 지어진 성소를 훼손하고 더럽히는 것이다.'

그 노파를 살해한 범인은 곧 체포되었다. 사건 이틀 뒤 실시된 현장검증에서 나는 그를 볼 수 있었다. 경찰이 그를 가게에서 끌고 나오고 있었다. 그를 본 순간은 5초도 채 되지 않았지만, 나는 사물을 괴물같이 커다랗게 확대시켜주는 렌즈를 통해 그를 다시 한 번 보는 것 같았다. 그는 농장 일꾼처럼 보이는 젊은이였는데, 손에 수갑을 차고서도 경찰이 따라가기 힘들 정도로 빨리 걷고 있었다. 코에는 땀이 송골송골 맺혀 있었고, 툭 튀어나온 두 눈에는 감출 수 없는 두려움이 어려 있었다. 겁에 질려 있는 그의 모습이 마치 생체 해부실의 토끼처럼 보였다. 살아 있는 동안 그 얼굴을 결코 잊을 수 없을 것이다. 나는 그의 모습을 보는 것이 너무 고통스러웠다. 마치 토할 것만 같았다. 나는 생각했다. '이제 그는 기소될 것이다. 그러고는 몇 달에 걸쳐 재판을 받은 뒤 사형이 선고되겠지.' 나는 그가 진심으로 안타까웠고, 어떻게든 그가 처벌을 받지 않으면 좋겠다는 생각이 들었다. 사실 그의 얼굴은 결코 측은해 보이지 않았

다. 오히려 정반대였다. 하지만 나는 너무 가까이서 그를 보았다. 고통
에 사로잡혀 있던 그의 두 눈 … 나는 결코 동정심을 앞세우는 감상주의
자 따위가 아니다. 하지만 가까이서 본 그는 결코 살인자가 아니었다.
그는 단지 평범한 인간에 불과했다. 왜 그렇게 느꼈는지 나도 이해할 수
없다. 만일 내가 재판관이라면 어떤 판결을 내릴까? 모르겠다. 마치 구
원이 필요한 영혼의 소유자가 나인 것처럼 극심한 슬픔이 밀려들었다.

배심원

예전에 나는 판결을 내려야 했던 적이 한 번 있었다. 남편을 살해했던 루이자 카다니코바 사건에 배심원으로 소집되었던 것이다. 배심원은 모두 8명이었는데, 그중 4명이 여성이었다. 나를 포함한 남자 배심원들은, 재판에 들어가면 당연히 여자 배심원들이 피고는 무죄라고 주장할 것이라고 생각했다. 그래서 우리는 재판이 시작되기도 전에 이미 피고에 대해 반감을 갖고 있었다.

대체적으로 봤을 때 그건 우리 주변에서 흔히 볼 수 있는 불행한 결혼으로 인한 사건이었다. 카디니크는 공인감정사였는데 자신보다 스무 살 어린 아내와 결혼했다. 카디니크와 결혼했을 때 루이자는 아직 어린 소녀였다. 나중에 법정에서 한 증인은 그녀가 결혼식 다음 날에 백지장처럼 창백한 얼굴로 울먹거렸고, 남편의 손이 닿기만 해도 몸을 떨었다고 말했다. 순진하고 세상 물정 모르는 어린 소녀가 겪기에는 참으로 끔찍한 경험이었음이 틀림없다고 나는 생각했다. 그녀의 남편은 아마도 자신이 그동안 상대했던 수많은 여자들처럼 그녀를 대했을 것이다. 아마 남자는 그게 어떤 것인지 상상도 못하리라 …….

검사는 루이자가 결혼 전에 학생인지 뭔지 하는 남자와 사귀고 있었고, 결혼 뒤에도 그와 계속 관계를 유지했다고 말하는 증인들을 속속 불러내었다. 한마디로 말해서 결혼식이 끝나자마자 그들의 결혼 생활은 삐걱대기 시작한 것이다. 그녀는 남편의 손길이 몸에 닿는 것을 극히 싫어했다. 게다가 결혼한 지 1년이 지날 무렵 유산을 한 뒤부터 갖가지 부인병에 시달렸다. 카디니크는 어긋나버린 결혼 생활에 대한 보상을 찾아 이곳저곳을 기웃거리고 다녔다.

그 불행한 사건이 일어난 날에도 그들 사이에 다툼이 있었다. 이번에는 실크 블라우스 때문이었다. 카디니크는 자신을 못살게 굴지 말라고 그녀를 몰아붙였다. 그러자 루이자가 그에게 다가와 권총으로 그의 머리를 쏘았다. 집을 나온 그녀는 복도를 정신없이 뛰어가 옆집 문을 쾅쾅 두드렸다. 놀라서 나온 이웃에게 그녀는 자신이 남편을 죽였기 때문에 자수하러 간다고 말하고는 자기 남편에게 가봐달라고 부탁했다. 하지만 계단을 내려가던 그녀는 정신을 잃고 쓰러졌다. 이것이 사건의 전모다.

재판은 20일 동안 진행되었다. 루이자는 아름답기로 소문난 여인이었다. 하지만 알다시피 구금 생활은 여인의 아름다움을 크게 해치기 마련이다. 법정에 선 그녀의 얼굴은 부어 있었고, 창백한 얼굴에는 분노와 증오로 불타는 두 눈이 섬뜩하게 빛나고 있었다. 재판장은 정의의 화신처럼 엄숙한 얼굴로 자리에 앉아 있었다. 검은 법복을 입은 그의 모습 위로 사제의 모습이 겹쳐 보였다. 검사는 내가 본 법률가 중에서 최고로 잘생긴 사람이었다. 그는 황소처럼 건장했고, 호랑이처럼 날카롭고 공격적이었다. 만약에 법정 어딘가에서 적개심으로 불타는 눈을 번뜩이며, 피고석에 앉아 있는 먹이를 능수능란하고 탐욕스러우리만치 집요하게 사냥하는 검사를 만나게 된다면 바로 그라고 생각하면 된다. 피고 측 변호사는 수시로 흥분해서 거의 일어선 채로 검사와 언쟁을 벌였다. 그것을 지켜보는 것은 고통 그 자체였다. 언쟁이 살인을 저지른 여인에 대한 것이 아니라, 검사와 변호사의 개인적인 감정 싸움으로 전개되었기 때문이다.

우리 배심원들은 시민을 대표하는 재판관들이다. 우리는 일반적인 사람들의 양식에 따라 판결하기 위해 그곳에 있는 것이다. 하지만 우리가 선의를 다해 재판에 임하려 해도 법률가들의 이러한 언쟁과 형식적인 법정 절차들은 너무나 지겹고 절망스러웠다. 방청객들은 또 어떤가. 그들은 앞다투어 자리에 앉은 뒤, 입가에 고소하다는 미소를 짓고서 루이자 카다니코바의 재판을 관람했다. 그녀가 극도의 긴장과 탈진으로 말을 잇지 못할 때마다 방청객들은 기뻐했다. 그럴 때면 나는 배심원으로서가 아니라 고문을 당하기 위해 이 자리에 있는 것만 같았다. 나는 자리에서 벌떡 일어나 '모든 것을 털어놓을 테니 마음대로 해보시오' 하고 외치고 싶은 충동을 억눌러야만 했다.

잠시 뒤 몇몇 증인들이 진술을 시작했다. 그들은 자부심이 굉장했다. 자신들이 뭔가 재판에 영향을 미친다는 사실을 알고 있었기 때문이다. 그들의 증언에는 온갖 비방과 가십거리, 질시와 음모, 정치 공작과 권태로움 같은 것들이 숨김없이 묻어났다. 그래서 증언을 듣고 있노라면 저절로 도시의 전모를 파악할 수 있을 정도였다. 죽은 카다니크에 대한 증언은 엇갈렸다. 어떤 증인들은 그가 정직하고 담백한 성품을 가진 훌륭한 시민으로, 최고의 평판을 누리는 사람이었다고 말했다. 그런가 하면 어떤 증인들은 그가 오입쟁이에 수전노인 데다가 성격도 잔인하고 변태인, 한 마리 짐승 같은 존재였다고 말했다. 어느 쪽을 선택하느냐에 따라 그에 대한 평은 극과 극을 달렸다. 한편 루이자에 대한 증인들의 진술은 가혹했다. 허영에 가득 차 있고 남자들과 시시덕거리기 좋아하는 철부지고, 비단 속옷을 즐겨 입으면서 집안일에는 손톱만큼도 관심이 없었고, 빚도 잔뜩 졌다는 것이다.

검사가 얼굴에 차가운 미소를 지은 채 그녀를 향했다.

"피고, 당신은 결혼 뒤에도 외간 남자와 부적절한 관계를 가졌죠?"

피고는 침묵했다. 하지만 뺨 위로는 옅은 홍조가 피어났다.

피고 측 변호사도 포문을 열었다.

"자신이 가정부로 있을 때 카디니크에게 이용당했다고 주장하는 증인이 있습니다. 두 사람 사이에는 아이도 있습니다."

재판장이 눈살을 찌푸렸다. 누가 봐도 이런 재판에 식상해하며 어서 끝났으면 하는 표정이 역력했다. 재판은 점입가경이었다. 두 사람 중 누구에게 결혼 생활을 파탄 낸 책임이 있는지, 루이자가 생활비로 얼마를 받았는지, 카디니크의 질투는 정당한지 등 고통스러운 가정사가 끝도 없이 폭로되고 있었다. 그런데 시간이 지날수록 나는 그들이 하는 얘기들이 죽은 카디니크와 그의 결혼 생활에 대한 것이 아니라, 나와 다른 배심원, 혹은 우리 모두에 관한 얘기처럼 들렸다. 맙소사, 그들이 죽은 자에 대해 지금 하는 얘기들은 나도 예외가 아니다. 누구라도 그런 짓은 한다. 그런데 왜 그들은 그것에 대해 왈가왈부하지? 남녀를 불문하고 그 자리에 있는 우리 모두가 발가벗겨지는 느낌이 들었다. 우리들의 온갖 개인적인 말다툼과 떳떳지 못한 관계들이 백일하에 드러나고, 침대 머리의 온갖 비밀과 습관들이 들춰지고 있는 것만 같았다. 그렇다. 그들은 다름 아닌 우리의 삶을 얘기하고 있었다. 그것도 너무나 잔인하고 무자비하게….

사실 이 카디니크란 사내는 최악은 아니었다. 물론 거친 면은 있었다. 그는 아내에게 폭력을 휘두르고 모욕적인 언사를 서슴지 않았다. 그는 돈을 잘 벌지 못했기 때문에 돈 문제에 있어서도 엄격하고 인색했다. 그는 호색한이기도 했다. 수시로 가정부를 유혹하고 과부와 관계를 가졌다. 하지만 아마도 그가 이런 행동을 한 건 양심과 상처받은 남자의 자존심 때문일지도 모른다. 루이자가 그를 마치 혐오스러운 벌레 보듯 대했기 때문이다. 피고 측 증인들이 살해된 남자가 얼마나 성미가 고약하고, 속 좁고, 잔인하며, 가학적인 성적 취향이 있는 고압적인 사람이었는가를 증언해 나가자, 남자 배심원들 사이에서는 증언에 대한 혐오감과 카디니크에 대한 일종의 연대감이 일었다. 제발 그만해! 우리는 마음속으로 외쳤다. 마치 카디니크와 다를 바 없는 우리도 함께 총을 맞은 것 같았던 것이다. 마찬가지로 다른 증인들이 루이자에 대해 요란스러운 옷이나 걸치고 다니는 얼간이니 뭐니 하며 헐뜯을 때는 배심원석에 앉은 우리 남자들은 마음이 너그러워져서 그녀를 보호하고 싶은 감정마저 들었다. 하지만 우리와 같이 앉아 있던 4명의 여자 배심원들은 입술을 앙다물고는 결코 용서할 수 없다는 듯이 그녀를 노려보았다.

이들 부부의 추악한 결혼 생활에 대한 얘기는 끝날 줄을 몰랐다. 가정부와 의사들, 그리고 이웃들의 입을 통해 그들의 불행했던 결혼 생활에 대한 얘기들과 이런저런 가십거리들이 끝없이 쏟아졌다. 불화와 빚, 질병같이 결혼한 부부가 겪을 수 있는 온갖 끔찍하고 고통스러운 일들이 사람들의 입에 오르내렸다. 그건 마치 인간의 내장을 꺼내 걸어 놓고는 지독하게 추악한 모습을 한껏 보여주는 것과 같았다. 저 밑에 앉아 있는 루이자의 모습 위로 아내의 모습이 겹쳐 보였다. 물론 나의 아내는 정숙하고 사랑스러운 여인이다. 하지만 나는 피고석에 앉아 있는 여인이 루이자 카다니코바가 아니라 내 아내인 리다인 것 같은 착각에 빠졌다. 리다가 자신의 남편인 나 피르바스의 머리 뒤에 총을 쏴서 살해한 혐의로 법정에 서 있는 것 같았다. 갑자기 머리에 총을 맞은 듯한 끔찍한 고통이 느껴졌다. 밀랍처럼 창백하고 부은 얼굴의 리다가 입술을 꾹 다문 채 나를 노려보고 있었다. 그녀의 눈에는 공포와 혐오, 경멸이 어려 있었다. 그들이 여기서 발가벗기고 파헤치고 있는 것도 리다였다. 그리고 나의 침실, 나의 비밀, 나의 슬픔, 그리고 나의 잔인함이었다. 나는 거의 울먹거리며 속으로 외쳤다.

'리다, 당신이 무슨 짓을 했는지 보라고!'

나는 끔찍한 환상을 털어내기 위해 눈을 감았다. 하지만 그러고 있자 어둠 속에서 증인들이 하는 얘기가 고통스러울 정도로 더욱 선명하게 귀에 들어왔다. 나는 다시 눈을 떠 두려운 눈으로 루이자를 내려다보았다. 심장이 죄어왔다. 맙소사, 리다, 당신은 너무나도 변했어!

그날 배심원 임무를 마치고 집으로 돌아왔을 때 리다는 조바심을 내며 나를 기다리고 있었다.

"그녀에게 유죄가 선고될 것 같아요?"

그녀는 나를 보자마자 물었다. 루이자 카다니코바의 재판은 누구에게나 굉장한 화젯거리였고, 특히 결혼한 여자들의 관심이 매우 높았다.

"나라면 …" 리다가 비상한 관심을 보이며 흥분한 어투로 선언하듯 말했다. "그녀에게 유죄를 선고할 거예요!"

"당신은 상관없는 일이니까 신경 꺼!"

나는 그녀에게 버럭 소리쳤다. 그녀와 이런 얘기를 나누는 것은 끔찍한 일이었다. 선고일 전날 밤 걱정이 밀려왔다. 나는 집 안을 이리저리 돌아다니며 혼자 생각에 잠겼다. '루이자가 무죄로 풀려날 수 있을까? 여자 배심원들은 어떤 결정을 내릴까? 나는 어디에다 표를 던질까?' 나는 대답을 할 수 없었다. 그런데 난데없이 어떤 꺼림칙한 생각이 머리에 떠올랐다. '나는 군대 있을 때부터의 습관 때문에 항상 침대 옆 탁자에 장전된 권총을 놓아두지. 마음만 먹는다면 리다가 그걸 손에 넣는 건 식은 죽 먹기야.' 나는 권총을 손에 쥐어보았다. '이것을 감추거나 없애버릴까? 아니, 아직은 아니야.' 나는 얼굴을 찌푸리며 생각했다. '루이자 재판 결과를 보기 전까지는 아니야!' 나는 다시 처음의 고통스러운 생각으로 돌아갔다. '재판 결과는 어떻게 될까? 그리고 과연 나는 어디에다 표를 던질까?'

재판 마지막 날 검사가 논고를 시작했다. 달변의 검사는 거침이 없었다. 그가 그럴 자격이 있는지는 모르지만, 어쨌든 검사는 가족 관계의 중요성에 대해 교과서에 나와 있는 글귀들을 하나하나 열거했다. 나는 마치 아득히 먼 곳에서 나는 소리처럼 가족, 가정생활, 결혼, 남편과 아내, 여성의 역할과 의무 같은 단어들을 특별히 힘주어 강조하는 그의 얘기를 들으며 앉아 있었다. 검사가 논고를 끝내자, 사람들은 법정 연설 중 최고라고 칭송을 해댔다. 이어진 루이자 측 변호사의 최후 변론은 끔찍했다. 그는 성性 병리학적 분석에 기초해 자신의 변론을 전개했다. 그는 루이자 같은 불감증 환자들에게 자신의 성적 욕구만을 앞세우는 남자가 얼마나 혐오스러운 존재인가를 설명하려 애썼다. 더 나아가 어떻게 이러한 혐오감이 증오로 변하는지, 그리고 욕정에 사로잡힌 무자비한 폭군으로 인해 어떻게 그녀 같은 여자가 비극적인 희생양이 되는지에 대해 열변을 토했다. 그 순간 나는 모든 배심원들의 마음이 루이자로부터 돌아서는 것을 느꼈다. 사회 관습을 위협하고 혼란에 빠뜨리는 이러한 비정상적인 상황에 대해 모두가 무의식적으로 거부감과 혐오감을 느낀 것이다. 특히 안색이 잿빛이 된 4명의 여자 배심원들은 결혼의 의무를 위반한 루이자를 적의에 찬 시선으로 냉담하게 바라보았다. 하지만 멍청한 변호사는 계속해서 열을 올리며 그의 성 이론을 펼쳤다.

변호사의 최후 변론을 듣고서 충격에 빠진 배심원들의 얼굴을 유심히 바라보던 재판장이 노련하게 재판의 초점을 다른 곳으로 돌렸다. 그는 가족이나 성적 노예의 문제가 아니라 살해된 남자에 대해 이야기했다. 우리는 불편했던 마음이 풀리는 것을 느꼈다. 그런 관점에서 바라보는 것이 우리가 사건을 소화하는 데 용이했다. 사건이 단순해지고 견딜 만해지는 것이었다.

마지막 순간까지 나는 루이자의 유죄 여부에 대해 어떻게 결정해야 할지 몰랐다. 그때 우리 배심원들에게 차례차례 똑같은 질문이 던져졌다.

"루이자 카다니코바가 남편을 살해할 의도를 가지고 그에게 총을 쏜 죄가 있습니까?"

첫 번째로 답변을 해야 했던 나는 주저 없이 그렇다고 대답했다. 그녀는 틀림없이 남편을 살해할 의도를 가지고 있었고, 실제로도 그렇게 했기 때문이다.

주위에 당혹스런 침묵이 흘렀다. 나는 배심원석에 앉은 4명의 여자들을 쳐다봤다. 그들의 표정은 의식이라도 치르는 듯 엄숙했고, 세상의 모든 가족을 대표해 전투에 임하는 사람들처럼 결연해 보였다.

내가 집으로 돌아오자 아내인 리다가 흥분한 목소리로 다급하게 물었다.

"어떻게 됐어요?"

"루이자 얘기군." 내가 기계적으로 대답했다. "유죄 평결이 내려졌지. 사형을 선고받았으니 교수형에 처해질 거야."

"끔찍하군요."

그녀가 숨을 흑 들이마셨다. 하지만 곧 그녀는 냉정하게 말했다.

"하지만 그건 당연한 처사에요."

그 말을 듣자 갑자기 내 안에서 무언가를 막고 있던 둑이 툭 하고 터지는 느낌이 들었다.

"그래."

나는 스스로도 이해할 수 없을 만큼 화가 나서 리다에게 소리를 질렀다.

"그녀는 바보였으니까 교수형을 받아도 마땅해. 리다, 이걸 알아두라고. 만일 그녀가 머리 뒤쪽이 아니라 관자놀이에 총을 쏘았다면 그가 자살했다고 주장할 수 있었을 거야. 알겠어, 리다? 그랬으면 지금쯤 석방되었을 테지 … 기억해두라고, 관자놀이야!"

나는 쾅 하고 문을 닫고는 방으로 들어갔다. 혼자 있고 싶은 마음이 너무 간절했다.

혹시 궁금해할까 봐 이야기하면, 아직도 내 권총은 같은 자리에 놓여 있다. 나는 절대로 권총을 치우지 않았다.

인간 최후의 것들

사형을 선고받는 것은 끔찍한 경험이다. 나는 사형이 집행되기 전 마지막 생의 순간을 몸소 경험해봤기 때문에 잘 알고 있다. 말할 필요도 없이 그건 꿈에서 겪은 일이다. 하지만 꿈은 비록 경계선상에 존재하는 것이기는 하지만 다른 모든 것처럼 우리 삶에서 중요한 부분이다. 이 경계선상의 세상에서는 우리의 장점이나 자랑거리들은 찾아볼 수 없다. 거기에는 오로지 섹스와 두려움, 허영심 따위의, 크든 적든 우리들이 부끄러워하는 것들만 존재한다. 아마 이러한 것들이 인간 최후의 것들일지도 모르리라.

어느 날 오후 나는 등에 짐을 잔뜩 실은 말처럼 축 늘어져 집으로 돌아왔다. 그날 너무 많은 일을 했던 것이다. 나는 바닥에 쓰러져서 나무토막처럼 잠을 잤다. 그러고는 곧 꿈을 꾸기 시작했다. 그게 꿈의 처음이었는지는 확신할 수 없지만, 문이 드르륵 열려서 쳐다보니 처음 보는 사람이 문가에 서 있었다. 그는 등 뒤에 총검을 든 두 명의 군인을 거느리고 있었다. 이유는 모르겠지만 군인들은 코사크카자흐스탄 지방 군대 복장을 하고 있었다.

"일어나!" 낯선 사내가 내게 거칠게 말했다. "내일 아침 너의 사형 집행이 있을 테니까 준비해. 알아들었나?"

"네." 내가 대답했다. "그런데 도대체 이해할 수가 없습니다. 왜 제가 ···."

"그건 우리 소관이 아니야." 남자가 내 말을 가로막았다. "우리는 사형 집행 명령을 이행하러 온 것뿐이야."

그러고서 그는 문을 쾅 하고 닫고 나가버렸다.

나는 홀로 우두커니 서서 생각에 잠겼다. 사람이 꿈속에서 생각하고 있을 때 그는 실제로 생각을 하고 있는가, 아니면 단지 생각하는 꿈을 꾼 것에 불과한가? 그것들은 그의 생각인가, 아니면 꿈에서 본 얼굴처럼 단지 꿈속의 생각일 뿐인가? 정말로 모를 일이다. 아는 것이라고는 내가 빠른 속도로 맹렬하게 생각을 했으며, 스스로의 생각에 매우 놀라워했다는 것이 전부다. 처음에 나는 이 모든 것이 누군가의 실수 때문이라는 생각에 몰두했다. '누군가 행정적인 착오를 저질러서 내가 내일 아침에 사형 집행을 당하는 거야. 이렇게 엄청난 실수를 저지른 사람은 분명히 이 일로 인해 곤욕을 치르게 될 거야. 어쩌면 옷을 벗어야 할 테지.' 하지만 곧 끔찍한 두려움이 밀려들었다. '정말 내일 아침에 처형될지도 몰라. 그러면 홀로 남은 아내와 아이들에게 어떤 일이 생길까? 도대체 그들은 어떻게 살아간단 말인가 ···.'

가슴이 찢어지는 듯한 생생한 고통이 느껴졌다. 하지만 한편으로는 내가 아내와 아이들을 진심으로 걱정한다는 사실이 기분 좋고 흐뭇했다. 나는 혼잣말을 했다. '그래, 이런 것들이 죽음을 앞둔 남자가 하는 생각인 거야!' 나는 최후의 순간에 아버지로서의 막중한 의무감을 느꼈다는 것에 고무되었다. 내가 좀 더 고귀하고 품위 있는 존재가 된 느낌이었다. 아내에게 어서 이 얘기를 해주고 싶었다.

　그 순간 갑자기 떠오른 어떤 생각에 나는 전율했다. 사형 집행이 대개 꼭두새벽인 4시나 5시쯤에 이루어진다는 사실이 기억났던 것이다. 나는 아침에 일찍 일어나는 것은 질색이다. 그런 내가 동이 트기도 전에 일어나야 하는 것이다. 병사들이 깊은 잠에 빠진 나를 흔들어 깨우는 장면이 머릿속을 가득 메웠다. 가슴이 철렁하며 비참한 운명에 대한 슬픔으로 눈물이 날 것만 같았다. 그 순간 나는 소스라치게 놀라 잠에서 깨어났다. 나는 안도의 숨을 내쉬며 한참 동안 자리에서 일어나지 못했다. 아내는 그 꿈에 대해 전혀 알지 못한다. 내가 한마디도 얘기하지 않았기 때문이다.

　"남자에게 최후의 것이라 …" 스크리바네크가 당혹감 때문에 벌게진 얼굴로 사람들에게 말했다. "나도 그런 종류의 얘깃거리가 있긴 합니다. 하지만 아마도 어리석은 소리로 들릴 겁니다."

　"그렇지 않을 테니 걱정 말고 얘기나 해봐요!"

　타우시크가 그를 다독거렸다.

　"글쎄요. 잘 모르겠습니다."

　스크리바네크가 여전히 자신 없는 목소리로 말했다.

　"내 말은 내게도 한때 총으로 자살하려고 한 적이 있었다는 겁니다. 좀 전에 쿠클라 씨가 경계선상의 삶에 대해 얘기하셨는데, 자살을 원하는 남자의 삶도 거기에 해당됩니다."

"계속해보시오." 카라스가 재촉했다. "왜 그런 생각을 하게 되었소?"

"제 나약함 때문이죠." 스크리바네크의 얼굴이 더욱 벌게졌다. "내 말은 … 나는 고통을 참지 못한다는 겁니다. 삼차신경12개의 뇌신경 중 얼굴의 감각과 씹는 근육의 운동을 담당하는 제5뇌신경에 염증이 생겼을 때 … 그때 의사는 내게 그 병이 사람들이 겪을 수 있는 최악의 고통을 수반한다고 말했는데 … 정말 그런지는 잘 모르겠습니다."

"그건 사실이오." 비타세크 박사가 나직이 말했다. "정말 힘들었겠소. 지금도 계속 재발하나요?"

"네, 그렇습니다." 스크리바네크가 재차 얼굴을 붉혔다. "하지만 더 이상 자살은 생각하지 … 제가 드리고 싶은 말씀은 … ."

"그래요, 어서 말해봐요."

돌레잘 박사가 그를 부추겼다.

"이걸 어떻게 표현할지 모르겠습니다." 스크리바네크가 주저하며 말했다. "사실 … 그 고통이란 … ."

"너무 아파서 짐승처럼 울부짖을 정도죠."

비타세크 박사가 대신 말했다.

"맞습니다. 바로 그겁니다. 사흘째 되던 날 … 고통이 최고조에 달했습니다 … 나는 침대 옆 탁자에 권총을 놓고 1시간 동안 생각했습니다. '더 이상 견뎌낼 자신이 없어. 왜 나란 말인가? 왜 내가 이러한 고통을 당해야 하지?' 내가 받는 고통이 너무나 부당하다는 생각을 떨쳐버릴 수가 없었습니다. '왜 나지? 왜 이러한 일이 내게 생긴단 말인가?'"

"약을 드시지 그랬습니까?" 비타세크 박사가 말했다. "트리제민, 베라

몬, 아달린, 알고크라틴, 미그라돈 같은 … ."

"먹어봤습니다." 스크리바네크가 대답했다. "너무 많이 먹어서 … 이제는 더 이상 약이 듣지 않습니다 … 요즘에는 약을 먹어도 고통은 사라지지 않고 잠만 쏟아집니다. 이해하시겠습니까? 그런데 이상한 건 고통은 여전하지만 그게 남의 것 같이 느껴진다는 겁니다. 아마 약을 너무 … 많이 먹어서 의식이 혼미해진 탓일 겁니다. 어쨌든 나는 더 이상 스스로를 의식하지 못했습니다. 오직 고통만이 의식되었습니다. 그리고 점점 그 고통이 남의 것인 양 느껴졌습니다 … 나 아닌 다른 존재의 소리를 들을 수 있었습니다 … 그는 숨죽여 울부짖고 신음하고 있었습니다 … 그에 대한 한없는 연민 때문에 슬픔의 눈물을 참을 수가 없었습니다. 나는 그의 고통이 점점 커지는 것을 느꼈습니다 … 나는 속으로 생각했습니다. '맙소사, 이자는 얼마나 가여운가. 이러한 고통을 견뎌야 하다니! 아마 … 아마 내가 그를 총으로 쏜다면 그는 더 이상 이렇게 괴로워할 필요가 없을 거야!' 하지만 나는 한편으로는 이러한 생각이 두려웠습니다. '아니야. 그건 불가능해. 어떻게 내가 그런 짓을 할 수 있겠어!' 나는 한참 동안이나 갈등에 시달렸습니다. 그런데 참 모를 일이었습니다. 어느 순간 갑자기 나는 믿을 수 없는 고통을 겪고 있는 그의 삶에 대해 이상한 경외심이 들었습니다."

스크리바네크가 당혹스러워하며 손으로 이마를 비벼댔다.

"이걸 어떻게 표현해야 할지 모르겠군요. 아마 약을 너무 많이 먹은 까닭에 헛소리를 듣거나 헛것을 본 것일 수도 있습니다만, 그렇다고 보기에는 너무나도 생생했습니다 … 믿을 수 없을 정도로 생생했습니다. 나는 고통으로 신음하는 그를 보았습니다 … 나는 그의 고통을 목격한 유일한 증인이자 … 그의 침대 맡을 지킨 야경꾼이었습니다. 만약 내가 그의 옆에서 직접 지켜보지 않았다면 그러한 고통을 헛되다고 생각했을 겁니다. 하지만 이제 나는 그런 고통을 견디고 인내하는 것이 얼마나 위대한 성취이고 대단한 행동인지 알게 되었습니다. 물론 다른 누구도 이런 사실을 알기는 어려울 겁니다 … 처음에 고통을 내 것이라고 느꼈을 때는 … 나는 그저 벌레처럼 비참하고 가여운 존재에 지나지 않았습니다 … 어느 모로 보나 하찮은 존재였습니다 … 하지만 이제 … 이제 고통이 나를 초월하게 되자 … 참으로 삶이란 얼마나 위대한지를 깨닫고 전율을 금할 수 없게 된 것입니다. 나는 … ."

스크리바네크가 당혹스러워하며 땀을 흘렸다.

"아무쪼록 비웃지는 말아주십시오. 나는 … 고통이란 일종의 제물이자 희생이라고 생각합니다. 그래서 모든 종교에서 … 신의 제단에 고통을 바치는 것이죠. 피 흘리는 희생자와 … 순교자들 … 십자가에 못 박힌 예수의 존재도 다 그 때문입니다. 나는 고통의 끝에는 … 신비한 축복이 … 존재한다고 생각합니다. 우리의 삶이 정화되기 위해서 고통이 필요한 이유도 여기에 있습니다. 어떠한 기쁨도 고통보다 강하거나 위대하지 않습니다 … 나는 이 모든 것을 겪고 나면 내 안에 성스러운 어떤 것이 생겨나리라고 느꼈습니다."

"그래서 그렇게 되었나요?"

보베스 신부가 흥미로운 얼굴로 질문을 했다.

스크리바네크의 얼굴이 새빨개졌다.

"아닙니다." 그가 급히 대답했다. "그것은 인간이 알 수 있는 게 아닙니다. 하지만 그때부터 … 나는 모든 것에 대해 존경심과 경외감을 갖게 되었습니다. 그리고 모든 것이 전보다 더 중요하게 여겨졌습니다 … 아무리 사소한 것이나 보잘것없는 사람이라고 해도 말입니다. 이해하시겠습니까? 모든 것들이 형언할 수 없을 만큼 고귀한 가치를 가지고 있습니다. 나는 석양을 볼 때마다 자신에게 말하곤 합니다. 그 엄청난 고통을 겪을 만한 가치가 있다고. 사람들과 그들이 하는 일, 그들이 꾸려나가는 일상들 … 그것들이 하나같이 가치가 있는 것도 고통 때문입니다. 물론 고통은 이루 말로 표현하기 어려울 만큼 끔찍한 대가입니다 … 하지만 그건 분명히 죄악이나 벌이 아닙니다. 고통은 그저 고통일 뿐입니다. 그리고 우리의 삶에 … 커다란 가치를 부여하는 역할을 하죠 … ."

스크리바네크가 말을 멈췄다. 하지만 그는 더 이상 어떻게 말을 이어가야 할지 모르는 눈치였다.

"친절하게 들어주셔서 감사합니다."

잠시 뒤 그가 불쑥 말을 뱉었다. 그러고는 화끈거리는 얼굴을 감추기 위해 코를 한 번 세게 풀고는 급히 자리를 떴다.

『오른쪽 - 왼쪽 주머니에서 나온 이야기』라는 책

1928년, 체코의 〈민중신문〉(Lidové noviny)에 정기적으로 칼럼을 쓰고 있던 카렐 차페크는 독특한 형식의 소설을 신문에 발표하기 시작했다. 온갖 종류의 희한한 미스터리를 담은 이 소설들을 접한 차페크의 친구들은 깜짝 놀랐다. 차페크가 미스터리 애독자인 줄은 진작 알고 있었지만, 그가 진짜로 미스터리 작가가 되리라고는 생각지도 못했던 것이다. 이 미스터리 소설들은 그 이듬해 『한쪽 주머니에서 나온 이야기』와 『다른 쪽 주머니에서 나온 이야기』, 이른바 훗날 『주머니 이야기』(Pocket Tales)라고 불리는 두 권의 책으로 출간되었다.

차페크는 실험적인 소설을 쓰는 데 가장 완벽한 스타일이 단편소설이라고 깨달았다. 진실과 정의란 무엇인가? 일상에서 왜 미스터리가 벌어지는가? 그 사이에는 어떤 차이들이 있는가? 이 『오른쪽 - 왼쪽 주머니에서 나온 이야기』는 바로 차페크의 이런 질문에서 시작된 소설이다. 차페크는 특히 어쩔 수 없이 비정상적인 상황이나 환경에 처하게 된 보통 사람들을 우리가 왜 이상한 사람으로 인식하는가 하는 문제에 주목하면서, 독보적인 형식의 미스터리를 창조했다.

『오른쪽-왼쪽 주머니에서 나온 이야기』는 진실을 파악하는 데 여러 갈래 길이 있음을 곳곳에서 강조한다. 사람은 누구나 각자의 진실을 확신하지만, 그것은 언제나 부분적인 진실일 뿐이다. 우리는 결코 완전한 진실을 알 수 없다. 인간의 지식이나 인식이 너무나 제한적이기 때문이다. 심지어 하나의 범죄조차도 다른 관점에서 보면 범죄가 아닐 수도 있다. 또한 설사 범인이 잡혔다고 해도 반드시 완전한 진실이 알려지는 것도 아니다. 『오른쪽-왼쪽 주머니에서 나온 이야기』는 우리에게 상기시킨다. 시인의 진실은 학자의 진실과 완전히 다르며, 마찬가지로 탐정의 진실은 의사, 법률가, 점쟁이의 진실과 구분될 수밖에 없다. 우리가 접근할 수 있는 건 절대적 진리가 아니라 오로지 상대적 진리뿐이며, 우리는 그저 종종 이것과 저것을 혼돈할 뿐이다.

차페크는 "범죄 세계에 관해 관심을 갖기 시작하면서, 나는 저절로 정의란 과연 무엇인가 하는 문제에 사로잡혔다. 대체 실제를 어떻게 규명하고 묘사할 것인가? 과연 인간을 어떻게 단죄할 것인가?"라고 말했다. 정의란 무엇이고, 누가 우리를 심판할 것인가? 이 불완전한 세계에서 판결과 처벌은 완벽하게 이루어지고 있는가? 바로 이 지점에서 진실의 상대성은 인간 정의의 상대성과 마주한다. 이야기들은 작가가 아닌 보통 사람들의 입을 통해 '상대적으로' 전해진다. 법률가, 신부, 정원사, 의사, 오케스트라 지휘자, 감방쟁이 들이 모두 자기의, 그리고 타인의 이야기를 꺼낸다. 그 속에서 각각의 이야기꾼들은 다른 사람들을 호출해내고, 같은 방에서 다른 이야기를 꺼낸다.

『오른쪽 – 왼쪽 주머니에서 나온 이야기』가 진실로 우리에게 말하고자 하는 것은 범죄, 범인, 수사가 아니라, 인간의 본성, 범죄 동기, 인간의 마음과 영혼에 관한 것이다. 확실한 수사 기법이 있다고 해도, 때로는 직관과 상식, 심지어는 우연한 행운이 전통적인 방법론보다 더 나을 때도 있다. 그런 점에서 이 이야기들은 이상하고, 불행하며, 희극적이고, 가슴 뭉클하며, 미스터리한 일에 사로잡힌 보통 인간들에 대한 날카로운 심리학적 탐사라고 할 수 있다. 진짜 미스터리하고 놀라운 것은 바로 평범한 인간들이기 때문이다. 미국의 개성적인 작가 플래너리 오코너는 이렇게 말했다. "작가의 임무는 미스터리를 푸는 게 아니라 깊게 만드는 것이다." 일상에서 미스터리를 발견하고 사색하는 『오른쪽 – 왼쪽 주머니에서 나온 이야기』는 그야말로 우리의 인간성을 상기시키고, 우리에게 축복을 내려주는 작품이다.

눈이 내린 길 한가운데서 갑자기 끊겨버린 발자국. 왠지 좀 의심스러
운 인물. 암호해독과 필체 분석, 카드 점의 운명. 희귀한 식물과 도둑. 진
실을 손에 넣기 위해서라면 무슨 일이라도 기꺼이 하는 사람들. 인간의
재판을 묵묵히 지켜보며 증인으로 출석한 신. 범죄와 수수께끼. 일상과
예외, 유머와 휴머니즘. 이제 독자들은 이 모든 놀라운 이야기들이 담겨
있는 카렐 차페크의 주옥같은 단편소설 48편을 통해, 소설이 어떻게 우
화와 철학과 휴머니즘을 담을 수 있는지를 발견하게 될 것이다.

유머와 따뜻함 속에 깃든, 인간에 대한 깊은 성찰

1

이제 맛있는 비빔밥을 먹던 숟가락을 아쉽지만 내려놓아야 할 때다. 제법 긴 시간 동안 동고동락했던 『오른쪽-왼쪽 주머니에서 나온 이야기』의 번역이 마침내 끝났다. 마음 한구석으로 과연 이렇게 맛있는 비빔밥을 어디에서 다시 맛볼 수 있을까 자문해보지만, 선뜻 자신 있는 대답이 나오지 않는다.

그렇다. 『오른쪽-왼쪽 주머니에서 나온 이야기』라는 소설은 한마디로 표현하자면 우리네 비빔밥 같다. 그것도 한입 가득 입에 넣자마자 절로 눈이 휘둥그레지는 맛있는 비빔밥 말이다. 혹시 카렐 차페크의 애독자 중에서 역자가 이 이야기들을 비빔밥에 비유해서 마음이 상한 분이 계실지도 모르겠다. 체코의 위대한 작가를 어찌 비빔밥에 견주느냐고 말이다. 하지만 한 권의 책 속에 추리소설과 우화, 그리고 철학을 '유머'라는 양념으로 버무려서 맛깔나게 차려낸 차페크의 이야기는 우리 음식의 자랑거리인 비빔밥이 주는 다양하고 풍성한 맛과 너무나 닮았다.

2

『오른쪽 – 왼쪽 주머니에서 나온 이야기』를 쓴 카렐 차페크(1890~1938)
는 프란츠 카프카, 밀란 쿤데라와 함께 체코를 대표하는 세계적인 작가
다. 하지만 이런 평가에 대해 고개를 갸웃거리는 독자들도 꽤 있을 듯싶
다. 『성』과 『변신』(카프카), 『참을 수 없는 존재의 가벼움』(쿤데라) 같은 작
품들은 우리 주변에서 흔히 볼 수 있는 반면, 카렐 차페크의 읽을거리는
그만큼 상대적으로 빈약하기 때문이다. 그러나 차페크가 세계문학사에
남긴 자취와 그의 치열했던 삶의 무게는 결코 앞의 두 사람에 비해 가볍
지 않다.

  1890년 보헤미아 지방(당시는 오스트리아 — 헝가리 제국에 속했으나 훗날 체
코공화국이 된 체코의 동북부 지방)의 말레 스보토뇨비체에서 태어나 양차
세계대전 사이에 활동한 카렐 차페크는 단순히 탁월한 문학가로만 규
정되지 않는다. 그는 이미 100년 전에 한 편의 희곡 작품 『R.U.R : 로숨
의 유니버설 로봇』을 통해 '로봇'이라는 개념을 처음으로 창시했을 만
큼 독창적인 상상력을 지닌 작가였다. 또한 오스트리아-헝가리 제국의
오랜 지배 아래에서 간신히 명맥만 이어가고 있던 체코어의 품격을 특
유의 재치와 유머를 통해 일거에 격상시킨 비범한 문학가였다. 사상적

으로는 실용주의에 입각한 체코의 자유주의 사상을 정립하고 설파하는 데 노력한 철학자였을 뿐만 아니라, 당시 전 세계를 집어삼킨 광포한 파시즘에 치열하게 맞서 싸운 행동가로도 유명했다.

차페크의 문학에는 이런 그의 뛰어난 문학적 재능, 자유주의에 대한 투철한 사상, 그리고 자신의 신념을 현실 속에서 실천하는 행동가의 모습이 그대로 담겨 있다. 지금까지도 체코인들이 카프카나 쿤데라 이상으로 차페크를 높이 평가하고 그의 문학을 뜨겁게 사랑하는 이유가 바로 여기에 있다.

이러한 삶의 궤적에서 유추할 수 있듯이, 차페크 문학의 중심 주제는 과학 문명의 발전으로 인한 폐해와 파시즘에 대한 치열한 고발, 그리고 모순적이고 부조리한 존재인 인간에 대한 연민과 사랑이다. 하지만 그는 이렇듯 무겁고 진지한 주제에 함몰되지 않고, 체코인 특유의 유머 감각과 마치 공상과학소설 같은 경쾌하고 발랄한 스타일을 통해 독보적인 자기만의 문학 세계를 만들어냈다.

이번에 번역한 소설 『오른쪽-왼쪽 주머니에서 나온 이야기』도 기본적으로는 이런 차페크 특유의 문학적 주제를 담고 있지만, 스타일 면에서는 그의 전공이라고 할 수 있는 공상과학소설뿐 아니라 추리소설의 형식까지 차용했다는 점에서 그의 다른 소설들과 확연히 구별된다. 이 이야기들은 추리소설 그 자체로도 매우 뛰어난 작품이며, 추리라는 프리즘을 거치면서 그의 문학적 메시지들은 더욱 선명하고 아름답게 빛나고 있다.

3

『오른쪽-왼쪽 주머니에서 나온 이야기』는 무엇보다 읽는 재미가 각별하다. 추리소설답게 기발한 발상과 장치를 통해 미스터리를 구성하고 해결하는 과정이 참으로 기발하다. 식물원에서 신출귀몰하게 선인장을 훔쳐간 도둑을 신문광고를 이용해 잡는 「도둑맞은 선인장」이나, '철로 위 보행 금지' 표지판이라는 트릭을 이용해 푸른 국화의 소재지를 절묘하게 감추면서 인간의 고정관념을 풍자한 「푸른 국화」를 보라. 차페크의 이야기들은 얼핏 보면 단순해 보이지만, 사실은 대단히 정교하게 짜인 추리소설로서의 구성미가 있다. 게다가 한 편의 우화 같은 아름다운 구성 속에 연약한 인간에 대한 연민과 사랑, 과학의 한계에 대한 고발 같은 진중한 메시지를 함께 담고 있으니, 독자들은 그야말로 재미와 품격을 동시에 갖춘 최고급 추리소설을 읽는 호사를 맘껏 누릴 수 있다.

당연한 말이지만 『오른쪽-왼쪽 주머니에서 나온 이야기』가 읽는 재미만 선사한다면 그건 차페크의 소설이 아닐 것이다. 그는 일생 동안 세상을 바꾸는 문학의 힘을 믿고 자신의 글에 고발과 저항의 메시지를 담아온 작가였다. 과학 문명이 초래한 최악의 결과물인 세계대전을 몸소 경험한 뒤부터 과학과 합리성의 폐해를 치열하게 고발하는 데 집중했던 차페크였기에 이 이야기들에도 과학과 합리성에 대한 회의 어린 시선이 곳곳에 묻어난다. 「메이즈리크 형사의 사건」에서 주인공 메이즈리크 형사는 뛰어난 관찰력과 전문적인 지식, 그리고 경험에서 우러나오는 합리적인 추론을 통해 금고털이 사건을 훌륭하게 해결했음에도 불구하고 이렇게 회의한다.

"사람이라면 누구에게나 방법론이 필요하죠. 저도 이번 사건 이전에는 온갖 방법론들을 믿었습니다. 신중한 관찰이나 전문 지식, 체계적인 조사 혹은 이와 유사한 … 그러나 사실은 엉터리에 불과한 것들 말이죠. 저는 이번 사건을 겪고 나서 생각이 백팔십도 바뀌었습니다. 그러니까 … ."

「푸른 국화」에서도 마찬가지다. 사람들은 바보 소녀 클라라가 매일같이 어디선가 꺾어 오는 진귀한 푸른 국화의 소재지를 찾기 위해 과학적이고 합리적인 방법을 총동원하지만 결국 실패하고 만다.

또한 차페크에게는 개인을 억압하고 오로지 전체의 일원으로서만 개인을 바라보는 파시즘적 세계관도 한평생을 바쳐 저항해야 할 대상이었다. 「도둑맞은 선인장」에서 차페크는 개인의 우편물을 일일이 검열하는 우체국장 노파를 통해 자신이 신봉하는 자유주의의 적이자 사랑하는 조국 체코를 침탈한 원흉인 파시즘의 비열함을 풍자적으로 그리고 있다.

4

발달한 과학으로 전 세계를 전쟁터로 만든 것도 사람이고, 파시즘의 기치 아래 개인의 자유를 억압한 것도 결국은 사람이다. 따라서 잘못된 과학과 파시즘이 만연하는 세계에 맞서 치열하게 저항한 차페크의 문학적 관심이 인간에 대한 성찰로 이어지는 것은 지극히 당연한 일이다. 실제 차페크 문학의 기저에는 한편으로는 나약하고 모순덩어리인 존재이지만 동시에 희망의 가능성을 지닌 인간에 대한 깊은 성찰이 자리하고 있다.

차페크에게 인간은, 치밀한 계략으로 자신을 사랑하는 남자를 감쪽같이 속이고 바람을 피우면서도 짐짓 그런 자신의 모습을 부끄러워하는 척 위선을 떠는 '마르타'(「확증」)이기도 하고, 자신의 무죄를 믿고 헌신적으로 도와준 은인을 오히려 속이고 등쳐먹는 '셀빈'(「셀빈 사건」)처럼 모순되고 부조리한 존재이기도 하지만, 다른 한편으로는 자신이 평생에 걸쳐 어렵게 수집한 희귀 품종 선인장을 훔친 도둑에 대해서도 기꺼이 용서할 줄 아는 '홀벤 씨'(「도둑맞은 선인장」) 같은 존재이기도 하다.

『오른쪽-왼쪽 주머니에서 나온 이야기』에는 이 두 얼굴의 인간이 그려내는 변주곡이 팽팽한 긴장감을 자아낸다. 이 책을 읽는 내내 독자들은 차페크의 언어를 좇아 인간이라는 미지의 세계를 여행하게 될 것이다. 그 여행의 끝에서 어떤 이들은 자신이 쓴 기행문을 들고 고개를 끄떡이고 있을 것이고, 또 다른 이들은 출발할 때보다 더 곤혹스런 얼굴로 서 있을 수도 있다. 하지만 어떤 경우라도 상관없다. 중요한 것은 세상을 파국으로 몰아가는 것도, 그리고 희망과 기회의 땅으로 만드는 것도 모두 인간이라는 당연한 사실을 진지하게 돌이켜보는 것이기 때문이다.

왼쪽 주머니에서 나온 이야기

초판 1쇄 발행 2014년 12월 1일
초판 5쇄 발행 2021년 12월 30일

지은이 카렐 차페크
옮긴이 정찬형
펴낸이 정순구
책임편집 조원식
기획편집 정윤경 조수정
마케팅 황주영

출력 블루엔
용지 한서지업사
인쇄 한영문화사
제본 한영제책사

펴낸곳 모비딕
등록 제300-2007-139호 (2007.9.20)
주소 412-827 경기도 고양시 덕양구 화중로 100, 506호 (화정동 비전타워21)
전화 02-741-6123~5
팩스 02-741-6126
블로그 http://blog.naver.com/mobydickbook 〈모비딕, 미스터리를 만들다〉(네이버 블로그)
이메일 mobydickbook@naver.com

이 책의 독자 북펀드에 참여해주신 분들 (가나다순)
강문숙 강부원 강영미 강주한 권민영 권정민 김기남 김기태 김성기 김성완 김수민 김수영 김숙자 김유란 김주현 김중기 김진희 김행섭 김현승 김희곤 나준영 문성환 문세은 문형석 박가람 박경진 박무자 박진영 박혜미 서수덕 송덕영 신동철 신윤주 신정훈 신지선 신혜경 유지영 이만길 이수한 이재욱 이정미 이한샘 임혜영 장경훈 전미혜 조은수 최경호 탁안나 하병규 한승훈 함기령 허민선 홍상희

* 모비딕은 역사비평사의 브랜드로서, 픽션과 논픽션을 망라하여 자유롭게 작업하고 있습니다.